Thomas M. Meine

DIE UHR UND DER SCHLÜSSEL
The Clock and the Key
von Arthur Henry Vesey

New York, 1905
D. Appleton and Company, Februar 1905

Mit zusätzliche Bebilderungen, die nicht im Originalwerk
vorhanden sind, sowie diverse Anmerkungen. Es wurden
weiterhin einige Änderungen und Korrekturen vorgenommen,
soweit sie dem logischen Ablauf der Handlung dienlich waren.

Bibliografische Information der Deutschen Nationalbibliothek

Die Deutsche Nationalbibliothek verzeichnet diese Publikation in der Deutschen Nationalbibliografie; detaillierte bibliografische Daten sind im Internet über http://dnb.dnb.de abrufbar.

Herstellung und Verlag:

BoD- Books on Demand, Norderstedt

Alle Rechte vorbehalten

April 2020

ISBN 9 783751 902021

INHALT

DIE UHR UND DER SCHLÜSSEL

1. KAPITEL

Unsere Gondel, weit draußen auf der Lagune, bewegte sich kaum. Jacqueline und ich störten uns nicht daran, unter unserem rot-weiß gestreiften Sonnendach. Pietro, unser Gondoliere, wagte sogar, sich eine Zigarette anzustecken.

Silbergraue Kuppeln, Glockentürme und Turmspitzen strahlten durch den goldenen Schleier der über der verzauberten Stadt hing. Überall herrschte eine große Stille – nur das Plätschern von Pietros gemächlichem Ruderschlag war zu hören, und schwach, sehr schwach, ein paar läutende Glocken.

»Davon habe ich geträumt«, sagte Jacqueline, »nur dass die Träume eine utopische Gestalt hatten, verglichen mit der Wirklichkeit. Ich muss meine Augen schließen, denn ich befürchte, von all dem weggeweht zu werden und in einem einzigen Augenblick zu verschwinden. Aber da ist es, dein liebes, liebes Venedig – der grüne Garten, ganz dort oben, die weiße Riva [Riva degli Schiavoni, einer der bedeutendsten Kais in Venedig] – die Strandpromenade, die sich in der Sonne badet, der rosarote Palast und die roten und orangenen Segel, die langsam vorbeiziehen. Wir werden gleich an der Piazza sein [Piazza San Marco, Markusplatz], und der Markusdom wird da sein, und die Tauben und die weißen Paläste. Oh, dort gibt es keinen falschen Ton der den perfekten Zauber von Venedig zerstören würde, nicht einen einzigen.«

Ich erhob mich. Während Jacqueline von der Schönheit Venedigs betört wurde, wurde ich durch die Schönheit von Jacqueline betört. Ich musste jetzt unbedingt etwas Alltägliches sagen oder ich würde mich vergessen.

»Oh, ihr von den Göttern Begünstigten«, murmelte ich, »die ihr gefeit seid, gegen hässliche Anblicke und Klänge. Und doch, nicht einmal im Paradies, selbst in diesem Paradies, seid ihr völlig immun. Schaut her, da ist ein alter Dampfer, der sich dreist seinen Weg von der Mole [am Markusplatz] nach Guidecca [dem Kern der Stadt vorgelagerte Insel] bahnt. Das weit entfernte Rumpeln kommt von der Eisenbahn, die über die lange Brücke von Mestre fährt. Und, puh, das ist die Zwölf-Uhr-Pfeife der Fabrik. Hier hast du drei Töne von Fortschritt und Zivilisation, in dieser Stadt der toten Träume und toten Hoffnungen.«

Jacqueline drehte sich auf ihrem Sitzplatz herum und schaute mich eigentümlich an.

»Mein lieber Richard, wirst du mir eine Frage beantworten?«

»Gerne, wenn sie nicht zu schwierig ist; vergiss aber nicht, Jacqueline, dass Venedig nicht unbedingt ein Zentrum des Denkens ist.«

»Dann sag mir bitte, warum es so ist, dass du in New York, noch nicht einmal vor zwei Monaten, so charmant von deinen venezianischen Himmeln und deiner wundervollen Lagune gesprochen hast, sodass ich mich so sehr danach sehnte. Und nun, da ich schließlich unter einem deiner wundervollen Himmel bin und an deiner wundervollen Lagune, musst du mir von den schrecklichen Dingen erzählen, die damit im Widerspruch stehen, und die ich gerne für diesen glücklichen Moment, vergessen würde, anstatt mir zu helfen, Venedig zu lieben.«

»Weil ich es mir nicht gestatte, zu vergessen, dass ein glücklicher Moment nicht ein ganzes Leben ist«, antwortete ich mit ernster Stimme.

»Wirklich, ich verstehe dich nicht«, sagte sie.

8

Sie schaute mich offen an – zu offen – das war das Problem.

Ich zögerte. Trotz der fadenscheinigen Einwände, die ihre mitgereiste Tante voller Misstrauen vorgebracht hatte, bin ich heute mit Jacqueline allein hierhergekommen, um ihr zu sagen, warum ich es mir nicht erlauben kann, sie zu lieben. Ich muss auch hinzufügen, dass ich sie lachen hören wollte, wenn sie sich köstlich über meine Gründe amüsiert. Und dennoch zögerte ich. Manchmal hatte ich das Gefühl, dass sie etwas für mich empfand. Aber wenn ich dann ihre Frage wahrheitsgemäß beantworten würde, riskierte ich ein schreckliches Erwachen.

»Weißt du, wie lange ich in Venedig gelebt habe?«, fragte ich sie sofort, mit vorgegebener Sorglosigkeit.

»Drei Jahre, ist es nicht so?«, sagte sie, »das ist eine lange Zeit um zu träumen und zu faulenzen, nicht wahr?«

»Ja«, gab ich als Antwort. Ihre Augen schauten feierlich auf die Lagune.

»Und es erscheint mir wohl kaum wie ein mannhaftes und kräftezehrendes Leben für einen Burschen zu sein, von – sagen wir mal – dreißig Jahren«, fuhr ich fort, »wenn man drei Jahre damit zubringt, sich in den Schlaf zu wiegen, als wäre man in einer Gondel?«

»Nein«, sagte sie mit einem nervösen Lächeln, »das ist kaum das, was man als anstrengendes Leben bezeichnen kann.«

»Ein Leben wie dieses«, bohrte ich weiter, »muss in einem sehr unvorteilhaften Kontrast zum Leben von Männern stehen, die du, zum Beispiel, in New York kennst.«

»Ich nehme an, dass man sein Leben auch hier in Venedig sinnvoll verbringen kann«, meinte sie.

Ich brachte ein eher bitteres Lachen hervor.

»Man steht um zehn Uhr auf«, murmelte ich. »Dann nimmt man seinen Kaffee im Bett und vertrödelt die Zeit mit der Zeitung. Ein leichter, sehr leichter Spaziergang bis um zwölf – zu den Gärten, vielleicht. Oh, du kannst in Venedig kilometerweit gehen, dort, wo die Touristen nicht hinkommen.«

»Um zwölf Uhr Frühstück bei Florian's auf der Piazza. Ein längeres Rauchvergnügen, vielleicht eine Ruderpartie auf dem Lido oder etwas Schwimmen, denn es ist Sommer. Um fünf Uhr wieder eine gute Pfeife und gelegentlich ein Drink, wieder auf der Piazza, zusammen mit Freunden. Um sieben Uhr Abendessen im Grundewald [legendäres Hotel]; es wird zu einer bedeutsamen Angelegenheit, wenn jemand über zehn Minuten das Menü studiert. Dann wieder ein langes Rauchen draußen vor der Lagune, unter den Sternen, mit den Lichtern von Venedig in der Ferne. Auch die Herde der Touristen ist weit weg, die in Ekstase ihre Handschuhe ruinieren, wenn sie dem kräftigen Tenor Beifall klatschen, der unter den Balkonen des Grandhotels singt. Und dann, ein schlechter und traumloser Schlaf. Am nächsten Morgen das Ganze wieder von vorne.«

Jacqueline rang nach Luft. Sie schaute mich mit einer seltsamen Entschlossenheit an, und ich fühlte mich unwohl unter ihren Blicken. Ich wusste, dass sie ziemlich unbarmherzig zur Kenntnis nahm, dass ich fett geworden war.

»Es ist ziemlich schwierig, sich in Venedig fit zu halten«, verteidigte ich mich.

»Und das hast du wirklich drei Jahre lang gemacht«, sagte sie schließlich, fast bewundernd. Sie sah mich dabei an, als wäre ich ein seltsames Tier, das raffinierte Kunststücke vorführt.

»Ja, für drei Jahre«, sagte ich, »ausgenommen Flüge nach New York und London im Januar und Februar, und ein paar Wochen in Tirol, während der Monate Juli und August«, fügte ich standhaft hinzu.

»Und du hast dieses Leben wirklich geliebt?«, fragte sie, immer noch verwundert.

»Ja, aber jetzt kann ich mir nicht mehr vorstellen, an so etwas wieder Spaß zu haben«, sagte ich. »Seit letzten Dienstag verachte ich mich dafür.«

»Seit letztem Dienstag!«, wiederholte sie und errötete dann.

Es war am Dienstag, als Jacqueline und ihre Tante in Venedig angekommen sind.

»Aber du beantwortest meine Frage nicht«, sagte sie, »was das sinnvolle Verbringen der Zeit angeht.«.

»Ich beantworte sie indirekt«, sagte ich, etwas verträumt, fügte dann aber eher unvermittelt hinzu: »Du hast mich nicht gekannt, bis ich nach Oxford kam, nicht wahr?«

»Nein«, sagte sie.

»Ich wurde nach Eton geschickt, als ich ein kränklicher und scheuer, kleiner Bursche von vierzehn Jahren war.

Ich hatte ein sehr einsames Leben in New York. Meine Mutter war dermaßen besorgt, dass ich eine gute Zeit hätte, wie die anderen Jungs, und mit einem amerikanischen Akzent rufen und spielen und sprechen würde, sodass sie mich an einen eingebildeten Englischlehrer gebunden hat, der mich zur Erholung lediglich auf einsame Spaziergänge im Park mitnahm.«

»Ich war kaum besser dran als diese bleichen, kleinen Idioten, die du paarweise in Rom oder Palermo herumlaufen siehst, die in diese lächerliche, breitgewebten Uniformen gekleidet sind und Gehstöcke mit sich tragen. Eigentlich war ich noch schlechter dran als diese, denn es gibt viele von ihnen und nur einen nachlässigen Priester. Aber mein Bewacher hatte mich ganz für sich selbst. Stell dir vor, ich hatte nie einen Baseball in meiner kleinen Faust. Stell dir so einen Jugendlichen vor, inmitten von Tausenden von munteren englischen Schuljungen, und noch dazu ein Amerikaner.«

»Armer kleiner, heimwehkranker Junge«, murmelte sie. Und dann?«

»Fünf Jahre, in denen man gemieden wird, missgelaunt, mit langen, einsamen Fahrten im Ruderboot auf dem Fluss, mit Träumen, die schlecht für einen Jungen meines Alters sind – eine lange Zeit, die ich in dieser Weise verbracht habe. Das war mein Leben in der öffentlichen Schule.«

»In Oxford war es ziemlich gleich. Ich zog das alles in einer lustlosen Art durch und bekam mein Diplom. Aber von nun an beherrschten mich die Gewohnheiten der Jugendzeit. Ich fand es schwerer als zuvor, meine Aktivitäten zu gestalten. Ich fand mich mehr und mehr in der Rolle des Beobachters des Lebens um mich herum – das ist weder eine glückliche Art zu leben, noch eine gute Grundlage für einen Amerikaner, sich den Pflichten des Lebens zu stellen.«

»Das glaube ich nicht«, sagte Jacqueline in ernstem Ton. Obwohl sie Mitleid mit dem einsamen, kleinen Jungen hatte, so kannte doch sie keine Gnade für den Mann.

»Und weil du dich durchs College gefaulenzt und das so geliebt hast, kamst du hier nach Venedig, um den Rest deines Lebens mit so einer Faulenzerei zu verbringen?«, fragte sie mit einiger Verachtung.

»Nun, das war kaum so gewollt«, sagte ich geduldig. »Nein, ich ging zurück nach Amerika und kam zum ersten Mal Angesicht zu Angesicht mit meinem Vater. Wenigstens war es das erste Mal, dass er sich bemüht hatte, in einer herzlichen Art mit mir zu sprechen. Du kennst meinen Vater gut, sodass ich mich nicht über seine Tugendhaftigkeit auslassen muss.«

Jacqueline lächelte, aber es kam keine Boshaftigkeit über ihre Lippen, wie das bei mir der Fall war. »Amerikanische Frauen, sagte ich, verlangen viel von ihren Männern und Vätern. Aber wenigstens respektieren sie ihre Männer und Väter, die sich abschufteten, um ihnen ein vergnügliches Leben zu bereiten.«

Daraufhin antwortete sie sehr förmlich: »Ich habe deinen Vater immer als einen höchst interessanten Mann empfunden. Ich weiß, dass er dich auf seine Weise liebt. Dass du so wenig Ehrgeiz hast, ist die Enttäuschung seines Lebens. Er hat oft mit mir über dich gesprochen.«

»Ja, ja«, sagte ich hastig, »zweifelsohne liebt er mich auf seine Weise. Wir verstehen uns aber kaum. Am Morgen, als ich von England zurückkam, wo ich mein Diplom erhalten hatte, rief er mich in sein Büro und fragte mich ohne Vorwarnung, für was ich glaubte, geeignet zu sein. Ich sagte ihm, dass ich absolut keine Vorstellung hätte. Er schlug mit seiner großen Faust auf den Tisch und brüllte: 'Bisher, junger Mann, hatte deine Mutter ihre Zeit gehabt. Sie hat dich verhätschelt und einen Idioten aus dir gemacht, mit deiner englischen Erziehung und deinem englischen Akzent. Nun bin ich dran. Geh nach Deutschland, bleib da zwei Jahre und komme als Chemiker zurück. Ich will, dass du mir in der Fabrik hilfst'.«

»Ich hätte nie gewagt, ihm zu widersprechen. Ich war eher erleichtert gewesen, aus seiner Gegenwart verschwinden zu können. Also nahm ich den Scheck, den er mir übergab, und schüttelte pflichtbewusst seine Hand. 'Auf Wiedersehen', sagte er, 'und wenn ich Chemiker sage, meine ich ein guter Chemiker', fügte er hinzu. 'Wenn du das nicht wirst, brauchst du dich überhaupt nicht bemühen, zurückzukommen'. Am nächsten Morgen buchte ich eine Passage nach Bremen.«

»Den Rest kenne ich«, sagte sie und schaute auf die Uhr.

»Ich kann dazu nur sagen, dass ich es mir wünsche, du würdest es aus meiner Sicht sehen. Ich bin dann nach Berlin gegangen und mein Name wurde in das Studienregister eingetragen. Ich habe viel Bier getrunken, aber wenig Chemie studiert. Am Ende meiner zweijährigen Probezeit begann ich mit Sorge an die Abschiedsworte meines Vaters zu denken: '... und ein guter Chemiker, oder du brauchst dich nicht zu bemühen, zurückzukommen'.«

»Und dann, eines Tages, war ich ziemlich ratlos, was ich tun sollte, als ich hörte, dass meine Mutter plötzlich gestorben war. Sie hatte mir ein kleines Vermögen hinterlassen.«

»Ich fürchtete mich mehr denn je davor, zu meinem Vater zurückzukehren. 'Warum sollte ich?' – das begann ich mich zu fragen. 'Warum solltest du?', wiederholte mein damals einziger Freund.«

»Dieser Freund war ein schrumpeliger, exzentrischer, prahlerischer kleiner Mann, aber mit einer nimmermüden Begeisterung für das Seltene und Schöne.«

14

»Er sprach in gerissener Weise, um mich zu verleiten. Er sagte: 'Die Idee deines Vaters von einem erfolgreichen Leben ist die von Arbeit und immer noch mehr Arbeit – von Aufgaben und Gewohnheiten, die einen unweigerlich immer stärker festhalten, so wie die Jahre vergehen. Das bedeutet keineswegs Erfolg, sondern grässlichstes Versagen. Ein Leben, das sich aus Gewohnheiten und Aufgaben zusammensetzt, die einen sicher durch das Leben geleiten, Minute für Minute, ist ein Leben, aus dem alle Aufregung und leidenschaftlicher Genuss und Wonnen ausgeschlossen sind. Wenn man ein solches Leben lebt, ist man eine Maschine und kein Mensch'.«

»'Komm mit mir nach Venedig', sagte er. Ich werde dir zeigen, wie man lebt. Warum sollten wir zurück nach Amerika mit all seinen Scheußlichkeiten gehen? Dort gibt es Millionen von Dummköpfen, die verbissen arbeiten, um die Welt am Laufen zu halten – warum sollten wir in die Reihen der Sklaven unter der Peitsche gezogen werden? Es gibt Tausende, die sich quälen und streben, um Schönes zu erschaffen – und um schrecklich zu versagen. Es gibt Hunderte, um die Welt besser zu machen. Warum solltest du ein Sklave deines Gewissens werden? Dagegen gibt es so wenige, welche die hohe Kunst des Lebens beherrschen. Sei einer von ihnen. Genieße in Perfektion. Genieße weise. Das Leben kann für dich etwas so Seltenes und Schönes sein, dass das Schreckliche und Vulgäre für dich nicht existieren wird'.«

»Ich habe auf ihn gehört. Ich bin nach Venedig gekommen. Hier bin ich.«

»Da gibt es etwas durchaus Edles in alledem«, sagte Jacqueline wehmütig, »aber auch irgendwie Spitzfindigkeiten, und es erscheint mir schrecklich eigensinnig.«

»Spitzfindigkeit! Eigensinnigkeit! Wie raffiniert Spitzfindigkeit und Eigensinnigkeit sein kann, kann nur ich dir sagen. Liebe Jacqueline, ich habe eine Sache bei meinen Überlegungen außer Acht gelassen, als ich mir dieses Paradies für Idioten zurechtgelegt habe.«

»Und was war das?«, fragte sie. Man konnte Jacqueline ansehen, dass sie besorgt war. Ich wusste, dass sie mich bemitleidete.

»Ich hatte vergessen, dass man auch lieben kann.«

Ich lehnte mich zu ihr hin und kümmerte mich nicht um Pietro, der, so wusste ich, unter dem rot und weiß gestreiften Sonnensegel hindurch auf uns blickte. Ich nahm ihre Hand. »Liebe Jacqueline, denkst du, dass es zu spät für mich ist, noch einmal neu anzufangen?«

Jacqueline schwieg. Sanft zog sie ihre Hand zurück. Ich hatte gefühlt, wie sie in der meinen gezittert hatte.

»Erkennst du nun, dass ich deine Frage beantworte?«, fragte ich sie. »Als ich in New York war und schließlich wusste, dass ich dich für immer lieben würde, musste ich mich stets daran erinnern, dass dies hier meine Welt war. Ich hatte vor mir ein Ideal aufgebaut. Ich musste dem treu bleiben.«

«Aber nun, da du nun selbst in Venedig bist, muss ich mich genauso stark daran erinnern, dass du aus der Welt der Dampfer und der Fabriken kommst – einer Arbeitswelt – eine unbarmherzige Welt. In dieser Welt zerreißen sich die Menschen für einen Namen, für eine Position. Jeder denkt nur an sich und verhält sich rücksichtslos, manchmal skrupellos gegenüber anderen. Jeder bemüht sich wie verrückt, etwas zu erreichen, das außerhalb seiner Reichweite liegt.«

16

»Das ist die Welt, aus der du kommst. Ich habe mich immer und immer wieder daran erinnert. Es nützt aber nichts. Ich kann nicht länger schweigen. Ich muss es aussprechen. Ich liebe dich.«

Sie saß still da. Ihre Augen schauten hinaus auf die Lagune. Dann nahm sie ihre Hände auf die Knie und schaute mich mit einer seltsamen Entschlossenheit an. Als sie sprach, tat sie das so langsam, so entschieden, dass ihre Worte wie ein unerbittliches Schicksal klangen.

»Mein lieber Richard, du bist ein außergewöhnlicher Mann. Du bist eines der seltenen Exemplare, die sich an ein vollkommen unmögliches Ideal klammern. Wenn du dieses Ideal nicht erreichen kannst, gibst du dich einfach dem Materialismus hin, ein Materialismus, der dich erdrückt.«

Du hast noch nicht einmal versucht, ein Mann zu sein. Es ist nicht zu glauben, dass du dich absichtlich hingelegt hast, um dich auf einem blumigen Bett der Bequemlichkeit zu rekeln. Deine letzten Worte über meine arme Welt zeigen, wie groß die Kluft ist, die sich zwischen uns gebildet hat. Ja, ich komme aus dieser Welt. Ich blühe in ihr auf. Aber du spottest über genau die Fähigkeiten, über die du nicht verfügst. Das ist so leicht zu machen, und, vergib mir, auch so schwach.«

»Du nennst meine arme Welt rücksichtslos. Aber oft gehen Rücksichtslosigkeit – ja sogar Skrupellosigkeit – zusammen mit Stärke. Der Mann, den ich liebe, muss etwas von dieser Härte haben, die du verachtest. Es ist besser, wenn er skrupellos ist, als schwach. Und was Geduld anbelangt, bedeutet eine große Geduld auch große Stärke. Aber du, mein lieber Dick, bist nur ein Stück vom bric-à-brac [Trödel, Schnickschnack], du und deine Ideale. Man sollte dich in einer Glasvitrine aufbewahren.«

»Du hältst dich für zu précieux [wertvoll] für die Auseinandersetzungen des Lebens, aus dem du dich zurückziehst. Deine Liebe erwidern? Unmöglich! Du hast nichts getan, diese zu verdienen.«

Ich konnte nicht sprechen. Sie hatte mir die Wahrheit gesagt.

Plötzlich schaute sie mich an und berührte leicht meinen Arm. »Ich habe dir wehgetan«, sagte sie.

»Nun warum auch nicht?«, antwortete ich ruppig. »Es ist die Wahrheit. Aber Jacqueline, ist dies deine endgültige Antwort? Wenn ich mich in diesen Kampf werfe – wenn ich dir zeige, dass ich mich bemühen und Dinge erreichen kann, für die Frau die ich liebe, wenn nicht auch für mich, lässt du mich dann wieder sagen, dass ich dich liebe?«

»Kann der Leopard seine Flecken verlieren?«

»Das wird man sehen. Lass mich dir beweisen, dass ich nicht annähernd der Dilettant bin, den du an der Oberfläche erkennst. Wenn ich mich bisher nicht darum gekümmert habe, Erfolg zu haben, war es vielleicht deshalb, weil es nichts oder niemanden gab, wofür es sich gelohnt hätte. Wenn ich dir zeige, dass ich wirklich diese Qualitäten habe, die du verlangst, und von denen du denkst, dass ich sie nicht habe, wirst du mir erlauben, dir noch einmal zu sagen, dass ich dich liebe?«

»Was könntest du tun, um das zu zeigen?«, fragte Jacqueline in eher gütigem Ton.

»Ich könnte schon morgen nach New York zurückgehen und bei meinem Vater im Geschäft tätig sein«, sagte ich.

»Morgen nach New York!«, sagte sie mit Bestürzung.

»Ja«, rief ich freudig aus, doch ich bemerkte ihr Entsetzen.

»Ich wage nicht, dir das zu raten«, antwortete sie. »Ich könnte diese Verantwortung nicht übernehmen, wenn ich dich nicht liebe. Ich liebe dich nicht. Und wenn du dann dem Geschäft nicht gewachsen bist, wirst du sicher versagen.«

»Würdest du mich von einem Versuch abhalten, das zu tun, für das du mich verurteilt hast, weil ich es nicht tue?«, fragte ich ungeduldig.

»Es könnte sein, dass es hier in Venedig eine Aufgabe gibt«, fuhr ich fort.

»In Venedig?«, sagte sie, »unmöglich!«

»Du hast mir einmal gesagt, dass du daran gedacht hast, die Legenden von Venedig aufzuschreiben«, erinnerte ich sie. »Du sagtest, dass dies nie gut gemacht wurde. Warum sollte man sich nicht daran versuchen?«

»Oh, das!«, rief sie missmutig aus.

»Warum denn nicht?«, fragte ich. Es muss eine vollkommene Veränderung im Leben sein – von Gewohnheiten und Zielen. Warum soll ich nicht etwas Großes versuchen, während ich mich hier befinde?«

»Mein lieber Richard«, insistierte Jacqueline vorsichtig, »es macht keinen Unterschied, wie seltsam die Arbeit von einem ist. Es könnte sogar eine nutzlose Aufgabe sein, man muss nur Geduld und Stärke bei der Ausführung an den Tag legen.«

»Jacqueline, du machst mir Hoffnung.«

Sie hielt ihre im Handschuh steckende Hand hoch und lächelte.

»Nein, ich mache dir keine Hoffnung, noch gebe ich dir einen Grund zu verzweifeln. Ich liebe dich nicht – im Moment, und ich könnte so einen wie dich nicht lieben. Ob ich dich aber lieben würde, wenn du anders wärst – wenn du Ehrgeiz und Ausdauer hättest – kann ich dir jetzt nicht sagen.«

»Und dennoch werde ich dich dazu bringen, mich zu lieben, Jacqueline.«

Unsere Augen trafen sich für einen kurzen Moment, dann schlossen sich die ihren vor meinem starren Blick.

»Kannst du dem Gondoliere sagen, dass er schneller rudern soll?«, sagte sie. »Ich werde zu spät zum Mittagessen kommen, und ich habe noch eine Verabredung um drei Uhr.«

»Dann werde ich dich heute Nachmittag nicht sehen?«, fragte ich.

»Vielleicht doch, wenn du dich dafür interessierst, meine Tante und mich auf einer kleinen Erkundungsreise zu begleiten.«

»Es wäre mir ein Vergnügen. Wohin geht es denn?«

»Zu einem alten venezianischen Palast am Canale Grande. Wir werden ihn von der Dachkammer bis zum Keller inspizieren. Ein Antiquitätenhändler wird uns dorthin bringen. Er wird den Inhalt des Palastes für uns kaufen, wie er ihn dort vorfindet. Du kennst meine Tante, Mrs. Gordon, sie ist niemals so glücklich, als wenn sie einige nutzlose Stücke vom bric-à-brac kauft.«

»Hütet euch vor den Trödelhändlern hier in Venedig. Er ist ein Jude – euer Händler – da könnt ihr sicher sein.«

»Oh, nein, das ist er nicht. Meine Tante und ich kennen ihn gut. Er ist ein Amerikaner.«

»Wie ist sein Name?«

»St. Hilary. Er hat einen riesigen Laden auf der Fifth Avenue.«

»St. Hilary!«, rief ich aus, »und der ist wieder hier in Venedig!«

»Du kennst du ihn, warum?«

»Weil dieser St. Hilary der Mann ist, von dem ich dir erzählt habe«, antworte ich mit Bedacht, »weil es der ist, der mich so verhext hat, nach Venedig zu gehen. Er ist dafür verantwortlich, dass ich die letzten drei Jahre vergeudet habe. Dafür hege ich einen großen Groll gegen ihn. Er schuldet mir einiges an Wiedergutmachung. Ja, ich bin interessiert, euren Palast mit St. Hilary als Führer zu sehen. Wann soll ich euch treffen?«

»Vor dem Florian's auf der Piazza um drei Uhr. Aber du hast unseren Gondoliere noch nicht aufgerüttelt.«

Ich stupste Pietro mit meinem Gehstock an. Pietro warf seine Zigarette weg und bog sein Ruder. Die Gondel sprang jetzt fröhlich, wie ein lebendes Ding, auf die Mole zu.

2. KAPITEL

Meine Zimmer befanden sich in einem wundervollen, alten Palast auf Guidecca, in einem der unmodischen Viertel von Venedig. Von den Fenstern, die sich genau gegenüber der Salute* befanden, hatte ich aber einen der schönsten Ausblicke auf Venedig.

[* Santa Maria della Salute, eine barocke Kirche und eines der berühmtesten Wahrzeichen von Venedig, von den Einheimischen nur kurz 'Salute' genannt].

Das allein hätte schon ausgereicht, aber der wesentliche Charme des Ortes lag für mich in der Tatsache, dass die sich überall verbreiteten Ausflügler kaum hierher kommen.

Um Viertel vor drei ging ich an Bord eines Dampfers vom Fondamenta della Croce, der breiten, sonnigen Landestelle vor meinem Palast, und machte die Überfahrt zur Mole. Es war das erste Mal in drei Jahren, dass ich dieses bescheidene Schiff betreten habe. Man muss verstehen, dass der Dampfer nun Teil meiner neuen Lebensart war. Er stand für Betriebsamkeit und allgemeine Hast, die Eigenschaften von denen Jacqueline glaubte, sie würden mir so bedauerlicherweise fehlen.

Sie gab mir eine große Befriedigung – diese kleine Reise. Ich gab einem Schaffner in einer schäbigen Uniform mein Geld, ich sah ihm dabei zu, wie er das Seil vom Poller löste, ich hörte den Steuermann, wie er in das Sprachrohr brüllte, runter zum Maschinisten in seinem Kabäuschen und setzte mich zwischen einen unrasierten Pfarrer und eine schlampige alte Frau, die einen Korb voller Aale bei sich hatte. Das alles war für mich neu und interessant.

Die Welt war hell und klar an diesem Nachmittag. Der Himmel erschien mir niemals so blau gewesen zu sein. Es gab etwas für mich zu tun – was es war, wusste ich nicht so genau (denn ich hatte den Vorschlag von Jacqueline nicht ganz ernst genommen), aber irgendwo sollte ich meine Aufgabe bekommen, und so Jacquelines vollkommenen Liebe und Achtung finden. In der Zwischenzeit würde ich sie oft sehen.

Ich sprang an Land, als Erster der Passagiere, und lief zügig über die Piazzetta [verlängert die Piazza zum Meer hin]. Ich sah sie sofort an einem der kleinen, schwarzen Tische bei Florian's sitzen – St. Hilary in der Mitte, und Mrs. Gordon und Jacqueline auf jeder Seite. St. Hilary sprach – wie gewöhnlich.

Mein alter Freund zeigte keinerlei Überraschung, als er mich sah. Das war nicht seine Art. Er gab mir noch nicht einmal die Hand sondern grüßte mich nur mit seinem Rattanstock und fuhr fort zu reden – wie gewöhnlich.

»Dann ist es die Schönheit von Venedig, die Euch beide beeindruckt?«, sagte er. »Die Schönheit! Ich kann diesen Ausruf nicht mehr hören. Lasst mich Euch sagen, dass es für einen Menschen etwas unendlich Reizvolleres gibt, als die Schönheit von Venedig, wenn man genau weiß, nach was man sucht und wo man es findet.«

»Und was ist das?«, fragte Mrs. Gordon, als St. Hilary eine Pause machte.

»Es ist ein Mysterium«, sagte er mit eindrucksvoller Stimme.

»Es ist ein Mysterium!«, wiederholte die Tante von Jacqueline. »Und warum ist es ein Mysterium?«

»Hören Sie zu. Ich will, dass Sie es verstehen. Es ist Nacht, Sie sind ganz allein – Sie sind in ihrer Gondel. Und es ist spät – sehr spät. Ganz Venedig schläft. Sie treiben langsam den Canale Grande hinunter. Sie hören nichts, außer dem sonderbaren Schrei 'stai-li, oh' [bleib weg, oh – eine Warnung für andere Boote], wenn der Gondoliere sich einer Ecke nähert. Oben sind die Sterne, und auch in dem dunklen Wasser um einen herum sind die Sterne – Tausende von ihnen – die sich in tausend kleinen Wellen spiegeln. Auf dieser Seite und auf der anderen – stumm wie die Toten – liegen die geplünderten Orte. Sie leiden stumm. Sie sind geschändet worden. Ihre Herrlichkeit ist vergangen. Einige von ihnen sind jetzt Pensionen, eine Glasfabrik, ein Postamt, ein Geschäft mit billigen und falschen Antiquitäten. Aber einst wohnte in ihnen ein Pesaro oder Contarini. Bilder von Titian und Giorgino schmückten ihre Wände. In ihnen war die Pracht der Renaissance – goldene, unbezahlbare Stofftapeten, Bronzearbeiten, Bilder, Schätze aus dem Osten – von Konstantinopel oder vom weit entfernten Tatarstan. Alles Schöne aus der ganzen Welt fand einst den Weg hinter diese verschlossenen Tore.«

»Aber wo ist das alles hin – alle die Schätze, all das Schöne? Wurde jeder Tempel ausgeraubt? Hat sich der Vandale in dem Heiligsten des Heiligen herumgetrieben? Sind nur noch die nackten Wände übrig geblieben, nur noch die bloßen Skelette von all dieser Pracht der Menschheit?«

»Oder gibt es vielleicht, irgendwo in einer dunklen Kammer – in einem geheimen Zimmer – ein vergessenes Meisterwerk, das vielleicht vor Jahrhunderten versteckt wurde – eine von einer raffinierten Hand gemalte Schönheit, oder einige Juwelen, die darauf warten, dass sie jemand aus ihrer Dunkelheit befreit? Das muss so sein. Ich weiß, dass es da ist.«

»Hören Sie mich? Ich sagte, dass ich es weiß. Da, Madame, liegt für mich das Mysterium von Venedig.«

»Für Sie ist es das«, antwortete Mrs. Gordon gelassen, »aber nur deshalb, weil Sie ein Antiquitätenhändler sind. Aber warum soll Venedig in dieser Hinsicht mysteriöser sein als andere große Städte?«

Ich dachte, dass Mrs. Gordon recht hatte. Die Begeisterung von St. Hilary war weit hergeholt, von dem schicken kleinen Mann mit seinen schwarzen, zwinkernden Augen, mit seinem pergamentfarbenen Gesicht, das durchfurcht war wie eine Handfläche. Er war lebhaft wie eine Marionette an ihren Fäden, doch ordentlich wie eine Schneiderpuppe. Ihm war es ernst, absurd ernst, mit seiner nutzlosen und kuriosen Einbildung.

»Vielleicht ist es so«, seufzte er. »Lassen Sie uns sagen, dass es die Leidenschaft des Sammlers ist, der spricht, und nicht das nüchterne Urteil des Händlers. Und dennoch, dennoch, schickt mich diese Hoffnung an unmögliche Plätze in Persien oder Burma. Ja, und nun hat sie mich wieder nach Venedig gebracht.«

»Nach Venedig!, rief ich erstaunt aus. »Du lässt dich durch eine Laune leiten, die so ungewiss, so eingebildet ist, wie diese?«

»Lieber Richard Hume, vielleicht ist für mich diese Laune, wie du sie nennst, nicht so ungewiss oder eingebildet«, antwortete er.

»Aber«, protestierte ich, »du hast keinen Beweis für deine Schätze. Warum sind sie nicht in Glasvitrinen drüben im Markusdom. Warum sind deine Gemälde nicht in den Museen? Warum findet man deine Antiquitäten nicht in den Geschäften?«

Er schaute mich mit einem seltsam nachdenklichen Ausdruck an.

»Was wir niemals hatten, das vermissen wir auch nicht«, grübelte er. »Keiner hat die Venus von Milo vermisst, oder den Fries des Parthenon, oder den Kohinoor Diamanten. Dennoch nennen wir sie heute drei der Wunder der Welt.«

»Weil es nur drei davon gibt«, sagte ich ungeduldig. »Ich befürchte, dass du sehr weit herumsuchen musst, bevor du das glückliche vierte Wunder findest.«

»Ohne Zweifel«, sagte er gleichgültig, »ohne Zweifel.« Und dann fügte er ganz belanglos hinzu, »niemand wird sich vorstellen können, dass Kronen so leicht verloren gehen können.«

»Und, war das so?«, fragte ich neugierig.

»Erst kürzlich hat meine eine bei Ausgrabungen gefunden, nicht weit weg von Toledo. Sie war für tausend Jahre verschollen. Das war so ein Fund. Dann die Krone des Kaisers von Österreich, die heilige Krone, die Szenta Korona [Stephanskrone], ging nicht weniger als drei Mal verloren und wurde wiedergefunden. Das letzte Mal, das war kein halbes Jahrhundert her, verschwand sie nach der Niederlage von Kossuth. Einige sagten, sie wäre nach London verschwunden, andere sagten, man hätte sie zerlegt und die Juwelen in Konstantinopel verkauft. Dennoch wurde sie für ein paar Florin von einem Bauer zurückgegeben. Sie kam zurück, so mysteriös, wie sie verschwunden ist. Dummer Bauer!«

»Mr. St. Hilary, protestierte Mrs. Gordon, »Sie hätten ihm doch sicher zu nichts anderem geraten?«

»Ich glaube nicht. Aber meiner Meinung nach sollte man genauso nach großen Sachen suchen, wie nach kleinen. Da gibt es den Gnaga Boh, der 'Dragon Lord', der perfekteste Rubin der

Welt. Eine geistesschwache Kreatur trägt ihn, die Witwe von König Thibaw. Wir sind große Freunde, diese alte Hexe und ich, und ich hätte ihn bei tausend Gelegenheiten stehlen können. Eines Tages wird sie ihn mir vielleicht geben. Oder dieser berüchtigte indische Prinz, Gwaikor von Baroda. Er hat ein halbes Dutzend wertvoller Steine. Auch er ist ein Kumpan von mir. Nichts wäre leichter als einen davon zu stehlen.«

»Mein lieber Mr. St. Hilary«, unterbrach ihn wieder Mrs. Gordon, »Sie werden doch sicherlich nicht über einen Einbruchdiebstahl nachdenken?«

»Das ist genau das Problem«, beschwerte er sich schwermütig, »ich habe ein Gewissen. Aber Funde sind sicherlich zum Behalten da.«

»Ach, es muss schwer sein, die Funde von jemandem auszuspüren«, sagte Jacqueline in drolliger Weise.

»Nicht immer. Haben Sie niemals gehört, wie der Hermes von Praxiteles [auch Hermes von Olympia] entdeckt wurde?«

Sie schüttelte ihren Kopf.

»Pausanias, ein alter griechischer Historiker, hatte über diese Statue vor ungefähr tausend Jahren geschrieben – wie er sie in Olympia gesehen hatte. Da war die Passage, welche die ganze Welt lesen konnte. Er hatte genau beschrieben, nach was man graben sollte – und auch genau, wo man graben sollte. Aber hat ihm jemand geglaubt? Tausend Jahre lang war das nicht der Fall. Aber als sich nach diesen tausend Jahren eine Gruppe von Deutschen dazu entschloss, der Sache nachzugehen, weil vielleicht doch etwas an dieser Geschichte dran sein könnte, hatte man daraufhin in Olympia gegraben. Wie er es ihnen gesagt hatte, erschien ihr Hermes, der auf sie wartete.«

»Sehen Sie, manchmal hat man die Information, wo Schätze liegen, aber so wenig von uns haben den Glauben daran.«

»Und hast du deine Informationen, wie auch den Glauben daran, St. Hilary?«, fragte ich mit spöttelnder Besorgnis.

Nach dieser wohl unnützen Bemerkung öffneten sich seine schweren Augendeckel. Die Pupillen weiteten sich. Herausfordernd blitzte es aus ihren blauen Tiefen. Ich starrte ihn an. Aber fast im gleichen Moment schloss er die Augen.

»Das ist alles außerordentlich interessant, Mr. St. Hilary«, sagte Jacqueline, »aber sind wir nicht ziemlich weit weg von unserem venezianischen Palast? Warum warten wir noch?«

»Ganz einfach, meine liebe junge Dame, weil der Besitzer sehr religiös eingestellt ist. In diesem Moment, so denke ich, beichtet er seine Sünden dort im Markusdom.«

»Wer ist der Eigentümer des Palastes«, fragte Mrs. Gordon. »Und warum will er dessen Inhalt verkaufen?«

»Der Besitzer ist ein Herzog, der Herzog da Sestos, und er will verkaufen, weil er mittellos ist, wie auch der Rest seiner Sippschaft.«

»Ein Herzog!«, rief Mrs. Gordon, »wie interessant. Und was für ein Herzog ist dieser Gentleman?«

»Aus den höchsten Kreisen des italienischen Adels. Er ist ein Prinz der Guten Kameraden, ein verwegener Ritter, schön wie ein junger Gott, und sechsundzwanzig Jahre alt.

»Wie überaus interessant«, wiederholte Mrs. Gordon, und schaute zu Jacqueline. Dieser Blick machte mir Sorgen.

Jacqueline selbst schien darüber verärgert zu sein. Sie drehte sich zu St. Hilary hin.

»Haben Sie noch andere Schätze im Ärmel, Mr. St. Hilary?«

»Meine liebe junge Dame, soll ich ihnen eine Aufstellung von einer Sammlung geben, die ich kenne? Ich verspreche, dass ich Euch allen den Mund damit wässrig mache.«

»Um zu beginnen, da gibt es einen Balus-Rubin, den man als El Spigo kennt, oder die 'Kornähre'. Im fünfzehnten Jahrhundert gab man ihm den Wert einer enormen Summe von zweihundertundfünfzigtausend Dukaten. Dann gibt es das Juwel El Lupo, 'der Wolf'. Es besteht aus einem großen Diamanten und drei Perlen.«

»Diese zwei Steine würden sicher auch die Aufmerksamkeit der gemeinen Leute erwecken. Aber stellen Sie sich einen Beryll vor, doppelt so groß wie ihr Daumennagel, und darauf ist das Porträt von Papst Clement VII, das von keinem Geringeren als Cellini eingraviert wurde.«

»Ich kaufe ihn zu jedem Preis«, rief Jacqueline.

»Und dann«, fuhr St. Hilary fort, der seinen Zeigefinger leicht berührte, gibt es noch einen hellroten Rubin. Der Stein selbst ist nicht so wichtig, aber er ist eine Kamee, und das Ebenbild, das darauf eingraviert ist, ist das von Ludovico il Moro [il Moro – der Maure], dem Herzog von Mailand. Der Künstler war Domenico de' Camei. Sie nannten ihn mit Beinamen Camei*, denn er war der größte Kameenschnitzer in der Welt.« [* cammeo/cammei = italienisch Kamee/Kameen].

»Der ist für mich«, sagte Mrs. Gordon, die nunmehr ihre Augen erwartungsvoll auf den Markusdom gerichtet hatte.

»Um fortzufahren«, es gibt eine türkisfarbene Kamee, halb so groß wie ihre Handfläche, und auf ihr hat man den Triumph von Augustus geschnitten. Dreissig Figuren befinden sich auf dem Stein.«

»Es gibt einen Kopf der Isis aus Malachit. Das Einzige, das sich damit vergleichen kann, befindet sich in der Eremitage in St. Petersburg.«

»Es existieren nur wenige Porträts von Beatrice d'Este. Eines davon ist auf einem meiner erwähnten Steine graviert, und man kennt es als das Diamant-Porträt. Stellen Sie sich eine dünne, mit Diamanten besetzte Platte vor, gleichmäßig auf beiden Seiten poliert, mit kleinen Facetten an den Ecken. Die Diamanten bilden so den Glasrahmen für das Porträt, welches von dem großen Ambrosius Caradossa selbst in einen Lapislazuli eingeritzt wurde.«

»Das«, unterbrach ich, »muss meins sein.«

»Ich darf zwei ausgefallene Giftringe nicht vergessen – einer davon hat eine Schiebeplatte. Der andere, noch gefährlichere, ist wie ein Löwe gemacht, mit scharfen Klauen, die ausgehöhlt wurden und mit einem kleinen Giftbehälter verbunden sind. Man muss vorsichtig mit dem Ring am Finger sein, wenn man ihn aus der Schatulle herausgenommen hat.«

»Ja, und selbst die Schatulle ist es wert, näher in Augenschein genommen zu werden. Durch ein geniales Uhrwerkssystem dauert es zwölf Stunden bis man den Deckel öffnen kann, nachdem man es in Gang gesetzt hat.«

»Und wo, wo, sind all diese Schätze?«, wollte Mrs. Gordon wissen, die für einen Moment nicht zum Dom hinsah.

»Meine liebe Lady, so weit ich weiß, sind sie hier in Venedig.«

»In Venedig!«, rief ich aus.

»Leider sind sie vor fast fünfhundert Jahren verschwunden.«

Daraufhin gab es eine allgemeine Äußerung von Enttäuschung und Vorwürfen.

Mrs. Gordon richtete wieder ungeduldig ihren Blick auf den Markusdom.

»Und es gibt absolut keinen Hinweis auf sie«, fragte Jacqueline.

»Keinen Hinweis, liebe Dame«, murmelte er und breitete seine Hände weit aus.

»Kannst du uns wenigstens sagen, wem diese Kleinode gehörten?«, fragte ich.

»Ja, natürlich, wenigstens das kann ich Euch sagen. Die Kostbarkeiten gehörten Beatrice d'Este, Herzogin von Mailand und Frau von Ludovico il Moro. Sie verpfändete sie an den Dogen von Venedig, um Geld für die Armee ihres Mannes zu besorgen.«

»Und alles ist komplett verschwunden«, insistierte ich.

»So, als hätten sie nie existiert. Aber sie existieren, und zwar hier in Venedig. Denkt daran! In Venedig. Und nun, bester Hume, kannst du meine Faszination für Venedig verstehen.« Er seufzte tief.

»Aber warum erinnerst du gerade an diesem Nachmittag so ganz besonders an sie«, bohrte ich weiter vor Neugier.

»Weil wir den Kasten sehen werden, von dem man sagt, dass die Schatulle mit den Kostbarkeiten darin verborgen war.

»Im Palast unseres Herzogs?«, fragte Jacquelines Tante.

St. Hilary nickte. »Im Palast unseres Herzogs, Madame.«

»Und wie ist er dort hingekommen?«, fragte ich.

»Man sagt, dass ein Vorfahre des Herzogs, ein großartiger Goldschmied und Uhrmacher in Venedig – «

Er beendete abrupt seinen Satz. »Hier kommt der Herzog«, sagte er.

Ich schaute hoch. Der Antiquitätenhändler hatte mit seinem Charme nicht übertrieben. Er war groß gewachsen. Sein Erscheinungsbild war so nobel wie sein Auftreten. Eine Hand ruhte leicht auf dem Griff seines Säbels. Seine kühnen Augen, von stechendem Blau, suchten das liebliche Gesicht von Jacqueline. Er hatte alles von dieser erobernden Weise für ein junges Mädchen. Seine Augen wanderten zu mir. Wir schauten uns fest an. Wir schätzen uns ab. Instinktiv misstraute ich ihm.

St. Hilary machte die Vorstellungen. »Ich habe meine Freunde gefragt, mit mir zu gehen. Ich hoffe, ich habe mir da keine zu große Freiheiten herausgenommen?«, sagte er in Französisch.

»Keinesfalls«, versicherte der Herzog. »Es tut mir nur leid, dass ich die Damen habe warten lassen. Mein Boot wartet an der Mole. Sollen wir sofort losgehen?«

3. KAPITEL

Der Palazzo da Sestos war für viele Jahre eine der besonderen Attraktionen am Canale Grande. Er ist nicht schöner als eine Reihe anderer, und der einzige Unterschied bestand darin, dass seine ausgeblichenen, grünen Fensterläden für mehr als ein halbes Jahrhundert geschlossen waren. Andere Gebäude waren für ein Jahr geschlossen – vielleicht zehn Jahre. Aber hier hatte schon fünfzig Jahre lang kein Metzger- oder Bäckerjunge an der rostigen Glockenkette gezogen, an der kleinen Seitenstraße – keine Gondel hatte an seinen moosüberwachsenen Stufen halt gemacht. Er hatte etwas Mystisches angenommen und wurde den Touristen immer gezeigt, so unvermeidbar wie die Glasfabrik von Salviati.

Aber heute standen die weiten Eisentore offen. Das Dampfboot schwamm zwischen die Palaststufen und die großen Holzpfähle, die immer noch stolz dastanden, trotz ihres Verfalls, gekrönt mit einem Horn und mit dem Wappen der da Sestos verziert. Luigi, ein Diener, der seinen weißen, alten Kopf schüttelte und nickte, stand auf den Marmorstufen, die bis ins Wasser hinein reichten.

Wir traten in die Halle ein, die ein Echo wiedergab, und ein unbeschreibbarer Geruch von feuchtem Mauerwerk und Staub brachte uns zum Husten. Etwas huschte über die roten und weißen Marmorfliesen. Eine Fledermaus, die durch das plötzliche Licht geblendet wurde, flatterte im Kreis durch die Halle. Mrs. Gordon fröstelte und sie hielt sich am Arm des Herzogs fest. Jacqueline hielt ihre Röcke sorgfältig zusammen. Der Raum erschien unsauber und unheimlich.

Die hochragende Halle ging durch den gesamten Palast. Dahinter gab es ein anderes eisernes Gitter, das zum Garten hin ging. Dieser war nunmehr nur noch ein wildes Durcheinander von Weinreben, Efeu und Myrte, welche die zerbröckelnden Wände hoch wucherten und sich dabei, um die Statuen und die gelbliche Brunnenumrandung herum, umschlangen und würgten.

Auf beiden Seiten der Halle waren steinerne Bänke und über ihnen hing das Wappen der da Sestos – das seltsame Zeichen einer ausgestreckten Hand die einen riesigen Schlüssel hält. Türen rechts und links führten zu den 'Magazzini', oder Lagerräume, in denen vor vielen Jahren die Nobili [Adligen] ihre Waren aufbewahrten, als Venedig noch die Königin im Welthandel war. St. Hilary, der ganz unbewusst die Führung übernommen hatte, warf geringschätzig ein Auge auf die nackten Wände und rannte zur Treppe.

Auf dem Treppenabsatz hielten wir inne. Zwei Türen mit massiven Schnitzereien befanden sich vor uns. Eine öffnete sich zum großen Saal, die andere zu einer langen Reihe von kleineren Empfangsräumen, die miteinander verbunden waren. Luigi schloss mit zitternden Händen die Tür zum Saal auf und öffnete sie feierlich, wobei er eine flackernde Kerze hochhielt.

Wir standen noch draußen und starrten in die Dunkelheit, während der alte Mann durch den riesigen Raum trottete und die Fensterläden entriegelte. Die Kerze strahlte blass im Schein des Tageslichts. Er stieß ein Fenster auf und eine schwache Prise berührte unsere Wangen. Man konnte wieder normal atmen. Der Schein der Sonne strömte herein auf den glänzenden Fußboden aus farbigem Zement, in den kleine Marmorstücke eingelassen waren. Ich schaute mich um.

Alles war von gelblichen Tüchern bedeckt – die Wandteppiche, die Bilder, das Mobiliar. St. Hilary riss die Tücher ungeduldig herunter und Luigi schaute von seinem Herrn zu dem Händler, beunruhigt und erstaunt, und vor Entrüstung. Schließlich war alles in dem noblen Raum aufgedeckt. Wir, die kleine, frivole Gruppe, die hier eintrat, elegant in Flanell und Musselin gekleidete Männern und Frauen, erschienen seltsam und wie Eindringlinge in diesen großartigen Platz von vergangener Pracht und schwermütigem Glanz.

Flämische Stoffbehänge bedeckten die weiten Flächen der Wände. Thronsessel mit genuesischer Seide und Brokat und geprägtem Leder, jeder von ihnen mit den unvermeidlichen Lehnen mit Gold-Applikationen versehen, waren förmlich Seite an Seite aufgereiht. Es gab einen prächtigen, zentralen Tisch, in dessen Malachitplatte sich ein mittig eingelassenes Mosaik befand, mit einem etruskischen Rand. Sie wurde von Beinen in der Form von vier außergewöhnlich geschnitzten, geflügelten Gottheiten getragen.

Es gab antike spanische und italienische Vitrinen, die mit Schildpatt und Elfenbein und Eichenholz belegt waren. An beiden Enden des Raum befanden sich eingelassene Feuerstellen, deren Pfeiler mit herrlich gemeißelten Putti und raffaelischen Schnecken verziert waren. Grüne Vasen, eichene Aussteuertruhen, Konsolentische aus Jaspis und Lapis Lazuli, Uhren aus Bronze auf Sockeln von Sienamarmor, Marmorbüsten, Portieren aus Seide und Samt, florentinische Spiegel, venezianische Kronleuchter mit rosafarbenem und weißem und blauem venezianischem Glas – all das gehörte zum Venedig der Renaissance – zu Venedig in seiner Pracht.

»Ich vermute«, sagte der Herzog, »dass in diesem alten Raum die Stühle und Tische genau da stehen, wo sie vor zweihundert Jahren waren.«

»Und nun«, sagte Mrs. Gordon vorwurfsvoll, »wagen Sie, das alles zu plündern?« Wenn ich Sie wäre, würde es mich traurig stimmen, all diese stummen Gegenstände an diesen schrecklichen Händler zu verkaufen, der mit seinem Notizbuch von Schatz zu Schatz eilt.«

»Per Baccho!*«, lachte der Herzog. Warum sollte ich irgendwelche Sentimentalitäten für einen Ort oder Dinge haben, die genauso fremd für mich sind, wie für Sie. Sie wurden erst kürzlich zu meinem Eigentum, und das auch noch aus Zufall. Wenn Luigi jetzt das Sagen hätte, könnte es anders sein, nun, alter Mann?«

[* Beim Bachus, Gott des Weins, (eigentlich perbacco), umgangssprachlich als 'Donnerwetter', Menschenskind etc. benutzt].

Luigi verfolgte die Schritte des Händlers und brachte die Tücher wieder an ihren Platz. Er schaute beunruhigt hoch.

»Was! Eure Exzellenz wollen diesen Palast verkaufen?«, sprach er zaghaft.

»Alles davon«, sagte der Herzog leise und ignorierte ihn. »Sie müssen wissen, Ladys, dass der Onkel, durch dessen frühzeitigen Tod ich den Palast geerbt habe, der letzte Venezianer war, der unseren Namen trug. Er hatte nie einen Fuß in diesen Palast gesetzt, wie man mir sagte. Er hat im Ausland gelebt. Die Traditionen der Venezianer hatten ihn nicht interessiert, und mich interessieren sie auch nicht. Ich komme aus Turin. Dort befindet man sich wenigstens in der richtigen Welt. Dort hat man noch den Ehrgeiz für Macht und Ruhm. »

»Mit Ehrgeiz kann man es weit bringen«, sagte Mrs. Gordon bewundernd.

»Aber diese Venezianer, oh je, ich kenne sie!«, fuhr er fort. Sie tratschen ein wenig, sie vertrödeln die Zeit über ihrer albernen Zeitung im Café Quadri – um zu essen, trinken oder zu flirten – das ist ihr Traum vom Glück. Sie lassen sich in ihren wundervollen Gondeln in den Schlaf schaukeln. Sie treiben auf der glatten Oberfläche ihrer trägen Kanäle, raus auf das große Meer des Vergessens. Nein, die ruhigen Wasserstraßen dieses melancholischen, dahingeschwundenen Venedig sind nicht unbedingt Pfade der Herrlichkeit.«

»Nein«, sagte Jacqueline, und schaute mich dabei, wohl unbewusst, an.

Ich hatte diesen vorwurfsvollen Blick ohne Zweifel verdient. Ich hätte ihn demütig genug ertragen, wenn ihn nicht auch der Herzog, genauso wie ich, bemerkt hätte. Als er auf dem Weg durch die Empfangsräume voranging, sah er mich sonderbar an, und blickte dann auf Jacqueline. Er lächelte. Meine bisher eher vage Abneigung wurde bestimmter.

Die Empfangsräume sahen in eintöniger Weise gleich aus. Unser Interesse begann nachzulassen, aber der rastlose Antiquitätenhändler hatte genug gesehen, um seine Begeisterung zu wecken. Es war nur zu natürlich, dass er sich umschaute und herumschnüffelte. Das war sein Geschäft, wie ich annehme, Brokatstoff zu befummeln oder die Federung der Stühle auszuprobieren.

Es gab keine Aussteuertruhe, deren Deckel er nicht anhob, keinen Schrank oder keine Vitrine, in die er nicht hineinsah. Ich dachte, dass sein Eifer fast an ungesittetes Benehmen grenzen würde, bis ich an den da Sestos Kasten dachte, in der sich einst die Schatulle mit den Kostbarkeiten befand. Danach suchte er ohne Zweifel.

37

Schließlich gab er einen kleinen Schrei seiner Befriedigung von sich. Wir hatten den letzten der Räume erreicht.

»Sie werden sich erinnern, Madame, dass ich Ihnen eine ausgewöhnliche Geschichte über die verlorenen Juwelen von Beatrice D'Este erzählt habe. Es ist wahr, dass ich Ihnen die Juwelen nicht zeigen kann, noch die Schatulle, in der diese Juwelen sind. Wenn Sie aber den Kasten sehen wollen, der diese Schatulle enthielt, schauen Sie ihn sich an!«

Er berührte vorsichtig eine Stahlkiste mit seinem Stock, die auf einer Konsole stand.

»Und wie wollen Sie das beweisen?«, fragte Mrs. Gordon, ein wenig skeptisch.

St. Hilary zeigte auf den Deckel, auf dem graviert war: 'Giovanni Da Sestos fecit, 1525'« [gemacht von Giovanni da Sestos, 1525].

»Ein da Sestos hat die Schatulle für die Juwelen gemacht!«, rief Mrs. Gordon und starrte auf den Herzog.

»Das ist geschichtlich belegt«, antwortete St. Hilary.

»Juwelen!«, rief der Herzog. Was bedeutet es, dass ein da Sestos eine Schatulle für Juwelen gemacht hat?«

»Ich habe die Ladys diesen Nachmittag mit der Geschichte des mysteriösen Verschwindens der d'Este Juwelen unterhalten. In Wirklichkeit sind sie nicht einfach verschwunden, Mrs. Gordon. Sie wurden gestohlen, und gestohlen, wenn die Legende wahr ist, von einem den Vorfahren seiner Gnaden.«

»Ein Vorfahre von mir?«, rief der Herzog. »Unmöglich!«

Er war ein ausgezeichneter Künstler und Uhrmacher«, gab St. Hilary bedächtig als Antwort. »Er war der erste Venezianer seines Namens, der berühmt wurde, obwohl ich glaube, dass sein Ende ziemlich tragisch war.«

»Sie scheinen ziemlich viel über die Angelegenheiten meiner Familie zu wissen, Mr. St. Hilary. Es ist seltsam, dass ich nie etwas über diesen Vorfahren und seine Schatulle gehört habe.«

Nicht so seltsam«, antwortete der Händler, »wenn man bedenkt, dass seither fast fünfhundert Jahre* vergangen sind. Was die Schatulle angeht, ist sie eine Kuriosität und ein Teil der Geschichte. Es gibt wenige Kuriositäten in der Welt, die der Aufmerksamkeit von uns Antiquitätenhändlern entgehen. Es ist unser Geschäft, sie zu kennen.« [* wohl Berechnungsfehler des Autors, Zeitpunkt der Handlung und Erscheinen des Buchs etwa 1905, gemacht von Giovanni da Sestos, 1525].

»Vielleicht werden Sie mich über diese seltsame Geschichte aufklären«, sagte der Herzog.

»Eines Tages«, versprach St. Hilary unbekümmert. »Eigentlich jeden Tag, an dem Sie eine halbe Stunde Zeit haben, um mit mir eine Zigarre im Florian's zu rauchen. Dann drehte er sich zu Luigi hin, der nervös mit seinen Schlüsseln spielte. »Haben wir alles gesehen? Alle Räume?«

Der alte Mann nickte. »Alles, mein Herr.«

»Diese Tür dort, wo führt die hin?«, fragte St. Hilary.

Luigi drückte die Klinke herunter und stieß die Tür auf.

»Gütiger Himmel, Mr. St. Hilary«, rief der Herzog, »suchen Sie wirklich nach den Edelsteinen, von denen Sie schwärmen? Sie müssten nun doch bereits alles gesehen haben.«

Der Händler schenkte den Beschwerden des Herzogs wenig Beachtung. Er fummelte an den Wandteppichen herum und der Herzog wandte sich den Damen mit einer Geste der Verärgerung zu.

»Sollen wir den Händler jetzt mit sich allein lassen? Es würde mir sehr gefallen, wenn Sie sich beide ein Souvenir dieses reizenden Nachmittags aussuchen würden. Ich zögere, alles diesem schrecklichen Amerikaner zu überlassen. Wollen wir noch einmal durch die Empfangsräume gehen? Dort werden wir die interessantesten Stücke von diesem bric-à-brac finden.«

Der Herzog und die Ladys verließen den Raum, und der alte Luigi ging voran. Mich hatte seiner Gnaden völlig vergessen.

Ich drehte mich lustlos herum und wollte mich zu St. Hilary begeben. Zu meinem Erstaunen war er völlig verschwunden. Ich ging ziemlich verwirrt den ganzen Raum ab, denn ich hatte nur einen Ausgang bemerkt.

Als ich in einer düsteren Ecke des riesigen Zimmers stand, bewegte sich einer der Wandteppiche gegenüber. St. Hilary kam dahinter hervor. Er schaute sich einen Augenblick im Raum um, und dann, als er sich unbeobachtet fühlte, folgte er schnell den anderen zu den Empfangsräumen.

Meine Neugier war nun geweckt. Ich hob selbst den Wandteppich hoch und fühlte die Wand dahinter entlang. Plötzlich gab sie unter dem Druck meiner Hand nach; ich hatte eine Tür aufgestoßen und befand mich in einer engen Kammer, kaum größer als ein Kleiderschrank.

Ich steckte ein Streichholz an, aber noch bevor ich das Innere untersuchen konnte, wurde der Behang nochmals angehoben und Luigi erschien, mit der leuchtenden Kerze in der Hand.

»Was macht der Herr hier?«, fragte er mit einer Beunruhigung, von der ich dachte, dass sie ziemlich fehl am Platz sei.

»Ich dachte, Luigi, dass sie uns alle Räume gezeigt haben?«

»Seine Exzellenz wird verärgert sein, wenn er Sie hier sieht«, war die beharrliche Antwort des alten Dieners.

»Mein lieber Richard«, lachte Jacqueline plötzlich hinter mir, »das ist köstlich mysteriös. Du hast also eine versteckte Kammer entdeckt?«

»Etwas, das man durchaus in einem alten venezianischen Palast erwarten kann«, fügte Mrs. Gordon hinzu. »Wenn du auch Mr. Hilarys Juwelen gefunden hast, wäre das perfekt.«

»Ich glaube, dass mein lieber Hume schlau genug ist, zu erkennen, dass dies nichts ist, als eine leere Kammer«, rief der Händler und warf mir einen sehr vorwurfsvollen Blick zu.

»Oh nein, das ist keine Entdeckung von mir«, sagte ich ruhig. Ich bin nur der Spur von Mr. Hilary gefolgt.«

»Als Antiquitätenhändler bin ich natürlich an Kuriositäten interessiert, sogar an kuriosen Kammern«, warf er ein.

»Trotzdem sind ihre Kenntnisse über meinen Palast eher außergewöhnlich – sogar für einen Antiquitätenhändler«, rief der Herzog.

St. Hilary nahm die Kerze von dem Diener.

»Wenn Sie ein besserer Venezianer wären«, gab er zurück, »und mit den Archiven der Frari* bessert vertraut [* venezianisch für 'Brüder', 1560 zog die Inquisition in die Frari-Kirche], wüssten Sie, dass die venezianische Inquisition Pläne von allen Palästen der Stadt hatte. Ich konnte sie untersuchen. Das ist alles.«

»Aber ihre Exzellenz wird sehen«, sagte der alte Luigi, »dass der Raum vollkommen leer ist.«

»Ja, ja«, stimmte der Händler zu und drückte uns sanft zur Seite.

»Nein, nicht ganz«, sagte ich und schaute ihn dabei scharf an. »Was ist das hier auf dem Regal?«

»Eine Uhr!«, rief Jacqueline aus.

4. KAPITEL

Die Uhr stand auf einem Steinregal, das aus der Wand herausgemauert war, etwa so hoch, wie man reichen konnte.

»Oh je, eine kaputte Uhr«, rief St. Hilary verächtlich. »Es gibt nichts Nutzloseres und Uninteressanteres als eine kaputte Uhr«, und blies die Kerze aus.

Wir trotteten zurück in den Saal.

»Und nun, Herzog, nachdem wir ihr Haus gründlich untersucht haben, sogar bis in die Nischen der versteckten und mysteriösen Kammer, bin ich durchaus bereit ihnen eine Offerte zu unterbreiten, wann immer Sie es wünschen.«

»Dazu haben wir noch alle Zeit der Welt, Mr. St. Hilary«, antwortete der Herzog ungeduldig. »Die Ladys haben sich noch gar nicht ihr Souvenir ausgesucht. Mit welchem Geschenk würden Sie mich ehren, indem Sie es akzeptieren?«

Er schaute zu Jacqueline hin.

Sie zögerte und blickte auf Mrs. Gordon.

»Meine liebe Jacqueline«, wurde sie von ihr ermutigt, »ich bin sicher, dass Mr. St. Hilary nicht wesentlich weniger bieten wird, egal was du dir aussuchst.«

»Nein, natürlich nicht, sagte der Händler und schrieb Zahlen in sein Notizbuch. Ich habe mich schon ziemlich auf die Summe festgelegt. Lassen sich mich diesen Fayence-Krug ihrer Aufmerksamkeit empfehlen. Ich versichere Ihnen, dass er selten ist. Sie können selbst erkennen, dass er wunderschön ist.«

»Auch wenn sie für sich keinen Wert darstellt«, sagte Jacqueline und ignorierte den Vorschlag von St. Hilary, gibt es nichts, was

43

mich mehr anspricht als dieser stählerne Kasten. Die Geschichte von Mr. St. Hilary hat meine Fantasie ziemlich angeregt.«

»Sie gehört bereits Ihnen«, sagte der Herzog. »Und nun, was wird sich Madame auswählen?«

»Könnte ich diese heruntergekommene, alte Uhr in der versteckten Kammer noch einmal ansehen? Ich bin gerade dabei, mit eine Uhrenkollektion aufzubauen.«

»Mit diesem hervorragenden Exemplar einer Glaskugel aus Siena können Sie keinen Fehler machen«, drängte sie der Händler.

Aber genauso wie Jacqueline protestierte Mrs. Gordon mit einem Lächeln. »Ich ziehe etwas vor, dass den Hauch eines Mysteriums um sich hat. Und diese alte Uhr, die dort in der Dunkelheit eingeschlossen ist, für weiß wie viele Jahre schon, muss eine Geschichte haben.«

»Aber sie ist so sehr, sehr alt«, rief der alte Luigi mit Missbilligung. »Sie ist für zweihundert Jahre nicht gelaufen.«

»Das macht sie kaum weniger interessant«, sagte ich trocken. »Lasst uns unbedingt diese Uhr sehen.« Die Zurückhaltung von den beiden, St. Hilary und Luigi, hatte mir doch einen ziemlich seltsamen Eindruck gemacht.

»Eure Exzellenz wird sie doch nicht wirklich weggeben? Sie ist ein Familienerbstück«, protestierte der alte Luigi hartnäckig.

»Ich sage dir, dass du sie herbringen sollst«, befahl der Herzog.

Nur sehr zögerlich ging der alte Mann in die kleine Kammer.

»Sie ist zu schwer«, rief er von innen, »ich kann sie nicht hochheben.«

44

Der Herzog da Sestos und ich selbst, kamen ihm zu Hilfe. Zusammen trugen wir sie in den Saal und stellten sie auf den zentralen Tisch. Die leichte Erschütterung brachte einige Glocken in ungeordnete musikalische Schwingungen.

Sie war mit Sicherheit einmalig – zumindest hatte ich noch nie zuvor so etwas gesehen.

Stellen Sie sich ein längliches Gehäuse aus Bronze vor, etwa so lang wie ein Arm und etwa dreiviertel so hoch. Um das Gehäuse herum, links, vorne und rechts, war eine Plattform, die stark vergoldet war. Direkt über dieser Plattform gab es zwölf Türchen, drei auf beiden Seiten und sechs an der Frontseite. Es gab fast keine Ornamente, außer dass auf der Oberseite drei Figuren standen. Die Köpfe und die Arme von allen drei waren abgebrochen.

»Ihre Einfachheit und Hässlichkeit zugleich sind interessant«, rief Mrs. Gordon enthusiastisch aus. »Und diese zwölf Türen bedeuten sicher, dass es ein Automat ist, ist es nicht so, Mr. St. Hilary? Man kann sich die steifen kleinen Figuren vorstellen, die erscheinen, jede zu ihrer Stunde, an ihren bestimmten Türen – Könige mit ihren goldenen Kronen, verzierte Jungfrauen, Prälaten mit ihren Bischofsmützen und bewaffnete Ritter. Jede Figur erfüllt ihre Pflicht zur jeweiligen Stunde, nehme ich an, und verschwindet dann wieder.«

»Bei jeder Bewegung des Tisches«, sagte Jacqueline, »haben ihre Glocken ärgerlich geklirrt. Man könnte denken, sie war beleidigt, nach einem langen Schlaf von zweihundert Jahren.«

»Ja«, bestätigte der Herzog, der gedankenvoll auf die Uhr sah. »Sie bringt fantastische Noten hervor, die selbst in der Fantasie der abgestumpftesten Menschen klingen.«

»Denkt einmal dran, welche Geschichten von Liebe und Intrigen sie gehört hat, auf welche Taten von Rache und Hass sie herabgeschaut hat. Zu welchen Stunden des Leids und der Freuden hat sie geläutet? Totenglocken für die Hoffnung, Geläut für Liebe und Glück!«

Jacqueline hatte die Uhr vorsichtig umgedreht. Plötzlich ging sie runter auf die Knie, um sie sich näher zu betrachten, und las dann laut:

Se mi guardi con cura,
Se mi ascolti con attenzione,
E se, nell' intendermi, tu Sei cosi acorto com' io lo sono nel dirti –
T' arridera la Fortuna.

»Würden Sie das für mich bitte übersetzen?«

»Wenn du mich sorgfältig ansiehst, wenn du mir genau zuhörst, und wenn du mich verstehst, und dabei genauso schlau bist wie ich, wenn ich zu dir spreche, wird das Glück dir lachen«, übersetzte der Herzog.

»Diese herrliche Angeberin!«, rief Mrs. Gordon verzückt. »Nun, was denken Sie, was dieses kühne Versprechen bedeutet, Mr. St. Hilary?«

»Oh je, Madame! Es verspricht zu viel, um irgend eine Bedeutung zu haben. Früh ins Bett und früh aufstehen macht einen Mann gesund, reich und weise. 'Zeit ist Geld' – es gibt zahlreiche Sprichwörter, genauso vage und bedeutungslos.«

»Oh, Sie müssen keine abfälligen Bemerkungen über meine liebe Uhr machen. Vielleicht kann Luigi das Rätsel etwas schlauer deuten. Wissen Sie, ob es eine Legende gibt, die mit dieser Uhr verbunden ist?«

Der alte Mann zögerte.

»Komm, komm, sprich schon«, sagte der Herzog in rauem Ton.

»Nun, ja, Eure Exzellenz«, antwortete der alte Mann. »Aber ich muss Sie beschwören, die Uhr nicht zu verkaufen oder wegzugeben. Sie werden es immer bereuen. Das Glück gehört zu dieser Uhr, Euer Ehren.«

»Aber die Losung«, drängte Mrs. Gordon. »Hat sie irgendeine Bedeutung?«

»Ja, ja, Signora, es bedeutet, dass jede Stunde ihr eigenes Geschenk mitbringt, wenn man es nur verstehen kann. Jemand könnte niemals leiden, noch hungern, noch frieren, arm oder enttäuscht werden, wenn man nur das Geheimnis jeder Stunde verstehen könnte, denn an jede der Stunden wird etwas Wunderbares erzählt. Und die Uhr ist eine Hexerei gegen den Teufel. Mein Vater hat mir das erzählt, und er hat es von seinem Vater. Ja, wir haben sie sorgfältig bewacht, in dieser stillen Kammer. Sie stand da, so lange wie ich mich erinnern kann. Und nun wird Seine Exzellenz sie weggeben! Das Unglück wird kommen; ich weiß es.«

»Sei still du Dummkopf! Madame, soll ich die Uhr für Sie zu meinem Boot bringen lassen?«

»Oh, nimm dem alten Mann nicht seinen Zauber gegen den bösen Blick, Tante«, sagte Jacqueline leise, halb aus Mitleid und halb aus Spott, wegen des Kummers des alten Dieners.

»Ich muss Miss Quintard [Jacqueline] daran erinnern, dass ich es bin, der des Zaubers beraubt wird, wenn es diesen gibt, und nicht Luigi«, lachte der Herzog.

»Ich wäre die Letzte, die Ihnen Unglück bringen würde«, scherzte Mrs. Gordon. Dann fügte sie langsam hinzu, »aber ich beabsichtige, ihnen Glück zu bringen, und nehme sie Ihnen nicht weg.

»Genau darauf habe ich gehofft, dass Sie mir Glück bringen«, sagte der Herzog mit ernster Stimme und schaute Jacqueline an.

Jacqueline kniete immer noch vor der Uhr.

»Wie werde ich wirklich wissen, was du wirklich meinst, verrückte Legende?«, sagte sie wehmütig.

Ich lehnte mich auf den Tisch und bückte mich zu ihr.

»Wenn jemand diese Legende ausprobieren will, bedarf es genügend Geduld und Ausdauer, um sogar dir zu genügen, ist es nicht so, Jacqueline?«, fragte ich leise.

Sie lächelte, aber als sie sah, dass ich ziemlich ehrlich war, wurde sie ernst.

»Ja«, sagte sie langsam, »ich denke, das wäre so.«

»Nun, Jacqueline, wenn ich mit meinen Legenden über Venedig beginne, könnte ich mich als Erstes um die Legende dieser alten Uhr kümmern?«

»Mach das«, sagte sie unbekümmert. »Meine Tante wird die dafür danken, das weiß ich.«

Ich ging rüber zum Fenster und schaute bedrückt hinaus. Ich dachte, dass Jacqueline ernsthaft daran gelegen war, dass ich ein Buch über die Legenden von Venedig schreibe, als ich es ihr vorschlug. Aber nun, wo ich ihren Wunsch ernst nehme, war ihr augenscheinlich daran mehr gelegen, über mich zu lachen.

»Können Sie mit ihren Händen nach dem Diener im Boot klatschen und ihn bitten, heraufzukommen?«, fragte mich der Herzog. »Ich möchte, dass er die Uhr für Mrs. Gordon hinunterbringt.«

»Einen Moment, bitte«, sagte St. Hilary. Ich bin selbst Sammler genug, um die Begeisterung von Mrs. Gordon zu verstehen. Aber da ich ein Händler, wie auch ein Sammler bin, kann ich dieser Begeisterung nicht erlauben, mit meinem Geldbeutel in Konflikt zu kommen. Ich weiß, Mrs. Gordon, dass Sie mir nie vergeben werden, dass mein Spott über den Wert der Uhr die Vorspiegelung eines Händlers waren, der die Dinge abwertet, um sie billiger zu bekommen. Die Uhr, Madame, ist eine wertvolle Antiquität. Der Wert der Dinge in diesem Palast wird sich beachtlich vermindern, wenn sie nicht Bestandteil des Inhalts ist.«

»Es gab eine unangenehme Pause. Der Herzog lief rot an vor Ärger.

»In diesem Fall«, sagte Mrs. Gordon sehr verlegen«, würde ich natürlich nicht einmal davon träumen – «

»Mr. St. Hilary«, sagte der Herzog kühl, »die Uhr steht nicht für Sie zum Verkauf, zu keinem Preis. Madame, Sie werden mich nicht beleidigen, indem Sie sie verweigern?«

Mrs. Gordon starrte verwirrt zu ihrer Nichte.

»Du wirst es ziemlich schwer finden, sie mit dir in Europa herumzuschleppen«, sagte Jacqueline mit matter Stimme.

»Ja, ich befürchte, dass es so sein wird«, erklärte Mrs. Gordon eifrig.

»Wenn Sie mich mit der Aufgabe betrauen, wäre ich hocherfreut, sie für Sie zu verpacken und nach Amerika schicken zu lassen«, bot St. Hilary seine Hilfe an. Er schien bemüht zu sein, seine zeitlich schlecht passende Bemerkung, einen Augenblick zuvor, wiedergutzumachen.

»Aber Mr. Hume sagt mir, dass er ein Buch über die Legenden von Venedig schreiben wird«, unterbrach ihn Jacqueline. »Vor einem Moment, liebe Tante, schlug er vor, dass er etwas über dies Uhr herausfinden will, und ich ermunterte ihn dazu, dies zu tun. Warum überlassen wir es nicht Mr. Hume, sich während unserer Reise darum zu kümmern?«

»Freudig erklärte ich meine Bereitschaft, und obwohl es offensichtlich war, dass weder der Herzog noch St. Hilary den Vorschlag von Jacqueline guthießen, wurde die Uhr bald in eine Gondel verfrachtet, die ich bestellt hatte.

Das Schicksal der da Sestos und meines sollten nun fröhlich miteinander tanzen.

5. KAPITEL

Am folgenden Tag war ich seltsam bedrückt. Ich war den Spießrutenlauf zwischen Hoffnung und Zweifel gelaufen. Die verschiedenen Stimmungen von Jacqueline hatten mich verblüfft. Und der Herzog? Ehrlich gesprochen, fürchtete ich ihn. Jacqueline hatte ihn so offensichtlich bewundert. Er stand für genau die Eigenschaften, die mir fehlten. Der Glanz seines Namens, die luxuriöse Umgebung, die er so vehement verachtete, sein Enthusiasmus, und vor allem seine Allianz mit Mrs. Gordon, machten ihn zu einem beachtlichen Rivalen. In dieser Hinsicht und in einer unterschwelligen Art, ist Mrs. Gordon bereits zu einem vagen Verständnis mit ihm gekommen, daran hatte ich keinen Zweifel.

Zwei Briefe lagen auf dem Tablett, auf dem mein Morgenkaffee hereingebracht wurde. Einer war von Jacqueline, der andere von ihrem Bruder. Sie riefen mich in zwei ziemlich unterschiedliche Richtungen. Jacqueline an ihre Seite, der Bruder zur Unterstützung nach Rom. Der junge Narr steckte in Schwierigkeiten – Schwierigkeiten, die ernsthaft genug waren, um die Hilfe von jemandem zu erbitten, der Einfluss bei den Behörden hatte. Ich war in der Lage, diese Bedingungen zu erfüllen. Ich musste ihm zu Hilfe eilen.

In Jacquelines Brief glaubte ich eine Zärtlichkeit zu entdecken, die insgesamt neu und entzückend war. Das war nicht länger die reservierte Jacqueline, die da sprach. Es gab eine bezaubernde Schüchternheit, aber durch diese Schüchternheit sprach die Frau, die es wagte, offen für den Mann zu sein, den sie liebte.

Ich sollte sofort zu ihr kommen. Wir könnten gemeinsam das Buch diskutieren. Und sie hatte St. Hilary und mich zum Abendessen an diesem Abend eingeladen. Nachdem ich Sie

51

gestern verlassen hatte, deutete er ihr gegenüber etwas von einer wundervollen Geschichte über die Uhr an. Sie wollte ihn dazu bringen, darüber zu reden. Und ich würde schließlich eine Vorlage für eine meiner Legenden haben.

Ich konnte aber, was meine Reiserichtung anbelangte, nicht zögern. Wenn ich ihrem Bruder zu Hilfe komme, werde ich auch Jacqueline einen Gefallen erweisen. Unglücklicherweise konnte ich ihr nicht sagen, warum ich Venedig so eilig verlassen musste. Weder sie, noch ihre Tante, sollten wissen, warum der junge Bursche sich zu solch einem Dummkopf gemacht hatte. Ich schrieb ihr nur, dass eine wichtige Angelegenheit mich nach Rom gerufen hatte, und nahm den ersten Zug Richtung Süden.

Es vergingen zehn Tage, bis ich wieder den penetranten Geruch der Lagune schnupperte. Es hatte Komplikationen und Verzögerungen gegeben, und neben seinen Gewissensbissen, zeigte er Anzeichen vom 'Romfieber' [der Drang, nach Rom zu gehen oder zu bleiben]. Ich konnte ihn so nicht alleine lassen.

Ein Brief von Jacqueline erwartete mich. Er war nur einen oder zwei Tage zuvor angekommen. Ihre Verärgerung über meine plötzliche Flucht aus Venedig war offensichtlich.

Sie bedauerte mein Fernbleiben vom Abendessen, aber ich hatte nicht viel versäumt. St. Hilary hatte sich geweigert, zu sprechen. Vielleicht gab es nach alledem wirklich keine Legende. Und in der Tat, wenn man über die Sache in Ruhe nachdachte, war es wirklich den Versuch wert, eine zu entdecken? Ich war wirklich daran interessiert, das Buch zu schreiben – das heißt, um seiner selbst willen. Ich musste mir da sehr sicher sein. Sie konnte mich im Moment nicht gleich sehen, da sie sofort nach Bellagio [am Comer See] aufbrechen mussten.

Ich ging hinüber zu meinem Fenster. Ich war bitter enttäuscht und verletzt.

Ein Sturm tobte durch Venedig. Wind und Regen peitschten über Guidecca. Die Schiffe, die nahe bei der Kirche Santa Maria della Salute festgemacht waren, schaukelten herum und zerrten an ihren Ankern. Die Statue der Göttin über dem Zollhaus 'Punta della Dagona' drehte sich auf ihrer goldenen Weltkugel und versuchte vergeblich, sich hinter ihrem dünnen Schleier zu verstecken.

Die Helligkeit und Glorie von Venedig war, wie in einem Traum, verschwunden. Die Paläste, das Elfenbein und Gold im Sonnenlicht, sahen nun im Dämmerlicht durchnässt und heruntergekommen aus, wie eine alte Frau, der man das Rouge und die Puderdose weggenommen hat. Venedig war, in kurzen Worten, ein Gemälde, ein Meisterwerk, wenn Sie so wollen, welches die boshafte Faust eines rührseligen Kleinkindes verschmiert und verschmutzt hat. Die Tauben, die Cafés, die Gondeln – sie sind alle die Geschöpfe der Sonne. Heute kauerten die Tauben unter der Kuppel der Salute, die Cafés waren verlassen und die Gondeln mit Planen abgedeckt.

Aber als ich so hinschaute, kam eine Gondel aus dem Regen und Nebel, die von zwei Ruderern bewegt wurde. Sie fuhr direkt auf die Landestelle vor meinem Fenster zu. Nun berührte sie die Stufen. Der alte 'Gransieri'*, der unter dem Bogengang fröstelte, lief über die Anlegestelle mit seinem Haken. Alle Insassen sprangen an Land. Es war St. Hilary – ausgerechnet in diesem Wetter!

[* Gransieri – sie ziehen die Gondeln an Land, in der Hoffnung auf ein Trinkgeld. Die Venezianer nennen sie 'Krabbenfänger'].

Ich zog den Vorhang vor, ging rüber zur Glühlampe und suchte nach einem Streichholz, um das Gas anzuzünden, denn es war schon spät geworden. Als ich es anzündete, erblickte ich ein halbes Dutzend Visitenkarten – acht, um genau zu sein. Eine dieser acht war vom Herzog da Sestos. Welche bescheidene Anziehung hatte ich für diesen edlen Gentleman? Die sieben anderen trugen den Namen von St. Hilary. Sieben Besuche in den zehn Tagen! Ich schaute sie mir gedankenvoll an. Und dann – warum, hatte ich keine Idee – dachte ich an die mysteriöse Uhr, die mir Mrs. Gordon zur Aufbewahrung anvertraut hatte und die ich bei einem Juwelier auf der Piazza gelassen hatte, um zu sehen, ob sie noch zu reparieren war. Ich habe dem Händler nichts davon gesagt, weil ich neugierig war zu erfahren, welche besondere Faszination diese Uhr auf den Juwelier ausübt.

Dann hörte ich eine Stimme: »Ich habe mich danach gesehnt, mit dir zu sprechen. Du bist gerade von einer kleinen Reise nach Rom zurückgekommen. Was gibt es Neues?«

»Ich bin nur kurz vorbeigekommen, um eine Zigarette zu rauchen. Wo ist dein Whisky? Ich bin völlig durchnässt. Das Dach dieser verfluchten Gondel war leck.«

Ich bemerkte die schnellen Blicke, die jede Einzelheit in meinem Zimmer erfassten und winkte mit meiner Hand zum Sideboard hin.

»Bediene dich selbst. Ich werde dir gleich Gesellschaft leisten, nachdem ich mir den Morgenmantel angezogen habe. Du findest die Zigaretten beim Whisky.«

Ich ging hinaus. Ich hörte das Zischen des Siphons und roch den Rauch der Zigarette. Ich hörte das Knarren eines Korbstuhls, als er sich hineinwarf.

Dann war es still. Ich wollte gerade zu ihm gehen, als ich in den Spiegel sah. Darin sah ich St. Hilary, wie er einen Kleiderschrank öffnete.

Ich pfiff laut vor mich hin und lugte durch einen Spalt in der Tür. Er schaute in eine Vitrine. Dann zog der den Vorhang zur Seite, welcher den tiefen Erker bei dem Fenster verdeckte. Dann noch ein verwirrter Blick durch den Raum, und er sank lautlos in seinen Stuhl. Es war nicht schwer, zwei und zwei zusammenzuzählen. Er suchte nach der Uhr von Mrs. Gordon. Nun, er sollte sich ausreichend davon überzeugt haben, dass sie nicht in meinen Räumen war. Dann wartete ich auf seinen nächsten Zug, betrat den Raum, immer noch pfeifend.

»Nur noch ein Wort mit meinem Diener, und ich bin bereit für unsere Zigarette.«

Ich sagte das und ging raus in die Halle. Ich schlug die Tür hinter mir zu, strengte mich dann aber an, sie wieder behutsam einen Spalt zu öffnen.

Es kam, wie ich dachte. Er ging sofort in mein Schlafzimmer. Ich wartete eine geraume Zeit, bis er wieder in seinem Stuhl Platz genommen hatte, bevor ich wieder zu ihm kam.

»Nun, du unermüdlicher Späher und Jäger nach dem Raren und Ungewöhnlichen, was gab es in den vergangenen zehn Tagen?«, fragte ich und griff nach dem Scotch.

Ich wusste, dass er mich genau beobachte. Meine Worte waren deshalb ein wenig zweideutig.

»Nichts Neues, so weit ich weiß. Ich war in dem Palast des Herzogs vergraben, um eine Aufstellung der Sachen zu machen. Ein interessanter, alter Palast, nicht wahr?«

Ich nickte und blies eine Wolke von Zigarettenrauch in die Luft.

»Ein netter Kerl, dieser Herzog.«

Ich nickte wieder.

»Außerordentlich galant gegenüber den Ladys.«

Wieder nickte ich, aber jetzt mit wenig Begeisterung.

»Ein ziemlich schönes Kompliment von ihm, den beiden diese Souvenirs zu geben. Keiner, außer einem Italiener, hätte sich so etwas ausgedacht. Ich muss aber sagen, dass ich über den schlechten Geschmack der Ladys entrüstet war.

»Warum das?«

»Mein lieber Freund, hast du diese Majolikaschale gesehen? Oder dieses hervorragende Cloisonné Kioto Vase? Alle diese zahlreichen Elfenbeinschnitzereien und eine Plakette von della Robbia, aus denen man hätte auswählen können, und dann nehmen Sie einen dämlichen Zeitmesser.«

»Ach ja«, bemerkte ich trocken. Du hattest selbst ein Auge auf diese Uhr geworfen, ist es nicht so?«

»Oh je, ich werfe ein Auge auf alles, was nutzlos und seltsam ist. Nebenbei bemerkt, sie hat dich gebeten, sie für sie aufzubewahren. Ich würde gerne einen Blick darauf werfen. Schaff sie bei, mein Junge.«

Ich starrte auf die unschuldigen, blauen Augen von St. Hilary, und musste still in mich hineinlachen. »Unlängst habe ich auf der Straße in Rom einen bestimmten Hauptmann Villari getroffen«, sagte ich langsam. »Er ist so arm wie die sprichwörtliche Maus und ein Bekannter von mir. Er fragte mich, ob ich mit ihm in die Oper gehen würde. Ich habe das nicht abgelehnt, obwohl mich dies Einladung von ihm überrascht hat. Und natürlich passierte das Unvermeidliche. Genau am Kartenschalter entdeckte er, mit Ausrufen der Bestürzung, dass er sein ganzes Geld in der anderen Uniform gelassen hatte. Dürfte er es wagen, würde ich es als zu dreist empfinden, dass er mich um einen Kredit für zehn Lire bis zum nächsten Morgen bittet?«

»Ich versicherte ihm, mit aller Wärme der Welt, dass es mir eine Ehre sein würde, und steckte meine Hand in die Tasche, um ihm den Gefallen zu tun. Accidenti! [Verdammt!] Hatte es jemals einen so teuflischen Zufall gegeben! Ich hatte mein eigenes Geld in der Morgenkleidung vergessen!«

»Wir schauten uns für eine halbe Minute an, dann umarmten wir uns lachend. Es war solch ein ungewöhnlicher Vorgang. Und so gingen wir getrennte Wege, ziemlich verträglich. Er wusste, dass ich gelogen hatte.

»Was denkst du über meine Geschichte?«

»Was hat diese Geschichte mit dem alten Zeitmesser zu tun?«, schimpfte er.

Ich lehnte mich nach vorne und klopfte ihm aufs Knie.

»Nur das, mein listiger Antiquitätenhändler. Du, wie auch mein Hauptmann, ihr seid nicht überschlau. Du weißt, der Zeitmesser ist nicht in diesen Räumen, genauso, wie ich es weiß.«

»Ich verstehe nicht«, schäumte er.

»Nein? Nach was hast du dann vor ein, zwei Minuten gesucht? In dieser Vitrine, hinter dem Vorhang dort? Bei Gott, du hattest sogar die Ungeduld, den Deckel meiner Truhe im Schlafzimmer anzuheben.«

Wenn ich von ihm erwartet hatte, dass er Scham und Verwirrung zeigt, lag ich ziemlich falsch. Er starrte mich für einen Moment an. Dann warf er seinen Kopf zurück und lachte.

»Das war nicht nett von mir, wie ich zugeben muss«, sagte er kühl. Ich hätte mit meiner gewöhnlichen Offenheit auftreten und zuerst danach fragen sollen, die Uhr zu sehen.«

»Ich denke, das wäre der bessere Weg gewesen«, sagte ich. »Was diese gewöhnliche Offenheit von dir angeht, versteckst du sie so sorgfältig, dass ich sie nicht sehen kann.«

»Nun, da meine Karten aufgedeckt sind, werde ich dir ein Beispiel meiner Offenheit geben: Was hast du mit der Uhr gemacht?«

»Ist es das, was du Offenheit nennst? Ich sehe deine aufgedeckten Karten nicht, sogar jetzt nicht. Spiele fair, St. Hilary.«

»Ich verstehe dich nicht«, sagte er, und sein Hals nahm eine violette Färbung an.

»Du verstehst mich ganz genau. Genauso, wie der Hauptmann mich verstanden hat. Und ich habe sowohl Augen als auch Ohren. Lass mich dich zunächst daran erinnern, dass er dir durchaus bekannt war, dass sich die Uhr im Palast befindet. Du hast wissentlich danach gesucht, aber heimtückisch. Als ich meinerseits neugierig wurde, hat es dir nicht gefallen.«

»Du hast über die Kammer gelacht. Du hast dich über die Uhr lustig gemacht. Du hast sofort die Kerze ausgeblasen, damit sie niemand untersuchen kann. Als Mrs. Gordon darauf bestand, hast du vergeblich versucht, ihr Interesse auf etwas anderes zu lenken.«

»Als letzten Weg hast du versucht, es ihr unmöglich zu machen, sie als Geschenk zu akzeptieren, indem du ihr versichert hast, dass sie eine Antiquität von großem Wert ist. Denkst du nicht, dass das eine große Geschmacklosigkeit war?«

»Mein lieber Freund, verzweifelte Fälle bedürfen verzweifelter Mittel«, sagte er.

»Ach«, sagte ich, dann gibst du also zu, dass du verzweifelt bestrebt warst, die Uhr zu bekommen? Warum solltest du das leugnen? Da gibt es nichts, dessen man sich schämen muss. Deine mittlerweile acht Besuche in den letzten Tagen haben mich da ziemlich sicher werden lassen, und auch die Tatsache, dass du gerade eben den Spion gespielt und in meine Truhe gesehen hast.«

St. Hilary lachte, ein wenig zu heftig.

»Gütiger Gott!«, rief er aus. »Ich gebe zu, dass ich meinen amateurhaften Kunstliebhaber nicht so ein scharfes Auge zugetraut habe. Und wenn ich zugebe, dass mich diese alte Uhr über alle Maßen hinaus interessiert, warum solltest du meine Neugier nicht befriedigen? Hast du selbst ein Interesse daran? Ein Interesse, das meinem entgegensteht, zum Beispiel?«, sagte er und schaute mich dabei seltsam an.

»Das ist durchaus möglich«, antwortete ich ruhig.

»Und dieses Interesse steht wirklich im Widerspruch zu meinem?«, fragte er.

»Warum nicht?«, antwortete ich ihm und lachte ihn an.

»Dann sehe ich keinen Grund«, sagte er, »dass ich nicht meinen Weg gehen sollte und du deinen.«

Mit großem Groll nahm er seinen Hut und ging zur Tür.

»Ich auch nicht«, antwortete ich und griff nach einer Zigarre. »Lass mich dich jedoch daran erinnern, dass ich die Uhr immer noch habe.«

Es mag seltsam und unberechtigt erscheinen, dass ich so eine vorsichtige Haltung gegenüber dem Händler eingenommen habe. Mein Interesse an der Uhr bestand lediglich darin, dass ich eine Legende niederschreiben wollte, die mit ihr verbunden ist. Aber ich tyrannisierte ihn, um ihn zu bestrafen. Er ist nicht frank und frei zu mir gekommen. Er hat mir nachspioniert und mich angelogen. Die Strafe dafür muss ein umfangreiches Geständnis sein, warum er dieser Uhr so eine enorme Bedeutung beimisst.

Er stand an der Tür. Seine Augen verschlangen mein Gesicht mit dem gleichen, suchenden Glanz, der mich auf der Piazza so aufgeschreckt hatte, vor einigen Tagen.

»Vertraue mir, St. Hilary«, sagte ich leise. Ich bin kein Mann, der Vertrauen missbraucht – bestimmt kein Vertrauen eines Freundes, wie du einer bist. Aber es ist kaum möglich, dass ich dir helfen kann.«

»Das glaube ich auch nicht«, sagte er und zögerte.

»Warum nicht?«, sagte ich.

»Weil du zu dilettantisch bist, ein Träumer«, sagte er ärgerlich. »Bah, ich brauche einen Mann wie den Herzog da Sestos – einen Mann, der Courage und Mittel hat – der sogar gelegentlich skrupellos sein kann. Ja, schaue in die Truhe eines Freundes und sei nicht zimperlich! Ich brauche Hilfe, aber könntest du mit mir an das äußerste Ende gehen, geduldig und unerbittlich? Dem entsprichst du wohl kaum, Hume.«

Er hatte dabei fast die Worte von Jacqueline zitiert. Er hätte nichts anderes sagen können, was mich tiefer berührt hätte. Ich antwortete ihm ungestüm:

»St. Hilary, vergiss nicht, dass du es warst, der mich zum Träumer gemacht hat. Du warst der Erste, der mir die unmöglichen Ideale von Schönheit und Kunst vorgepredigt hat. Und als ich diese Ideale nicht erreichte, hast du mich ausgelacht, du hast mich verspottet.«

»Wenn ich keine Veranlagung hatte, Kunst und Schönheit zu bewundern, gab es doch immer noch das sinnenfreudige Venedig, das ich genießen konnte. Und so wurde ich, Monat für Monat, in den Sumpf des Materialismus gezogen, bis es schließlich fast zu spät ist, mich davon loszuschütteln.«

»Erst ist es die Frau, die ich liebe, die den Dilettanten anprangert, dann ist es mein Freund.«

Er starrte mich an, richtete sich auf und ging hinüber zu dem Platz, an dem ich saß. Er legte seine Hand auf meine Schulter.

»Was meinst du – die Frau, die du liebst, hat dich angeprangert?«

Ich erzählte es ihm kurz. Er strich sich über die Stirn.

»Mein lieber, lieber Hume«, sagte er leidenschaftlich, »vergib mir. Die Liebe ist eine Sache, die für mich tot und vergangen ist. Ich bin ein verdorrtes Blatt.«

»Dein Interesse an der Uhr ist nach alledem nur, dass du eine Legende über sie schreiben willst?«

»Ja«, sagte ich.

»Hör mir zu, Hume«, antwortete er. Ich habe eine Aufgabe, die Geduld verlangt, Mut, Vertrauen und einen Willen, der unnachgiebig ist. Wenn ich die mit dir teile, könntest du diese Eigenschaften mitbringen?«

»Teste mich«, sagte ich entschieden. »Wenn es eine Aufgabe ist, die Einsatz verlangt und wenn sie diese Uhr betrifft, bin ich bei dir, mit dem Herzen und der Seele.«

»Ja, es betrifft diese Uhr. Es ist eine Einhundert-zu-eins-Chance, mit der Wahrscheinlichkeit gegen uns. Wenn du versagst, wirst du wenigstens deine Legende haben. Wenn du Erfolg hast, wirst du ihn mit mir zu gleichen Teilen haben. Ich brauche jemanden für diese Aufgabe, in dessen Ehrlichkeit ich absolutes Vertrauen habe. Ich habe an dich gedacht, dir aber misstraut. Wenn ich dir jetzt vertraue, wirst du mir folgen, wohin ich gehe?

»Teste mich«, sagte ich noch einmal.

6. KAPITEL

Er knöpfte seinen Gehrock auf (ich hatte ihn niemals in einem weniger förmlichen Kleidungsstück gesehen) und holte ein schmales, kleines Buch heraus, das in Pergament gebunden war. Still übergab er es mir. Ich öffnete es. Es war die Kopie eines Manuskripts, das grob zusammengebunden war. Ich erkannte die Handschrift von St. Hilary.

»Nun«, fragte ich neugierig, und gab es ihm zurück.

»Das ist eine grobe Übersetzung von bestimmten Passagen aus dem Tagebuch von Marius Sanudo, ein Venezianer, der am Anfang des 16. Jahrhunderts lebte. Ich habe die Übersetzung einmal in der Hofbibliothek in Wien gemacht. Dieses Tagebuch ist eines der seltensten Bücher auf der Welt. Bist du noch wach genug, um für ein oder zwei Stunden zuzuhören?«

»Betrifft es die Uhr?«

»Es betrifft die Schatulle und die Uhr. Du kannst dir diese Auszüge in zwei Teilen vorstellen. Im ersten Kapitel geht es um die Juwelen und die Schatulle, im zweiten Kapitel um die Uhr. Meine Anmerkungen könnte man als dritten Teil sehen. Du hast von Beatrice d'Este gehört, die Herzogin von Mailand und Frau von Ludovico il Moro?«

»Eigentlich nur das, was du mir von ihr erzählt hast«, sagte ich. Ich weiß, dass sie im letzten Teil des 15. Jahrhunderts gelebt hat.«

»Dann nehme ich an, dass du nie ihr Porträt gesehen hast, das man Leonardo da Vinci zuschreibt. Es hängt in der 'Bilblioteca Ambrosiana' [berühmte Bibliothek in Mailand], im zweiten Raum links, nachdem man eintritt. Ich kann dir versichern, dass es absolut die Pilgerreise nach Mailand wert ist, um es zu betrachten. Es ist ein Profil von außergewöhnlichem Charme – ein junges Mädchen von achtzehn Jahren. Es ist schwer, sich vorzustellen, dass dieses bezaubernde Kind eine Botschafterin am mächtigsten Hof in Europa war – denn sie war nur zweiundzwanzig Jahre alt, als sie verstarb.«

»Ihr Ehemann Ludovico wurde gegen Ende seiner Regentschaft hart von seinen Feinden bedrängt. Nach den Intrigen gegen zwei Könige und einem Papst, fand er sich selbst im Netz seiner Verrätereien gefangen. Er brauchte Geld, um seine Verbündeten zu bezahlen. Sein wundervoller 'Sala del Tesoro' [Schatzkammer], mit seiner Eichentruhe für Goldwaren und Silberteller, war leer. Nur die Juwelen waren noch da. Ich habe dir schon gesagt, dass es seither nichts gab, was dem künstlerischen Wert dieser Sammlung gleichkommt.«

»Nun, wenn dir die finanziellen Gepflogenheiten dieser Prinzen in der Renaissance bekannt sind, wirst du wissen, dass sie sich in Zeiten starker Beanspruchung ihrer Finanzen einfach dem ordinären Mittel der Verpfändung ihrer Juwelen bedient haben.«

»Beatrice hatte diese delikaten kleinen Transaktionen, mehr als einmal, in Venedig für ihren Ehemann durchgeführt. Aber nun, bevor sie dieses letzte verzweifelte Hilfsmittel ausschöpfen würde, wollte sie zuerst vor den Herrschaften um Hilfe für Geld und Männer bitten. Wenn die Ratsherren sich weigern würden, Ludovico, ihrem Ehemann, zu helfen, musste sie sich an den Dogen wenden, denn der alte Mann hatte bereits seine höchste Achtung gegenüber der engagierten jungen Herzogin zum Ausdruck gebracht. Wenn jedoch beide, die Ratsherren und der Doge, ihr nicht helfen würden, musste sie die Juwelen bei Albani verpfänden, dem reichsten Goldschmied in Venedig.«

»Nach dieser Einführung lese ich dir den ersten Auszug aus dem Tagebuch von Marius Sanudo vor:«

»'Von allen Städten in der Welt ist Venedig diejenige, die den Fremden die höchsten Ehren erweist. Niemals aber wurden ein Lord oder eine Lady durch die ehrenwerten Herren im Rat mit größerer Freude empfangen. Der Doge selbst geleitete sie zum Ehrenplatz, und alle Augen richteten sich auf sie, in Bewunderung ihrer göttlichen Schönheit. Sie trug ein goldenes Brokatkleid, das mit purpurnen Tauben bestickt war. An ihrem Hut befand sich eine mit Juwelen besetzte Feder, und eine Kette aus Perlen und Diamanten hing um ihren Hals. Ein unbezahlbarer Rubin, der herrlichste Stein den Menschen je gesehen haben, wie ich glaube, und den man 'El Spigo' nannte, war als Anhänger daran befestigt'.«

»'Alle waren erstaunt über ihre weisen Worten, die über ihre fast noch kindlichen Lippen kamen, und ihre Redegewandtheit. Sie betonte ihre Liebe zu Venedig und flehte mitleiderregend um unsere Hilfe gegen die Feinde Mailands. Wenn es uns nicht möglich wäre, Männer zur Verfügung zu stellen, lasst sie wenigstens nicht mit leeren Händen zu ihrem geliebten Lord zurückkehren, denn sie würde lieber sterben, als ihm solche Trauer und Verzweiflung zu bescheren'.«

»'Die Ratsherren und der Doge hörten sie höflich an. Als sie geendet hatte, erhob sich der Doge und dankte ihr gütig für die Worte, die sie gesprochen hatte. Er erklärte, dass es den Herren keine größere Freude bereiten würde, alles zu tun, nach dem sie gefragt hatte. Er erinnerte sie aber daran, dass sich Venedig selbst im Krieg mit Genua befand, seinen Erbfeinden. Ihre eigenen Schatzkammern waren leer. Man konnte in ganz Venedig keinen Adligen oder Bürgerlichen finden, der dem Staat noch kein Geld aus dem eigenen Vermögen geliehen hatte. Als er dies gesagt hatte, kam er von seinem Podium herunter und nahm sie sanft bei der Hand, um sie hinauszubegleiten. Die Herren waren voller Bewunderung für ihre Würde und Anmut'.«

»Und natürlich haben sie ihre Bitten abgelehnt«, sagte ich, »denn sie waren Venezianer?«

»Das versteht sich von selbst. Aber hatte ich nicht gesagt, dass sich die Juwelen bis zum heutigen Tag in Venedig befinden? Zumindest der prächtigste Teil von ihnen.«

»Ich bin sehr ungeduldig, etwas über sie zu hören«, sagte ich.

St. Hilary las wieder aus dem Tagebuch von Sanudo:

»'Am heutigen Tag kam die Herzogin mit ihrem Gefolge, um die Schätze im Markusdom zu sehen. Als die goldene Barke mit dem Dogen und einhundertfünfzig Leuten aus ihrem Gefolge in den Canale Grande kam, gestand die Herzogin, dass sie niemals zuvor solch einen Anblick gesehen hatte. Aus den Fenstern und von den Balkonen, verziert mit dem kostbarsten Gobelin, schauten adlige Ladys, die mit ihren goldenen Ketten und Schmuckstücken glänzten, auf die prächtige Szene. Es war der beeindruckendste Anblick auf der ganzen Welt'.«

»'Und als sie an der Mole landeten, konnten sie sich kaum ihren Weg durch die Menge bahnen, obwohl der Doge selbst vorneweg lief. Jedermann drehte sich herum und schaute auf die prachtvollen Juwelen der Herzogin. Von allen Seiten hörte man 'das ist die Frau von Signor Ludovico. Schaut, was für kostbare Juwelen sie trägt. Was für prachtvolle Diamanten und Rubine!' Und in der Tat, jeder Teil ihres Gewands, auf dem die zwei Türme von Genua eingestickt waren, war bedeckt von ihnen.'«

»'Und als sie aus der Schatzkammer herauskamen, hörte ich selbst, wie der Doge sagte: 'Das muss ein armseliger Anblick für Sie sein, liebe Lady, wenn Sie sehen, dass die Juwelen, die Sie heute schmücken, genauso viele und genauso schön sind, wie diejenigen, die wir so sorgfältig bewachen', (Worte die man besser nicht gesagt hätte, denn solche unbedachten Äußerungen bringen die Herrlichkeiten in unserem Venedig in Misskredit).'«

»'Die Herzogin antwortete prahlerisch (und wer könnte es ihr Übel nehmen, wenn man bedenkt, was der Doge gesagt hatte, dass er besser für sich behalten hättc): 'Gefallen Ihnen diese Steine wirklich, Excellenz? Morgen werde ich Ihnen Schmuckstücke zeigen, die wirklich herrlich sind.'«

»'Und der Doge sagte traurig 'ich werde mit der größten Ungeduld der Welt auf morgen warten.'«

St. Hilary legte das Buch mit der Vorderseite nach unten auf seine Knie.

»Nun, es ist bekannt, Hume, dass sie die Steine dem Dogen wirklich gezeigt hat. Ob er mehr von dcm Glanz ihrer Schönheit ergriffen war, oder eher von ihrem Charme und ihrer verzaubernden Wirkung, interessiert uns nicht. Was uns interessiert, ist die Tatsache, dass die Juwelen nicht im Tresor von Albani dem Juden landeten, sondern in dem vom Dogen.«

»Und die Schmuckstücke wurden niemals ausgelöst?«, unterbrach ich.

»Niemals. Beatrice kam von ihrer Mission zurück und verstarb nur einige Monate später. Ludovico wurde vom König von Frankreich gefangen genommen, der ihn nach Lyon verschleppte, wo er, wie ein wildes Tier, in einem miserablen Käfig verendete.«

»Der nächste Auszug aus dem Tagebuch von Sanudo, den ich nun vorlese, spielt zwei Jahre später. Während dieser zwei Jahre sind seine Seiten voll von den Sorgen, die der Stadt von ihren genuesischen Feinden gebracht wurden und die Anstrengungen, zu der sie gezwungen war, um Geldmittel zu besorgen. Jeder Bürger, so lesen wir, machte seine Spende, wie bescheiden sie auch ausgefallen war – ausgenommen der Doge. Sanudo bezieht sich immer und immer wieder auf den wachsenden Argwohn wegen dieses seltsamen Verhaltens aufseiten des höchsten Beamten des Staates. Wir wissen aber, dass sein ganzes Vermögen durch diese Juwelen aufgebraucht war.«

»Aber warum hat er die Juwelen nicht selbst wieder verpfändet?«, unterbrach ich. »Er muss gewusst haben, dass Beatrice tot war. Sie konnten niemals wieder ausgelöst werden.«

»Ja, dies ist eine berechtigte Frage. Lass sie unseren Tagebuchschreiber für dich beantworten. Diese Antwort, das kann ich dir versichern, wird interessant sein:«

»'An diesem Tag, den vierzehnten November des Jahres 1499 unseres gesegneten Herrn, hörte ich von etwas, das unglaublicher ist, als die Reisen von Marco Polo zum Großmogul von Tatarstan. Kaum war eine Stunde vergangen, nachdem ich sie von einem der Herrschaften selbst gehört hatte, als ich mich hastig an die Arbeit machte, damit ich keine der Wunder vergesse.'«

»'Ganz Venedig weiß, dass der Doge der reichste Mann im Staat ist, dennoch hat er als Einziger keinen Teil seines großen Vermögens an die Staatskasse abgegeben. Heute ist es so, nachdem einer nach dem anderen der Herrschaften den Mangel an Geld beklagt hat und der Doge still blieb und keine Entschuldigung vorbrachte, noch Hilfe anbot, dass das

Gemurmel von Ablehnung und Misstrauen lauter wurde, als man es jemals zuvor gehört hatte. Zunächst lächelte der Doge noch tapfer und trug zur Schau, dass er, wie zuvor, zuhören würde. Aber es gab diejenigen, die ihn vor nackter Angst zittern sahen. Und auf einmal kam einer, der mutiger war, als der Rest, und sprach offen ihm gegenüber von Verrat, weil er sein Vermögen versteckt, gerade in der Zeit, wenn der Staat in größten Nöten ist. Der Doge blieb noch immer still, bis sich Gemurmel und Rufe auf allen Seiten erhoben. Dann stand er auf, halb tot vor Furcht, und sagte, dass er alles erklären würde. Und das ist, was er gesagt hatte:'«

»'Meine Herrschaften, ich flehe Sie an, Geduld zu haben und mir zuzuhören, denn ich bin in der Tat der unglücklichste aller Menschen, was Sie erkennen werden, wenn ich fertig gesprochen habe. Mein ganzes Vermögen habe ich Ludovico il Moro geliehen, auf die flehentlichen Bitten seiner Frau hin, als sie diesen Staat vor zwei Jahren besucht hatte. Sie hatte versprochen, die Schmuckstücke wieder auszulösen, bevor ein Jahr vergangen wäre. Aber Sie, meine Herren, Ihr wisst, dass sie verstorben ist und ihr Ehemann wurde eingekerkert.'«

»'Meine Herrschaften, ich fühlte eine Zärtlichkeit für die Herzogin, wie ein Vater für seine geliebte Tochter. Ich dachte, ich könnte ihr ein Vergnügen bereiten, wenn sie zur Auslösung der Schmuckstücke zurückkommt, und beauftragte Giovanni da Sestos, den Goldschmied, der als Künstler berühmt ist, wie Sie alle wissen. Er sollte eine Schatulle für die Schmuckstücke machen, die so wundervoll war, wie die Schmuckstücke selbst.'«

»'Sie sollte klein sein, damit man sie herumtragen kann. Gleichzeitig stark genug, dass selbst der geschickteste Dieb vor ein Rätsel gestellt wird, wenn er versucht, sie zu öffnen.'«

»'Ich habe Meister Giovanni das Versprechen gegeben, dass er drei Zahlungen für diesen Auftrag bekommt. Zwei Zahlungen machte ich an ihn, eine als er mit der Arbeit begann, und eine weitere Zahlung, um damit die Edelsteine zu kaufen, mit denen der Deckel reichlich verziert werden sollte. Die dritte Zahlung war versprochen, wenn ich die Schatulle in den Händen halte.'«

»'Aber kaum hatte Giovanni seine Arbeit beendet, als Beatrice starb. Und, meine Herren, in Kenntnis, dass die Juwelen niemals ausgelöst werden würden, nach dem Ludovico im Gefängnis saß und seine Frau tot war, beschloss ich, dass ich sie nun an Albani den Juden verpfänden würde, damit ich wenigstens der Republik in ihrer Not helfen könnte.'«

»'Aber als mir Giovanni schrieb und sagte, dass die Schatulle, die er fertiggestellt hatte, schöner sein als alles Vergleichbare was bisher in der Welt hergestellt wurde, hatte ich das große Verlangen, die Juwelen in dem herrlichen Behälter zu sehen, bevor sie für immer aus meinem Besitz gingen. Und nun werden Sie sehen, wie die schwere Hand Gottes mich für meine Schwäche bestraft hat.'«

»'Ich hatte nämlich an Giovanni geschrieben, dass er mir die Schatulle alleine und in der Nacht bringt (denn ich wollte nicht, dass jemand davon erfuhr, dass ich die Schmuckstücke in meinem Besitz hatte, bis sie verpfändet sind und das Geld in die Staatskasse einbezahlt war). Ich bat ihn, dass er um Mitternacht zu meinen Schlafgemächern kommen sollte. Ich sagte ihm auch, dass ich ihn allein empfangen wollte und ihn über eine geheime Treppe hereinholen würde.'«

»'Und so, als ganz Venedig schlief, ließ ich ihn in mein Zimmer kommen, in dem sich keiner außer mir befand, die Wache ausgenommen.'«

»'Meine Herren, ich hätte niemals von etwas so Außergewöhnlichem und Wunderbaren träumen können, wie diese Schatulle. Es erschien mir, dass ich nur für das Verlangen danach sterben könnte. Und schließlich dachte ich über einen hinterlistigen Plan nach. Giovanni selbst fiel arglos darauf herein. Er war begierig darauf, zu sehen, ob die Schmuckstücke in die kleinen Fächer passten, die er für jedes der kostbarsten Stücke angefertigt hatte. Und so legten wir die Juwelen in die Fächer der Schatulle. Dann, als wäre es aus Versehen passiert, schloss ich den Deckel, den man dann nicht mehr öffnen konnte, bevor zwölf Stunden vergangen waren. Und nun, so dachte ich, musste Giovanni beides dalassen, die Schatulle und die Schmuckstücke, denn ich hatte ihn mit sanften Versprechungen vertröstet und gesagt, dass es schon spät sei, und dass er am Morgen seine dritte Geldzahlung erhalten würde.'«

»'Aber Giovanni packte die Schatulle in beide Hände und schwor, dass er mich nicht verlassen würde, bis ich ihm jeden Dukaten, den ich ihm schuldete, bezahlt hätte. Die Verärgerung des Mannes machte aber keinen Sinn, denn ich wusste, dass ich ihm das Geld, nachdem er fragte, nicht bezahlen konnte, bevor ich die Juwelen verpfändet hatte. Und plötzlich, als ich versuchte, ihn zu beruhigen, wurde er rabiat wie ein wildes Tier. (In der Tat war der Goldschmied da Sestos, obschon ein großer Künstler, immer auch – wie ich fest glaube – halb verrückt). Die Wache hatte schließlich Angst um mein Leben. Giovanni schwor jedoch, dass ich ihn in die Falle gelockt hatte und weigerte sich hartnäckig den Palast zu verlassen, bis ich ihm alles bezahlt hatte.'«

»'Da ich nun sah, dass ihn nichts zur Vernunft bringen konnte, gab ich vor, dass ich an den Safe gehen würde, um das Geld zu holen, welches er verlangte. Ich ließ die Wache in meinem Schlafzimmer, um den Schatz zu bewachen, und verließ den Raum. Ich war aber vorsichtig genug, um die Riegel hinter mir zu schließen, sodass es unmöglich war, dass er mit der Schatulle verschwinden würde.'«

»'Es war aber meine Absicht gewesen, die Soldaten der Wache zu rufen, die am Fuß der geheimen Treppe aufpassten, sodass der unverschämte Bursche aus dem Palast geworfen würde, denn er hatte mich sehr verärgert. Ich war nur für einige Momente aus der Kammer gegangen, aber als ich mit den Wachsoldaten zurückkam und die Türriegel geöffnet wurden, bot sich meinen Augen ein Anblick des Schreckens.'«

»'Die Wache war tot, mit einem Dolch, der in seiner Brust steckte. Giovanni krümmte sich auf dem Boden in Schmerzensqualen, schwer verwundet, obwohl nicht tot. Die Schatulle war weg.'«

»'Meine Herrschaften, Ihr werdet Euch fragen, wie die Schatulle verschwinden konnte, wenn man sah, dass die Tür verschlossen war und die beiden Männer im Zimmer waren. Aber das Fenster, das zum Hof des Dogenpalasts geht, war offen. Vom Balkon hing ein Seil herunter, das stark genug war, um das Gewicht eines Mannes zu halten.'«

»'Es dauerte viele Tage, bis Giovanni sich wieder erholt hatte. Dann erzählte er mir, dass sich zwei Männer auf dem Balkon versteckt hätten. Als ich kaum ich aus dem Zimmer gegangen war, seien sie über ihn und die Wache hergefallen'.«

»'Er beschuldigte mich, die Männer auf dem Balkon versteckt zu haben. (Ich wundere mich selbst sehr, dass ich nicht daran gedacht habe. Aber, zu meinem Leidwesen, habe ich das nicht getan und es spricht heute ein Mann zu Euch, der seines Vermögens und seiner Ehre beraubt ist).'«

»'Die Herrschaften hörten sich den größten Teil des Geständnisses des Dogen ruhig an (obwohl es einige gab, die ihn verspotteten). Als er fertig war, fragte derjenige, der den Dogen zuerst des Verrats beschuldigt hatte, welchen Beweis der Senat für diese Geschichte haben könnte, und hatte auch keinen Zweifel daran, dass der Doge für den späteren Tod von Giovanni da Sestos verantwortlich war (und in der Tat, war das spätere Versterben von Giovanni ein großes Mysterium).'«

»'Der Doge ließ nach Giovanni da Sestos suchen, und man konnte ihn, aufgrund von Hinweisen, wo er seit dem Diebstahl der Juwelen sein Dasein fristete, festnehmen.

Aber Giovanni protestierte tränenreich, dass er absolut unschuldig ist, und dass es der Doge gewesen war, der die Schmuckstücke hat stehlen lassen, und nichts könnte ihn von dieser Meinung abbringen.

Es gab schließlich viele unter den Herrschaften, die dieser Version zuneigten. Und sofort, nachdem sie ihn streng befragt hatten, verfügten sie – teils weil einige meinten, dass er völlig unschuldig war und teils, weil er ein so unvergleichlicher Künstler war – dass er nicht länger in Gefangenschaft bleiben sollte, in den 'Piombi' [Bleikammern, geheimes Gefängnis unter dem Dach des Dogenpalasts], um in sein eigenes Haus zurückzukehren.

Da er aber schließlich doch für den Verlust der Schmuckstücke verantwortlich war, würde man ihn deshalb dort als Gefangenen halten. Man stellte Wachen ab, die ihn Tag und Nacht unter Kontrolle hielten.'«

»'Das ist die wahrhaft wundersame Geschichte der Juwelen des Dogen, aber wenige Leute in Venedig glauben daran, denn welcher Goldschmied könnte nicht bestochen werden, um auf solch eine Geschichte zu schwören. Und was den Dogen anbelangt, hätte die Republik auch jemand Besseren finden können, um den Hut und den Hermelinmantel zu tragen.'«

»Und das war das erste Kapitel?«, fragte ich und holte tief Luft.

»Das war das erste Kapitel«, wiederholte St. Hilary.

7. Kapitel

»Sollen wir uns nun dem zweiten Kapitel zuwenden?«, fragte er sofort. »Kann ich annehmen, dass ich dein Interesse geweckt habe?«

»Das kannst du sicher annehmen«, sagte ich und lächelte über seine selbstherrliche Gewissheit.

»Also dann, der nächste Auszug von unserem Tagebuchschreiber spielt zwei Jahre später, im Dezember 1501, um genau zu sein. In der Zwischenzeit, so scheint es, hatte der Doge das Vertrauen der Republik zurückerlangt. Jedenfalls wurde er nicht abgesetzt.«

»'Am heutigen Tag wurde eine Tafel zu Ehren von Giovanni da Sestos angebracht, der vor sechs Wochen gestorben ist. Er war ein unvergleichlicher Künstler in der Arbeit mit Gold und edlen Steinen, der größte, den Venedig gekannt hat. Er war, sogar über diese Verdienste hinaus, berühmt wegen des Mysteriums um seine herrliche Schatulle und des noch herrlicheren Schmucks. Die Leute sagen (obwohl ich es nicht selbst gesehen habe), dass er eine Uhr zurückgelassen hat, die ein größeres Wunderwerk ist, als die verlorene Schatulle selbst, die nur er, der Juwelier, und sein Sohn (neben dem Dogen) gesehen hat, bevor sie gestohlen wurde. Und bestimmte Leute, welche diese Uhr gesehen haben (bevor sie beschädigt wurde), sagen, dass die Glocke auf unserer Piazza, obwohl sie unendlich viel größer ist, nur ein kindisches Spielzeug ist, verglichen mit ihr.'«

»'Als er erst einmal in seinem Haus eingesperrt war, verzweifelte Giovanni stark daran, dass er bei Tag und Nacht von Spionen bewacht wurde, und niemand konnte sich mit ihm unterhalten, ohne dass sie dabei waren. Tagelang bewegte er sich nicht, sondern saß nur launisch und verdrossen herum, und seine schrecklichen, brennenden Augen sahen ins Nichts.'«

»'So lebte er für viele Wochen. Dann, eines Tages, sprang er auf seine Füße und rief laut nach seinen Werkzeugen. Obwohl ihm seine über alles geliebte Schatulle gestohlen wurde, schwor er, dass er etwas noch Herrlicheres als das herstellen würde, bevor sein Tod kommt. Und weil er so ein großer Künstler war, traute sich noch nicht einmal der Doge, den Venezianern irgendein Wunder vorzuenthalten, das er kreieren würde, obwohl er geschworen hatte, dass Giovanni niemals mehr die frische Luft auf der Piazza atmen sollte. Also gaben sie ihm seine Werkzeuge, und zu bestimmten Stunden, während des Tages, erlaubte man seinem Sohn, ihm zur Hand zu gehen, denn er ließ niemanden anders in seine Werkstatt. Zwei Jahre lang arbeiteten der Vater und der Sohn an dieser Uhr, bis sie fast fertig war.'«

»'Und dann, als sein Werk vollendet war, hatte Giovanni seinen Sohn zu diesem Dogen geschickt, der ihn veranlasst hatte, die Schatulle anzufertigen und seither gefangenhalten ließ, denn er hätte ihm etwas zu sagen und zu zeigen. Der Doge ging geradewegs zu seinem Haus, denn er dachte, dass er ein Geständnis wegen der verschwundenen Schatulle hören würde, da er unerschütterlich daran glaubte, dass es der Goldschmied war, der ihren Diebstahl veranlasst hatte, und kein anderer.'«

»'Giovanni empfing ihn mit allen Zeremonien. Dann nahm er ihn höflich bei der Hand und führte ihn in seine Werkstatt, wo die wunderbare Uhr stand.'«

»'Als der Doge die Uhr sah, stieg der Ärger in ihm hoch, denn die drei Bronzefiguren, die gegen die Vorderseite der Uhr lehnten, waren hässliche Darstellungen von Giovannis bittersten Feinden. Zwei von ihnen waren ein konkurrierender

Goldschmied und ein Gefängnisaufseher, der ihm das Essen brachte, als er Gefangener in den 'Piombi' war. Der dritte und hässlichste aber, war der Doge selbst, solch ein Wunder an Hässlichkeit, dass es einen Mann beim Hinsehen erschaudern lässt. Da er aber hören wollte, was Giovanni zu sagen hatte, sprach er freundlich mit Giovanni und gab vor, entzückt über seine Genialität zu sein. Sie sagten, dass sich um jede volle Stunde eine Tür öffnete und irgendeine Geschichte aus der Vergangenheit Venedigs aufgeführt wird (obwohl ich, wie ich es zuvor geschrieben habe, die Uhr niemals gesehen habe, noch jemanden kenne, der dies getan hatte).'«

»'Und, als Stunde um Stunde verging, wurde der Doge müde, dem Herumgekasper an der Uhr zuzusehen, wenn die Stunden schlugen. Aber Giovanni drängte ihn, geduldig zu sein, und flehte ihn an, sich die Possen der Figuren an allen zwölf Stunden anzusehen. Zwischen den vollen Stunden fragte der Doge den Goldschmied immer wieder, ob er etwas zu sagen habe. Und jedes Mal, wenn diese Frage gestellt wurde, lachte der Goldschmied ungestüm und sagte, 'obwohl ich es Ihnen gesagt habe, habt Ihr keine Ohren, um es zu hören'. Diese Antwort gab er mehrere Male, bis sich der Doge, als er sah, dass er veralbert wurde, schließlich ärgerlich aufrichtete und schrie: 'Zum letzten Mal, Meister Giovanni, haben Sie mir etwas zu sagen?' Und der Goldschmied antwortete immer noch spöttelnd, "obwohl ich es Ihnen gesagt habe, habt Ihr keine Ohren, um es zu hören' und sagte dann nichts mehr.'«

»'Dann, weil er zu oft diese rüde Antwort bekommen hatte, konnte sich der Doge nicht länger beherrschen. Er erhob seinen Stock und zerschmetterte die drei Figuren auf der Uhr, und dabei wurde sie im Inneren zerstört und konnte niemals mehr die Stunden schlagen, wenigstens hat man mir das so erzählt.'«

»'Als Giovanni sah, dass seine prachtvolle Uhr zerstört war, tobte er wie ein Irrer herum, bespuckte den Dogen und bearbeitete ihn mit seinen Fäusten, sodass dieser gezwungen war, aus dem Haus zu fliehen.'«

»'Und als er davonrannte, rief ihm der Goldschmied verbittert nach: 'Habe ich nicht gesagt, dass ihr ein Narr seid? Obwohl die Schatulle verloren gegangen ist, habe ich denn nicht ein noch größeres Meisterwerk geschaffen? Aber Ihr könnt die göttliche Schönheit und Pracht nicht verstehen. Und nun, das schwöre ich, obwohl ich den geheimen Ort der Schatulle kenne, werdet ihr ihn niemals erfahren, nachdem ihr meine Uhr zerstört habt'.'«

»'Sobald der Doge den Dogenpalast erreicht hatte, bat er den Hauptmann der inquisitorischen Wächter, Giovanni zu fassen. Er beschloss, dass er ihn wieder den schwersten Folterungen aussetzen würde, denn er erinnerte die Worte: 'Und nun, das schwöre ich, obwohl ich den geheimen Ort der Schatulle kenne, werdet ihr ihn niemals erfahren, nachdem ihr meine Uhr zerstört habt'.

»'Als sie aber das Haus von Giovanni erreicht hatten, fanden sie beide, ihn und seinen Sohn tot daliegen, Seite an Seite, und der Anblick ihrer Gesichter zeigte, dass sie Gift genommen hatten. Und nun würde das Mysterium um die Schatulle niemals aufgeklärt werden. Was die Uhr anbelangt, sagte man, dass sie von einem bösen Geist besessen ist, und niemand scherte sich darum, ob die Inquisition sie zerstört oder versteckt hat.'«

St. Hilary schloss das kleine, schmale Buch und legte es vorsichtig auf den Tisch. Während des letzten Teils seiner Ausführungen war ich von meinem Stuhl aufgestanden und im Zimmer herumgelaufen. Nun saß ich ihm am Tisch gegenüber, und hatte meine Hände kraftlos von mir gestreckt.

Ich starrte auf ihn, wie der Gast auf den 'alten Seemann'* gestarrt haben muss.

Doch die Geschichte des alten Seemanns drehte sich um Dinge, der vergangen und erledigt waren. Hilarys Geschichte handelte von Dingen, die kommen würden.

[* 'Der alte Seemann', ist eine Ballade von Samuel Taylor Coleridge und gilt als Beginn der englischen Romantik. Sie hatte großen Einfluss auf die englische Sprache, mit vielen Sprichwörtern, die darin eingegangen sind].

Als ich sprach, tat ich das fast in einem Flüstern, als würde ich etwas von mir geben, das zu ausgefallen war, als dass man es laut aussprechen könnte.

»Dann glaubst du also, St. Hilary, dass die Uhr das Geheimnis verbirgt? Du glaubst, wenn du das Geheimnis enträtseln kannst, dass du dann den Schlüssel zu den d'Este Juwelen hast?«

»Ich verstehe«, fuhr ich fort, »da Sestos war der Dieb, und als er sah, dass er niemals seine Augen an der glanzvollen Frucht seiner Gaunerei weiden konnte, als er sah, dass er Tag und Nacht bewacht wurde, versank er in die Apathie der Verzweiflung, bis, bis – «

Ich erhob beide Arme und streckte sie aus, als wollte ich etwas ertasten.

»Bis?«, wiederholte St. Hilary spöttisch.

»Beim Himmel, St. Hilary«, rief ich und lachte laut, »sind du und ich die verrücktesten Männer in ganz Venedig an diesem Abend?«

»Ganz im Gegenteil«, antwortete er unbekümmert und schnipste anmutig die Asche von seiner Zigarette, »ich fange an, zu denken, dass ich keinen Fehler gemacht habe, dich als meinen Partner auszuwählen.«

»Aber die Fakten zuerst. Bist du bereit für das dritte Kapitel?

»Deine eigenen Theorien über das außergewöhnliche Mysterium?«, sagte ich. »Ja, ja, natürlich!«

Der kleine Mann lehnte sich zurück in meinem Sessel, mit einem zufriedenen Schmunzeln in seinem Gesicht. Da gab es etwas, was den Schauspieler in St. Hilary angeht; er liebte ein anerkennendes Publikum, und er war entschlossen, das meiste aus dem augenblicklichen Zuhörer herauszuholen.

8. KAPITEL

»Hast du die London Times gelesen, von – lass mich sehen – ich denke, es war vorgestern?«, fragte St. Hilary plötzlich.

Ich schüttelte meinen Kopf. Die Frage war augenscheinlich ziemlich unwichtig, aber ich war an seine plötzlichen und überraschenden Richtungsänderungen in den Diskussionen irgendwelcher Fragen gewöhnt.

»In dieser Ausgabe gab es einen beachtenswerten Bericht über einen Raub. Ein Juwelier aus der Bond Street appellierte an seine Gläubiger, ihm eine Verlängerung der Frist zu geben, um seine Schulden zu bezahlen. Als man ihm das verweigerte, warnte er sie, dass er an einem bestimmten Tag pleite ginge. Jedoch, in der Nacht vor dem Tag, an dem er sich für bankrott erklären würde, war er noch bis spät in seinem Geschäft und grübelte über seinen Konten, als er von Dieben angegriffen wurde. Nachdem man ihn gefesselt und geknebelt hatte, wurde sein Tresor geöffnet und geplündert.«

»Ein sehr gewöhnlicher Raub«, kommentierte ich.

»Ja. Aber der Dieb war sein vertrauter Sekretär.«

»Wer sonst würde die Kombination des Tresors so gut kennen?«, fragte ich gleichgültig.

»Wenn du nur ein wenig geduldiger wärst, Hume, würdest du meine Worte nicht so gering schätzen. Normalerweise gibt es dahinter eine Bedeutung. Wie ich sagte, wurde er durch seinen eigenen Sekretär ausgeraubt, aber das Außergewöhnliche an diesem Fall ist, dass der vertraute Sekräter den Meister mit seiner Zustimmung und auch auf seine Veranlassung hin ausgeraubt hat.«

»Dann hatte der Doge also recht. Giovanni da Sestos war der Dieb?«, sagte ich.

»Stell dir für einen Moment den Charakter von Meister Giovanni vor. Er ist ein Künstler, aber ein Künstler der sich am Rande des Wahnsinns bewegt. Sanudo hat sich immer und immer wieder darauf bezogen. Wenn man dann akzeptiert, dass er wahnsinnig ist, auf welche Art wird sich dieser Wahnsinn zeigen? Hauptsächlich in den Merkmalen und Fähigkeiten, die sein künstlerisches Temperament ausmachen. Diese Merkmale werden sich abnormal entwickeln. Sie werden über die engeren Grenzen hinausgeschoben. Wie würdest du ein künstlerisches Temperament beschreiben, Hume?«

»Aufs Geratewohl gesagt, nehme ich an, dass die bezeichnenden Merkmale in Giovannis Kopf, die Liebe zu seiner Arbeit sein würden, stolz darauf, aber auch geduldig, Mut in der Vorstellung von Ideen und die Fähigkeit, die Details auszuarbeiten.«

»Ausgezeichnet. Dies sind die Merkmale des vernünftigen Künstlers. Nun entwickele sie, übertreibe sie, mache sie abnormal. Wenn wir dann unseren Goldschmied nehmen:«

»Fast zwei Jahre hat er an seiner Schatulle gearbeitet. Es ist ein 'chef d'œuvre' [Meisterwerk]. Es ist sein größtes Prachtstück. Er hatte niemals zuvor etwas so Wunderbares geschaffen. Jeder Künstler zögert, seine persönlichen Arbeiten wegzugeben. Aber Giovanni hatte nicht nur den Egoismus des Künstlers. Nein, seiner ist der eines Irren. Er kann den Gedanken nicht ertragen, die Schatulle wegzugeben. Er sehnt sich danach, sie selbst zu behalten. Und am Ende entscheidet er sich dafür. Aber ohne die Juwelen ist sie ein bedeutungsloses Etwas. Sie ist nur ein Behälter. Mit diesen Kostbarkeiten darin ist sie aber eines der

Wunder der Welt. Das Verlangen nach den Steinen wird schließlich unerträglich. Er muss sie für sich haben, koste es, was es wolle. Aber erinnere dich daran, er ist kein gewöhnlicher Dieb. Wenn das nur irgendwelche kostbaren Juwelen wären, wie überaus wertvoll auch immer, hätten sie ihn wahrscheinlich nicht gereizt. Aber ein Ring von Cellini, eine Kamee von Domenico, ein geschnitzter Stein von Caradossa, diese quälten ihn, und sie verführten ihn, wie sie mich verführen, wie sie mich quälen.«

»Und wenn er sich einmal dazu entschlossen hat, diese Juwelen zu besitzen, helfen ihm nun seine List, seine Fähigkeiten fürs Detail, seine Geduld und alle Eigenschaften eines Künstlers, in seiner Rolle als Dieb – ist das die Idee?«, unterbrach ich.

St. Hilary nickte zustimmend und fuhr fort:

»Auch der Doge trieb diese Pläne unbewusst voran, durch seine große Furcht vor der Tatsache, dass es bekannt werden würde, er wäre im Besitz der Juwelen. Nur da Sestos, dessen Sohn und der Doge wussten, dass die Schmuckstücke in Venedig waren. Ihm wurde gesagt, in welchem Raum der Doge von ihm die wundervolle Schatulle erhalten wollte. Er hat das Terrain sorgfältig erkundet. Er wusste, dass das Schlafzimmer des Dogen zum Hof hinaus ging, der mitten in der Nacht mit Sicherheit leer gefegt sein würde. Und so hat er das Treffen wahrgenommen, mit dem Seil, das um seine Hüfte gewickelt war, und dem Dolch unter seiner Jacke.«

»Die Wache war für ihn ohne Zweifel eine unangenehme Überraschung. Dennoch hatte er den Vorteil gehabt, dass die Wache keinen Verrat witterte.«

»Und so hatte er zur rechten Zeit den Streit angezettelt. Das hatte er schon lange sorgfältig geplant. Der Doge hatte ihm geschrieben, dass er die letzte Zahlung nicht machen kann, bis er einige der Schmuckstücke weggegeben hatte. Da Sestos war bisher durchaus bereit gewesen, zu warten.«

»Aber nun, als die Juwelen einmal in der Schatulle waren, als einmal der Deckel geschlossen war und sie für zwölf Stunden nicht geöffnet werden konnte, forderte er ziemlich unerwartet seine letzte Zahlung.«

»Der Doge erinnert ihn mit Empörung daran, dass er sich dazu bekannt hat, auf unbestimmte Zeit zu warten. Er bleibt aber hartnäckig. Er weigert sich, den Dogenpalast ohne seinen Lohn zu verlassen. Der Doge (wie es da Sestos vorausgesehen hat) ist schließlich gezwungen, den Raum zu verlassen, indem er vorgab, das Geld zu holen. Aber, wie er es selbst gegenüber den Herrschaften zugegeben hat, hat er dies nur getan, um die Wachen zu rufen.«

»Kaum hatte der vorsichtige Doge die Riegel hinter sich geschlossen, als der Dolch des verrückten Goldschmieds seine fürchterliche Arbeit gemacht hatte. Das Seil ist in einem Nu ausgerollt. Es wird vom Balkon heruntergelassen, und an ihm ist die Schatulle mit ihrem kostbaren Inhalt festgebunden. Unten wartet ein Vertrauter. Alles sieht auch so aus, als wäre jemand am Seil heraufgeklettert.«

»Und dieser Vertraute?«, fragte ich außer Atem.

»Der Dolch wird wieder gehoben«, fuhr St. Hilary fort und ignorierte meine Frage. »Dieses Mal gegen sich selbst. Sie ist die paar Schmerzen wert, diese kostbare Beute.«

»Und so gelingt der Plan. Die Juwelen gehören ihm. Nach ein paar kurzen Wochen wird er den Lohn für seine List genießen.«

»Aber, leider, regte sich ein Verdacht in der Brust des Dogen, denn der alte Mann war kein so argloser Narr, wie es der Juwelier dachte. Dieb oder nicht Dieb – da Sestos wird eingesperrt – zuerst in einem Verlies, mit Folterungen, dann in seinem eigenen Haus. Er hat die Schmerzen ertragen. Er hatte die schreckliche Hitze und den Durst in den Bleikammern des Dogenpalastes ertragen. Und langsam kam die Erkenntnis, die Gewissheit, dass er eingesperrt war, nicht für einen Monat oder ein Jahr, aber ein Leben lang. Die Rache des Dogen war unerbittlich.«

»Wenn er dann ums Leben kommen würde, war das Geheimnis der Schatulle für immer auf seinen Lippen verschlossen? Die Selbstgefälligkeit dieses Irren machte diesen Gedanken unerträglich. Dann musste er also gestehen? Würde sein Feind am Ende triumphieren? Dieser Gedanke war genauso unmöglich. Aber bevor er stirbt, würde er doch noch sagen, wo die Schatulle versteckt ist. Sogar nach seinem Tod soll das Geheimnis offenbart werden. Es sollte täglich offenbart werden, aber so raffiniert, dass man es nicht verstehen wird, auch wenn es die ganze Welt sieht und hört.«

»Aber der Vertraute«, unterbrach ich wieder.

»Das war natürlich sein Sohn. Er wusste es. Er hatte geholfen, die Schatulle anzufertigen. Er hatte geholfen, sie zu stehlen, und er war es, der sie versteckt hat. Aber noch nicht einmal bei seinem treuen Sohn hätte der verrückte Juwelier die Juwelen gelassen. Sein listiger Plan war ihm so ans Herz gewachsen, und weil sein Sohn alles wusste, musste er geopfert werden. So kam es dann, nachdem er Seite an Seite mit seinem Vater an der Uhr gearbeitet hatte und von seinem letzten Botengang zurückkam, um den Dogen zu rufen, dass es nur dafür war, den Tod zu treffen.«

»Wir können nicht daran zweifeln, dass der Vater den Sohn und auch sich selbst vergiftet hat. Und so wird das Geheimnis um das Versteck der Schatulle und der Juwelen in einer Weise in der Uhr versteckt sein, dass es niemand errät, es sein denn, er wäre ein Mann wie da Sestos – einer der etwas von dem verrückten Verlangen und der Verschlagenheit besitzt, wie der Goldschmied selbst.«

»Es sei denn – es sei denn der Sohn hat den Vater hintergangen! Da, da ist der Zweifel, bei dem dein genialer Vater wankt!«, rief ich. Ich fühlte, wie ich bleich wurde, bei dem Gedanken.

»Du Narr«, antwortete er ungestüm, »denkst du, ich hätte nicht daran gedacht? Aber niemand hat völlige Gewissheit in dieser Welt. Manchem muss man vertrauen. Und, beim Himmel, ich wette alles, was ich habe, auf die Loyalität dieses Sohns gegenüber seinem verrückten Vater.«

Er saß in meinem Armsessel, kauerte sich zusammen, und sein Gesicht erschien bleich und ausgezehrt im schwachen Schein der Kerze. Seine Augen aber brannten wie die vom Juwelier und Uhrmacher Giovanni. Dann erhob er sich und begann langsam im Raum umherzulaufen. Schließlich fragte er, in dem normalsten Ton der Welt:«

»Kennst du dich mit Automatenuhren aus?«

»Nein, überhaupt nicht. Ich weiß nur, dass sie außergewöhnliche Dinge tun können.«

»Sehr außergewöhnliche Dinge. Hast du noch niemals etwas von der Uhr gehört, die Le Denz gemacht hat?«

Ich schüttelte meinen Kopf.

»Wirklich nicht? Das war ein chef d'œuvre des Bizarren und Wunderbaren. Ein sich automatisch bewegendes Kind schrieb alles auf, was man ihm diktierte – alles.«

»Unmöglich!«

»Ich rede zu dir von Fakten, mein lieber Freund, die du selbst in jeder Enzyklopädie nachlesen kannst. Dann gab es da einem Mann namens Vancouver, der sich damit amüsierte eine Uhr zu bauen, dessen Figuren zu bestimmten Stunden auf der Flaschentrommel spielten – drollig, sehr drollig ist das, nicht wahr?«

»Ich denke, so etwas habe ich einst bei Maskelyne's [Bühnenzaubereien] gesehen, sagte ich, mit gespielter Gleichgültigkeit. »Ich erinnere mich an eine Automatenfigur, die Psyche genannt wurde. Sie war eine Kartenspielerin und ich habe selbst ein Spiel mit ihr gemacht, an einem langweiligen Nachmittag.«

»Na, na«, rief St. Hilary gereizt, »ich spreche nicht von den Tricks in den Varietétheatern. Dort, um dabei zu bleiben, gibt es den Schachspieler, aber jeder weiß, dass ein Mensch in diesen tollpatschigen Spielzeugen versteckt ist.«

»Ich spreche von echten Automaten, so wie die Uhr, die du mir bald zeigen wirst. Da gab es ein verrücktes Genie, das einen Automaten herstellte, der ihn zum Einschlafen brachte, mit einer Melodie, die so sanft war, wie ein laues Frühlingslüftchen, um ihn dann mit einem krachenden Marsch zu wecken. Es gibt unendlich viele Bewegungsautomaten, die singen und tanzen oder sprechen. Ein Uhrmacher hat sogar ein Buch mit Anweisungen geschrieben, wie man die Mechanik seiner Uhr nach seinem Tode in gutem Zustand halten kann.«

»Alles das, wie ich verstehe, passt auf unsere Uhr«, sagte ich und steckte meine Zigarre an, die wieder einmal ausgegangen war. Zu jeder Stunde, wie der alte Luigi sagte, erzählt sie ihr Geheimnis.«

»So ist es«, antwortete St. Hilary. »Und Hume, wenn es dir und mir gelingt, diese zwölf Geheimnisse zu enträtseln, werden wir wissen, wo die Juwelen versteckt sind. Und nun, bist du immer noch neugierig genug, um herauszufinden, ob es eine Legende oder eine Tatsache ist?«

»Ja«, antwortete ich.

»Dann wirst du mir helfen, es herauszufinden?«

»Ja«.

»Gut. Wir könnten scheitern«, sagte er und schaute mich dabei scharf an.

»Natürlich, das wäre möglich.«

»Ich liebe deine Einsilbigkeit. Ich glaube, du meinst es wirklich ernst«, sagte er.

»Ja, ich bin ernst«, antwortete ich.

»Also noch einmal: Das ist gut. Dann werden wir unsere Interessen zusammenbringen. Wenn wir Erfolg haben, teilen wir zu gleichen Teilen. Ist das fair?«

»Das ist mehr als fair«, sagte ich.

»Das ist dann also erledigt. Und nun lass uns deine Uhr anschauen.«

»Marruchi, der Uhrmacher auf der Piazza hat sie. Ich habe sie bei ihm gelassen, um zu erfahren, ob sie repariert werden kann.«

Er setzte sich tiefer in den Sessel hinein und zog eine Decke über seine Knie.

»Marruchi, mein Junge, wird nicht in der Lage sein, etwas damit anzufangen. Das ist eine Arbeit, die über sein Format hinausgeht. Und nun lass uns schlafen, tief schlafen. Du und ich haben morgen eine lange Reise vor uns.«

»Eine Reise? Wohin?«

»Ich werde nach Amsterdam gehen und du nach St. Petersburg. Gute Nacht.«

»St. Petersburg?«, fragte ich aufgeregt. »St. Petersburg. Warum zum Teufel St. Petersburg?«

Aber St. Hilary war bereits eingeschlafen – oder er tat nur so.

9. KAPITEL

Die Sonne berührte bereits die Kuppel der Salute, als ich in meinem Stuhl einschlief. Meine Vereinbarung mit St. Hilary versprach große Dinge. Sie bedeuteten Aktionen – ein faszinierter Hinweis, dem man folgen konnte, egal ob er uns zu den Juwelen des Dogen leiten würde, oder nicht. Und wenn dieser nüchterne Bericht aus der Vergangenheit sich nicht als farblose Legende erweisen würde, sondern als lebende Tatsache, spannend für das menschliche Interesse, sollte ich durchaus das Material für ein Buch haben.

Eine Legende der Renaissance, wiedergeboren im zwanzigsten Jahrhundert – das muss Jacqueline ansprechen, und auch mich. Nebenbei gesagt, würde die Lösung des Mysteriums, wenn es eines gibt, oder nur der Nachweis, dass es eine leere Fabel ist, natürlich die Fähigkeiten erfordern, von denen sie glaubt, dass sie mir so bedauerlicherweise fehlen. In jedem Fall muss diese Suche zu meinem Vorteil gereichen.

Es war bereits acht Uhr, als ich St. Hilary in eine Gondel brachte. Als wir schnell an die Mole gerudert wurden, keimte ein unbeschreibliches Hochgefühl der Sinne in mir hoch. Drei Jahre sind mir von meiner Schulter genommen worden – drei Jahre von Trägheit und Lustlosigkeit. Ich war glücklich und spielte auch nicht den Narren, der versucht, seine Glücksgefühle tiefer zu ergründen.

Vielleicht hatte die warme, köstliche Brise ihren Einfluss, die in leichten Zügen vorbeikam, beladen mit dem Duft von Oleander und Rosen aus den königlichen Gärten. Vielleicht war es der tiefblaue Himmel mit den perlweißen Wolken, die langsam über San Giorgio* hinwegzogen [* San Giorgio Maggiore, eine Insel in der Lagune von Venedig] und die herrliche Sonne, die ihr Licht auf jede Kuppe und Turmspitze warf, das in Silbergrau und Rosarot in den Millionen von kleinen Wellen reflektiert wurde, die in einer wahren Ekstase von Farben tanzten und funkelten. Alles kam, nachdem der Regen aufgehört hatte und die verdrießlichen Wolken verschwunden waren, wie auch die trüben Rinnsale und die farblosen, feuchten Steine. Venedig war wieder die verzauberte Stadt mit seiner märchenhaften Architektur und seiner unfassbaren Ausstrahlung.

Man würde es wohl schwierig finden, dieser wunderbaren Geschichte zu glauben, im vollen Tageslicht hier auf der Piazza, die von der Sonne überflutet ist, mit den Gondolieren, die rauchten und immer wieder kurze Lieder trällerten, mit den Touristen, die schon unterwegs waren und den Führern auf dem Markusplatz, die bereits nach ihnen Ausschau hielten.

Letzte Nacht in meinen dunklen Zimmern und den mystisch in der Ferne scheinenden Lichtern von Venedig, möge es eine Entschuldigung gegeben haben, das man von seinem Vorstellungsvermögen übermannt wird. Am Morgen sollte aber eine nüchterne Skepsis einkehren. Ich kann nur sagen, dass es zwei Gründe gab, die dem entgegenstanden: Einmal wollte ich daran glauben, und zum anderen glaubte St. Hilary daran.

Ein paar Dutzend Schritte auf der Piazzetta, und wir sahen, dass Marruchi noch nicht geöffnet hatte. So trotteten wir in Richtung des Florian's, um unseren Morgenkaffee zu trinken. Als wir unter den Arkaden durchgingen, hielt St. Hilary an einem Bücherladen an, unterhalb der 'Libreria Vecchia' [die alte Bibliothek]. Ich bemerkte beiläufig im Vorbeilaufen, dass das Schaufenster mit Exemplaren eines Buchs gefüllt war, das erst kürzlich erschienen war.

»Hast du dir das Buch schon angesehen?«, fragte St. Hilary, als er dem Buchhändler drinnen zunickte.

»Nein«, antwortete ich und setzte mich an einen der runden Tische bei Florian's. »Ich habe noch nicht einmal dessen Titel gesehen.«

»Es nennt sich 'Annali dell' Inquisizione in Venezia' [Annalen der venezianischen Inquisition]. Es ist ungefähr vor einem Monat herausgekommen. Die Büchereien Organia und Rosen hatten es mindestens für zwei Wochen in ihren Schaufenstern.«

»Ich glaube, dass diese Tatsache einige Bedeutung hat«, sagte ich gereizt. »Aber bevor du mir erklärst, warum das so ist, hoffe ich, dass du mir ein paar Fragen beantwortest, die mir in den Sinn gekommen sind, während du letzte Nacht schliefst.«

»Nun, was ist es?«, sagte er.

»Warum, zum Teufel, willst du, dass ich nach St. Petersburg gehe? Warum hast du die Absicht, nach Amsterdam zu gehen? Wie bist du an die Information bezüglich des Tagebuchs von Sanudo gekommen? Warum hast du dir gedacht, dass die Uhr im Palast von da Sestos ist? Oder hast du das nicht gedacht? Wir sind sicherlich nicht die Ersten, die versuchen, das Rätsel der Stunden zu ergründen? Und sogar, wenn es niemand bisher versucht hat (und das erscheint unwahrscheinlich), ist die Uhr denn nicht fern davon, repariert werden zu können, sodass wir uns die Bedeutung der Bewegungen nicht vorstellen können, wenn es überhaupt eine Bedeutung gibt? Und schließlich, wie willst du denn wissen, dass du die richtige Uhr hast?«

»Wenn du das Buch hier im Laden gelesen hättest, wären vielleicht einige deiner Fragen beantwortet worden«, erwiderte St. Hilary gelassen.

Ich hielt die Kaffeetasse mitten in der Luft. »Es erwähnt die Uhr?«

»Ja, das tut es.«

»Dann kann es jeder auf der Welt lesen – der Herzog zum Beispiel!«

Dieser Gedanke war ziemlich erschreckend.

»Das denke ich auch. Hätte ich vorab gewusst, als ich dich letzte Nacht besuchte, dass du mein krimineller Partner werden wirst, in der Verfolgung der Schatulle und der Schmuckstücke, hätte ich dieses Buch mitgebracht, genauso wie das Tagebuch, das ich zufällig in meiner Tasche hatte. So wie es steht, könntest du rüber zu Rosen gehen und ein Exemplar kaufen. Du wirst es amüsant finden, während deiner langen Reise nach St. Petersburg.«

Ich schaute ihn ziemlich verdrossen an.

Du hältst so vieles für selbstverständlich«, protestierte ich. Ich brauche doch einiges mehr an Überredung. Du weißt, nehme ich jedenfalls an, dass ich einen Pass brauche, um nach Russland zu reisen. Und was unsere kriminelle Verfolgungsjagd anbelangt, glaube ich, dass man solche Funde behalten kann.«

»Sehr wahr«, antwortete er und schaute mich dabei zynisch an. »Beatrice, die einige unserer Schmuckstücke getragen hatte, als sie in die Kathedrale da drüben ging, ist schon seit vierhundert Jahren oder mehr zu Staub zerfallen. Der ganze Stammbaum von den d'Estes und Sforzas ist ausgelöscht. Es gibt keinen Mann oder keine Frau in Venedig, die damit angeben könnten, dass ein Tropfen des Blutes des Dogen in ihren Adern rinnt.«

»Rechtlich gesehen, nehme ich an, dass der Staat – «

93

»Oh, der Staat!«, schniefte ich verächtlich. »Es macht mir nichts aus, meine Ansprüche denen des Staats vorzuziehen!«

»Ein unerschrockener Mann! Lass mich dich aber daran erinnern, mein zartbesaiteter Freund, dass wir vielleicht das Brecheisen benutzen müssen, bevor wir in den Besitz dieser Schmuckstücke gelangen. Denkst du, wir werden sie auf dem Straßenpflaster finden? Wohl kaum! Sie sind in einem von diesen Hunderten von Palästen versteckt, und man wird sie sicherlich kaum nur auf Anfrage hin herausgeben.«

»Ich denke nicht«, gab ich zögernd zu. »Trotz allem hat es einen hässlichen Klang, dieses Wort 'kriminell'.«

»Ich hatte dich gewarnt, dass dies keine Amateurarbeit ist.«

»Ja, ja, ich weiß«, antwortete ich hastig. Ich werde dir zeigen, dass ich schon ein wenig skrupellos sein kann, wie auch du, gelegentlich.«

»Das ist schon besser«, antwortete er und grinste mich an. »Was nun das Buch anbelangt. Wie ich schon sagte, erwähnt es da Sestos und die Uhr. Aber die venezianische Inquisition, wie ich dich nicht erst erinnern muss, beschäftigte sich in erster Linie nicht mir einem religiösen Bewusstsein, sondern mit den Angelegenheiten des Staats. Da Sestos ist der Kriminelle, der in diesem Buch erscheint, und nicht nur zufällig der da Sestos, ein Atheist, der eine Uhr gemacht hat, in der ein böser Geist wohnte.

»Und diese Geschichte von Sanudo, ist sie fundiert?«

»Ziemlich weitgehend. Und in diesem Buch erfahren wir, was aus der Uhr nach seinem Tod geworden ist. Sie wurde durch die Inquisition als etwas Unreines betrachtet. Sie wurde in dem für fast zweihundert Jahre in dem Dogenpalast versteckt.«

»Und danach?«

»In einer langen Fußnote erzählt uns der Verfasser der Annalen, dass sie bei dem Eindringen von Napoleon von einem Hauptmann der Artillerie geraubt wurde und danach an einen Händler in Paris verkauft wurde. Sie blieb für fast ein halbes Jahrhundert im Laden des Händlers, bis ein studierter Antiquar, der eine ausführliche Monografie über Automatenuhren verfasst hatte, sie sah. Dieser Antiquar, wie der Verfasser uns sagt, kaufte die Uhr und studierte sie. Wie sie dann in den Besitz des Onkels des augenblicklichen Herzogs da Sestos kam, ist nicht bekannt. Dieser Onkel, wie uns der Herzog einmal sagte, lebte in Paris. Er erkannte den Zeitmesser als den, welchen sein entfernter Vorfahre vor fast vierhundert Jahren angefertigt hatte.«

»Er erkannte ihn? Aber wie?«

»Nichts könnte einfacher sein. Erst einmal ist der Name des Uhrmachers auf jeder Uhr. Dann könnte er mit der Monografie des Antiquars vertraut gewesen sein, oder es war der Antiquar selbst, der den Herzog über die Uhr in Kenntnis gesetzt hat. Es ist sogar möglich, dass er, als Venezianer, die Tagebücher von Sanudo gelesen hat. Wie auch immer, er schickte die Uhr zurück nach Venedig.«

»Hat er die Bedeutung des Automaten erkannt, nimmst du das an?«

»Es ist durchaus wahrscheinlich, dass er das tat«, antwortete St. Hilary gedankenvoll. »Wenn es anders wäre, warum sollte die Uhr in der geheimen Kammer versteckt worden sein? Es ist anzunehmen, dass er dem Vater des alten Luigi aufgetragen hatte, sie sorgfältig zu bewachen.«

Und hat der Verfasser dieser Monografie selbst einen Hinweis darauf gegeben, dass die Automatik irgendeine Bedeutung hat?«, fragte ich, ziemlich beunruhigt.«

»Glücklicherweise nicht. Er lehnte das Ganze als einen Mythos ab, nur ein Aberglaube aus dem Mittelalter.«

»Trotzdem«, sagte ich, wenn wir eine Kopie dieser Monografie in die Finger bekämen, könnten wir darin ein oder zwei Hinweise finden.«

»Sehr wahr«, antwortete St. Hilary leise. Das ist der Grund, warum du nach St. Petersburg gehst. Diese Monografie ist in der kaiserlichen Bibliothek. Es gibt nur eine bekannte Kopie, die existiert, versichert unser Verfasser. Ein nützlicher Mann, unser Verfasser.«

»Sehr«, sagte ich und lachte kurz. Aber was ist, wenn der Herzog Wind von dieser kostbaren Legende bekommt und neugierig darauf wird, selbst das Rätsel zu lösen. Wenn er, zum Beispiel, Mrs. Gordon fragt, ihm die Uhr zurückzugeben, werden wir einen rivalisierenden Wettbewerber haben.«

»Das ist es, warum wir keine Zeit zu verlieren haben. Ah, die Fensterläden des Uhrmachers sind offen. Nun können wir unsere Uhr untersuchen, und wir können froh sein, wenn er sie nicht ruiniert hat«, grummelte St. Hilary. Er hob die Markise unter der Arkade an, und wir traten heraus auf die grelle Piazza.

Marruchi kam mit Entschuldigungen zu mir. Nein, er hatte nicht versucht, die Uhr zu reparieren. Er hatte sie noch nicht einmal auseinandergenommen. Der Mechanismus war zu kompliziert. Er kannte in der Tat nur einen Uhrmacher in der Welt, dem man sie sicher anvertrauen konnte.«

»Und der lebt in Amsterdam«, vollendete St. Hilary selbstzufrieden. «Und nun, Hume, verstehst du vielleicht, warum einer von uns nach Amsterdam gehen muss?«

Ich zögerte. Ich erinnerte mich daran, wie er durch Täuschung versucht hatte, in den Besitz der Uhr zu gelangen. Wie konnte ich sicher sein, dass es keine List war, mich nach St. Petersburg zu schicken, um mich damit aus dem Weg zu bekommen? In der Zwischenzeit würde er die Uhr in Besitz nehmen, und wenn er ihr das Geheimnis entlockt hat, könnte er sie mir zurückgeben, zusammen mit der Versicherung, dass alles nur ein Märchen war.

Warum sollte nicht ich nach Amsterdam gehen, und er nach St. Petersburg? Das war die Frage, die ich im durchaus hätte stellen können. Aber ich tat es nicht. Ich hatte versprochen, ihm zu vertrauen, und jetzt vertraute ich ihm.

»Kannst du den Express am Nachmittag nehmen, Hume? Er fährt um drei Uhr dreissig ab und hat eine Verbindung nach St. Petersburg?«

»Ich denke schon«, gab ich zögernd zu, »obwohl ich es kaum schätzte, dass wir in dieser Weise an die Enden der Welt eilen.«

»Oh, du Kleingläubiger«, rief er gereizt. »Wenn du wirklich mit Herz und Seele mit mir in diese Sache hineingehst, brauchst du erheblich mehr Geduld, als sie eine Reise nach St. Petersburg verlangt.«

»Und, was das angeht, dass ich nach Amsterdam fahre: Du hast gehört, was Marucchi gesagt hat, dass es nämlich nur einen Uhrmacher in der Welt gibt, der geschickt genug ist, unsere Uhr auseinanderzunehmen und wieder zusammenzusetzen, ohne sie zu verpfuschen.«

»Nun gut«, stimmte ich bescheiden zu und ging zum 'Bureau Internationale des Wagon-lits' [Internationales Schlafwagenbüro], um mir meine Schlafkoje zu sichern. Ich muss aber sagen, dass St. Hilarys Beschreibung von mir gerechtfertigt war. Ich hatte Vertrauen genug, mich hier in Venedig neugierig um die Uhr zu kümmern. Aber lange und ermüdende Reisen nach Amsterdam und St. Petersburg waren etwas anderes.

Bild: Einer der Briefkästen am Dogenpalast, wo man andere anonym denunzieren konnte: *Denontie secrete/contro chi occultera/gratie et offici/o colludera per/ nascondera la vera/rendita d' essi.* - Geheime Anzeigen gegen diejenigen, die Gefallen und Pflichten verheimlichen oder sich im Geheimen absprechen, um deren wahren Gewinn zu verbergen."

10. KAPITEL

St. Hilary gab mir ein Einführungsschreiben für den Direktor der Kaiserlichen Bibliothek. Der Himmel weiß, wo und wie er ihn getroffen hatte, aber er schien die Hälfte der berühmten Personen in Europa zu kennen. Ich habe es immer als nützlich empfunden, eingeführt zu werden – wenn eine solche Einführung überhaupt gebraucht wurde – aber eher nach unten, als nach oben. Man wird meistens ein besseres Bemühen auf offizieller Seite antreffen, und das bedeutet, einen intelligenteren und enthustiastischeren Service. In diesem Fall wurde ich keinesfalls nach unten eingeführt. Der Direktor selbst hatte nach dem Buch suchen lassen und kam nach einer halben Stunde mit Entschuldigungen zurück. Das Buch war in Gebrauch. Morgen, ohne Zweifel, würde es mir zur Verfügung stehen.

Die Tatsache allein, dass das Buch in Gebrauch war, machte mich besorgt. Automatenuhren sind nicht unbedingt ein verbreitetes Thema. Sofort dachte ich an den Herzog. War es möglich, dass er das Buch bereits gesehen hatte, über das St. Hilary mit mir sprach? Das erschien mir unwahrschcinlich. Am nächsten Morgen aber, als ich die Dworzowy Brücke überquerte, wieder auf dem Weg zur Bibliothek, traf ich ihn von Angesicht zu Angesicht.

Es ist schwer zu sagen, wer mehr überrascht war. Obwohl ich eine unbändige Neugier hatte, um zu erfahren, wer die Person war, der sich gestern für die Automatenuhren interessierte, hätte ich, ohne etwas zu sagen, vorbeigehen sollen. Er kam mir aber mit geöffneten Handflächen entgegen und grüßte mich mit unnötiger Herzlichkeit in Französisch.

»Und was bringt Mr. Hume nach St. Petersburg?«

Ich murmelte etwas von Studien in der kaiserlichen Bibliothek.

Daraufhin schaute er mich noch verwunderter an, als er das bei meinem ersten Anblick von mir tat.

»Ich war auch in der kaiserlichen Bibliothek«, rief er aus. »Ich habe dort ein seltenes Buch gelesen – eines der seltensten in der Welt.«

»Tatsächlich ist das Buch, das ich betrachten will, auch eines der seltensten in der Welt.«

»Das war ein unkluger Hinweis, aber ich konnte mir die Freude nicht verkneifen, diesen von mir zu geben. Ich hatte bereits vermutet, dass der Herzog auf der Spur der Schatulle war. Statt alarmiert oder verärgert zu sein, bescherte es mir das größte Vergnügen. Gehirn gegen Gehirn. Weisheit gegen Weisheit. Mut gegen Mut. Ich hätte nichts sagen können, das mir mehr gefällt. Instinktiv fühlte ich den Eifer meines Feindes und wog die Chancen ab, die mein Rivale hatte, um Jacquelines Herz zu gewinnen.

Er reagierte spürbar auf diese kühne Herausforderung – nichts weniger war es. Es war unmöglich, noch länger daran zu zweifeln. Aber kurz darauf war die Maske der Täuschung über sein Gesicht gefallen. Er verbeugte sich mit spöttelndem Respekt.

»Ah, der Herr Hume ist ein Gelehrter?, fragte er höhnisch. »Was mich anbelangt, finde ich die Straßen – ihr Leben, ihre Freuden und Menschen – lehrreicher als Bücher, besonders hier in diesem seltsamen, gefrorenen Norden. Gibt es da nicht einen englischen Dichter, der sagte, dass das eigentliche Studium der Menschheit die Menschen sind? Wenn er Frau gesagt hätte, hätte er die reine Wahrheit gesprochen.«

»Ja, eine schöne Frau ist die Vergöttlichung der Begeisterung und des Interesses eines Mannes mit Stil und einem Herzen. Lasst die stumpfsinnigen Bücher den Priestern und den Schwachsinnigen, mein Freund.«

Ich hatte nichts zu der hauptsächlich italienischen Zusammenfassung des Lebens zu sagen. Wir gingen still einige Schritte weiter, dann nahm er meinen Arm.

»Ja, ja«, fuhr er fort, »die Frau ist das richtige Studienobjekt für den Menschen. Aber wenn einer eine Frau liebt, so reizend wie die feine Miss Quintard – ah, ich meine kennenlernt, erkennt einer alles, was das Leben für ihn bereithält, ist es nicht so?«, und er zwickte vertraut meinen Arm.

Ich hatte meinen Arm ärgerlich zurückgezogen. Ich lehnte seinen Ton und seinen Bezug auf Jacqueline ab. Ich sagte aber nichts und lief nur schneller in Richtung der Bibliothek.

»Ich habe viele Frauen in meinem Leben getroffen, aber jetzt weiß ich, dass es keine mehr gibt, die es wert wäre, angesehen zu werden.«

»Und haben Sie den Charme der Lady so schnell ergründen können – in der einen kurzen Stunde im Palast?«, fragte ich, ein wenig gehässig, wie ich befürchte.

»Ergründen«, sagte er, »natürlich nicht. Aber die lebhaften Eindrücke der einen Stunde kann man durch sorgfältiges und köstliches Studium von einer Woche vertiefen.«

»Ich stand ziemlich bewegungslos da.

»Von einer Woche?«, stammelte ich.

»Von einer Woche, mein Freund«, rief er aus und genoss seinen Triumph, »denn Sie müssen wissen, dass ich viel von der faszinierenden Mrs. Gordon und ihrer bezaubernden Nichte in Bellagio gesehen habe. Ich habe dort eine Villa.«

»In Bellagio!«, rief ich aus. Ich atmete tief ein, und es erschien mich zu erstechen. Ich wurde durch die vergebliche Verfolgung eines Schattens eingenommen, während sich dieser prächtige Unmensch an meiner Seite, der gerade seinen Schnurrbart bis zu seinen Augen hochzwirbelte, in der direkten Gesellschaft dieser Göttin befand. Ich konnte nicht sprechen. Ich hoffte, dass es keine Eifersucht war, die an meinem Herzen nagte. Eigentlich war es überhaupt keine Eifersucht, denke ich wenigstens. Es war eher Furcht – Furcht um meine liebe Jacqueline. Das war nicht nur, weil ich sie gewinnen wollte – dass ich sie vielleicht schon gewonnen hatte.

Wenn jemand anders, den ich respektierte, ihre Liebe gewonnen hätte, denke ich nicht, dass ich aufschreien würde. Aber dieser Herzog da Sestos! Ich bangte um ihr Glück. Ich wusste, dass Jacquelines Tante seine Verbündete war. Und was war mit Jacqueline selbst? Frauen sind gleichzeitig so scharfsinnig und so begriffsstutzig. Ich habe die nobelsten von ihnen gesehen, die auf eine charmante Art verführt wurden – und die schlausten, die einen Bösewicht oder Idioten geheiratet haben.

Wir hatten die kaiserliche Bibliothek erreicht. Die Glocke in einem benachbarten Turm schlug zehn, als die Tore der Bibliothek geöffnet wurden und der Direktor heraustrat. Ich hob meinen Hut. Er erwiderte höflich meinen Gruß und erwiderte, dass das Buch das ich sehen wollte, mir nun zur Verfügung stand. Unglücklicherweise erwähnte er den Titel.

»Und welches Interesse hat Mr. Hume an Automatenuhren?«, fragte der Herzog, als sich der Direktor umgedreht hatte.

Ich zuckte mit den Schultern und wünschte ihm einen Guten Nachmittag.

»Einen Moment bitte, Mr. Hume, wenn Sie es gestatten.«

Ich drehte mich herum.

»Ihr Hotel ist das L'Europe, wie ich denke?«

»Ich bin aber selten dort«, sagte ich etwas unfreundlich.

»Ich bin enttäuscht. Wir hätten eine angenehme Stunde zusammen in dieser barbarischen Stadt verbringen können. Auf Wiedersehen.«

Ich verbeugte mich und ging schnell die Treppe hoch. Wieder rief er nach mir.

»Übrigens, Mrs. Gordon hat mir gesagt, Mr. Hume, dass sie Ihnen die alte Uhr anvertraut hat.«

»Das ist vollkommen richtig.«

Er schaute mich scharf an.

»Und nun verstehe ich ihr Interesse an Automatenuhren. Ihr Interesse weckt das meine. Ich bin selbst erpicht darauf, die Uhr wieder zu sehen. Wenn werden Sie in Venedig sein?«

»In einem Monat oder zwei«, antwortete ich unbekümmert.

»Einen Monat oder zwei, mein lieber Freund!«, protestierte er. »Ich muss meine Uhr früher sehen. Ich denke darüber nach, dass ich sie für Mrs. Gordon repariert haben will.«

Er betonte dabei das 'meine Uhr'.

»Genau daran habe ich auch gedacht«, sagte ich ausweichend.

»Aber Mr. Hume, ich bitte Sie zu verstehen, dass es mit der Genehmigung von Mrs. Gordon geschieht, dass ich dies mache. Haben Sie selbst danach gefragt?«

»Noch nicht«, antwortete ich kühl und ging dabei einige Schritte weiter die Treppe hoch.

Sein Gesicht verdunkelte sich.

»Also dann, da ich die Erlaubnis von Mrs. Gordon habe, würden sie liebenswürdigerweise eine Nachricht an ihren Diener schreiben, dass er sie mir aushändigt, wenn ich in Venedig bin?«

»Unglücklicherweise ist das nicht möglich. Ich bin Ihnen zuvorgekommen und habe sie schon zur Reparatur geschickt.«

Er stand für einen Moment da und drehte seinen Schnurrbart wieder bis zu den Augen hoch. Dann, zu meinem Erstaunen, sprang er die Stufen hinauf, zwei auf einmal.

Er packte mich am Arm und zog mich fast die Stufen herunter. »Da Sie, Mr. Hume, Zweifel an meinen Worten haben, werde ich Mrs. Gordon ein Telegramm schicken und Ihnen dann die Antwort zeigen. Wenn ich diese Antwort habe, werde ich zu ihrem Hotel kommen und darauf bestehen, dass Sie mir sowohl den Namen des Uhrmachers geben, als ihm auch eine schriftliche Order senden, dass er sie mir aushändigt. Wenn Sie das verweigern, werde ich gezwungen sein, nach der Polizei zu rufen, und ich bin kein Unbekannter hier in St. Petersburg.«

»Ich befürchte, dass ich kein Mittel finden werde, ihrer Polizei zu entgehen, Herzog da Sestos, sagte ich lachend.

Für einen Moment sah er mich an, verwirrt, und als er meine Missachtung für seine Drohung sah, lachte er auch.

»Ja, ja, es ist wahr. Ich bin ein großer Narr. Ich müsste wissen, dass Drohungen gegenüber Mr. Hume zu nichts führen. Schauen Sie, ich drohe oder verlange nicht länger. Ich bitte. Ich begebe mich in die Barmherzigkeit von Mr. Hume. Ich gebe zu, dass ich sehr begierig bin, die Uhr zu sehen. Ich nehme es als gegeben an, dass Mr. Hume Gründe hatte, dass ich sie nicht sehen soll. Aber kommen Sie, lassen Sie uns fair spielen. Sie haben die Uhr, das ist wahr. Aber, nach allem, habe ich das Recht auf sie. Lassen Sie uns gegenseitig zugestehen, dass wir auf gleichem Boden stehen. Ihr Recht ist gleich – ihr Recht ist das von Besitz, meines ist das moralische und legale Recht. Wir werden zusammen zum Telegrafenbüro gehen. Jeder von uns wird Mrs. Gordon um Erlaubnis bitten. Sie soll entscheiden. Kommen Sie, ist das nicht sportlich?«

»Kaum«, antwortete ich und lachte wieder. »Das Resultat wäre zu sehr eine Sache der Gewissheit – zu Ihren Gunsten.«

»Sie sind dazu entschlossen, unfair zu sein«, rief er ärgerlich.

Ich zögerte für einen Moment und ergriff dann seinen Arm.

»Kommen Sie also mit«, sagte ich, und lachte noch immer, »wir werden zu ihrem Telegrafenbüro gehen.«

Es schien der einzige Weg zu sein, ihn loszuwerden, aber ich muss gestehen, dass ich nicht die Absicht hatte, die Entscheidung von Mrs. Gordon abzuwarten.

Wir gingen in das Büro. Wir standen am Pult und jeder nahm Stift und Papier. Aber bevor der Herzog eine Zeile geschrieben hatte, erkannte er eine Bekanntschaft auf der Straße.

Ich sollte ihn für einen Moment entschuldigen und auf seine Rückkehr warten, damit wir unsere Telegramme vergleichen und Missverständnisse vermeiden konnten.«

Ich wartete zehn Minuten lang. Dann trat ich, mit meinem Telegramm in der Hand, aus dem Büro heraus und schaute die Straße hoch und runter. Er war nirgends zu sehen. Ich wartete weitere zehn Minuten, aber der Herzog war immer noch nicht zurückgekommen. Meine Geduld war am Ende. Ich ging zurück zur Bibliothek. Aber als ich nach meinem Buch fragte, war es, zu meinem völligen Erstaunen, wieder in Gebrauch. Der Bedienstete erklärte mir in unhöflichem Ton, dass es für mich reserviert war, sie es aber nicht den ganzen Morgen über zurückhalten konnten.

Dieser italienische Herzog hatte mich folglich ausgetrickst. Das Telegramm war einfach nur eine List, eine ungeschickte und sinnlose List, aber sie erschien mir so unschuldsvoll, dass sie funktionierte. In der Annahme, dass er meine Ansicht des Buches verzögert hatte, war alles, was ich tun musste, am Nachmittag wiederzukommen, und ich ging zurück zu meinem Hotel, um zu frühstücken.

Die zweite Überraschung des Tages wartete auf mich. Ein Telegramm von Jacqueline wurde mir nach Venedig gesandt und von dort, durch meine Haushälterin, zu mir nach St. Petersburg nachgeschickt. Es war ziemlich rätselhaft:

»Stelle bitte sicher, dass du die Einladung meiner Tante für Freitag akzeptieren kannst. Ich bin gespannt darauf, dich zu sehen– sehr gespannt. Ich erwarte dich am Freitag – unbedingt.«

Ich hielt es in meiner Hand, erstaunt und verwirrt. Es wurde mir folglich auch eine Einladung von Mrs. Gordon zugeschickt, um sie in Bellagio zu besuchen. Ich sollte am Freitag kommen, besonders Jacqueline wollte mich sehen. Aber warum? Warum würde Sie mich 'unbedingt' sehen wollen. War es möglich, dass Sie Mrs. Gordon von meiner Liebe zu ihr erzählt hat. Konnte ich es wagen, die allergünstigste Bedeutung aus dieser Nachricht herauszulesen? Auf jeden Fall, wenn ich am Freitag in Bellagio ankommen wollte, musste ich schon am heutigen Nachmittag abreisen. Nun, nach dem Frühstück konnte ich zur Bibliothek zurückgehen, einen Blick auf die Monografie über Automatikuhren werfen, und immer noch den Zug bekommen.

Aber selbst während ich zum Restaurant eilte, hielt ich inne. War das wieder einer der Tricks des Herzogs, ein etwas ausgefeilterer? Ein Moment des Nachdenkens offenbarte, dass dies höchst unwahrscheinlich war. Ich beeilte mich mit meiner Mahlzeit, nahm eine Droschke und fuhr zur Bibliothek zurück, entschlossen zu warten, bis sie das Buch hatten.

Dieses Mal jedenfalls, war es nicht in Gebrauch, und nach fünf Minuten konnte ich es in den Händen halten.

Ich schlug die Seiten um, und suchte das Inhaltsverzeichnis. Es gab offenbar keines. Ich ging das Buch sorgfältig durch, um die Erwähnung der da Sestos Uhr zu finden, und entdeckte sofort, dass die vierzehn Seiten in dem Buch komplett herausgerissen wurden.

Ich starrte auf das verschandelte Buch. So wurde das Spiel des Herzogs in seiner wundersamen und einfachen Art in Gänze aufgedeckt. Er muss zur Bibliothek zurückgeeilt sein, als er mich im Telegrafenbüro zurückgelassen hatte. Natürlich hatte er die Seiten herausgerissen. Der zweite Punkt für den Herzog. Das Spiel wurde interessant.

Als ich den Bibliothekar auf die herausgerissenen Seiten aufmerksam gemacht hatte, rief er den Assistenten zu sich, der das Buch ausgehändigt hatte. Wusste der Assistent etwas über die herausgerissenen Seiten? Der junge Mann antwortete, dass ihm das gestern aufgefallen sei. Er hatte die Absicht, mit dem Leiter darüber zu sprechen. Als er gefragt wurde, ob er den Leser beschreiben könne, antwortete er, dass er dies nicht könne. Als man ihn jedoch stärker bedrängte, dachte er, sich daran erinnern zu können, dass der Leser ein alter Mann war, der braune Augen hatte. Es war nicht notwendig gewesen, mehr zu sagen. Es war offensichtlich, dass der Assistent bestochen worden war und log. Ich hätte dem Bibliothekar einen Hinweis geben können, was mit diesen vierzehn Seiten passiert ist, aber ich wollte die Polizei aus unserem Spiel heraushalten. Bald, vielleicht, müsste ich auf die Großzügigkeit des Herzogs hoffen. In der Zwischenzeit würde ich nach Bellagio gehen, um zu erfahren, warum mich Jacqueline so dringend sehen wollte.

Ansicht von St. Petersburg

11. KAPITEL

Ich sah keinen Grund, warum ich sowohl Mrs. Gordon als auch Jacqueline von meiner kleinen Reise nach St. Petersburg erzählen sollte. Ich begrüßte sie beide so, als käme ich gerade aus Venedig und hätte die Einladung von Mrs. Gordon rechtzeitig bekommen. Man kann sich gut vorstellen, dass ich neugierig war, zu erfahren, warum Jacqueline ihr dringendes Telegramm nachgeschickt hatte, zusätzlich zu dem von ihrer Tante.

Jacqueline war immer ein Buch mit sieben Siegeln, das man nicht einfach und genau beschreiben konnte. Sie traf meinen gespannten und klaren Blick mit einem Lächeln und wachen Augen – und ich achtete darauf, keine Fragen zu stellen.

Sie war offensichtlich erleichtert, mich zu sehen, aber sie unternahm keine Anstrengungen, mit mir alleine zu sein. Es schien so, als dass sie mir eher ausweichen wollte, bis sich mein Besuch dem Ende zuneigte. Dieses Ende kam jedoch plötzlich und bestürzend. Meine folgende Abreise vom Hotel Grande Bretagne bedeutete nichts weniger, als eine Zurückweisung.

Erst nach dem Abendessen gab mit Mrs. Gordon einen Hinweis darauf, warum sie mich gebeten hatte, ein paar Tage mit ihr und Jacqueline am Lago di Como zu verbringen. Nur, wie lange mein Besuch dauern sollte, wusste ich nicht.

Ich rauchte meine übliche Zigarre nach der Mahlzeit auf der Terrasse und dachte darüber nach, wie ich der Achtung gebietenden Mrs. Gordon diese Information in taktvoller Weise entlocken konnte, als sie und ihre Nichte auftauchten. Jacqueline las einen Brief von zuhause, und Mrs. Gordon hielt ihre mit Schmuckstücken behangene Hand eindrucksvoll in die Höhe und winkte zu ihr.

»Meine Liebe, wirst du mir meinen Schal holen? Und Sie, Mr. Hume, ich bitte Sie, ihre Zigarre nicht wegzuwerfen; ich bin begierig darauf, mit ihnen zu sprechen.«

Mein Herz pochte wie verrückt. Hatte Jacqueline der Tante ihre Liebe zu mir gestanden?

Ich gab ihr zu verstehen, dass ich bereit sei. Sie räusperte sich und faltete ihre Arme um ihre üppige Figur herum. Unbewusst nahm sie eine Haltung ein, wie ein Mitglied im 'Rat der Zehn' [Consiglio dei Dieci, seit Gründung im Jahre 1310 eines der wichtigsten Gremien im Justiz- und Herrschaftssystem der Republik Venedig]. Aber das war die Art von Mrs. Gordon, und ich wartete gespannt.

»Es ist eine große Freude, Sie bei uns zu haben, Mr. Hume«, begann sie mit gewichtiger Höflichkeit.

Ich beeilte mich, ihr zu sagen, dass es keinen schöneren Platz gibt, als am Comer See im April und schaute dabei wehmütig zu Jacqueline, die den Schal gebracht hatte und nun um die Büsche flanierte.

»Sie sind die einzige Person, an die ich mich wenden kann, um einen Rat einzuholen, das heißt, solange wir hier in Italien sind. Jetzt ist es so, dass ich dringend einen Rat und Informationen brauche.

Ich versicherte ihr, dass ich alles in meiner Macht Stehende tun würde, um ihr zu helfen.

»Es geht um Jacqueline.«

Ich benahm mich vorsichtig, um nicht mehr als ein freundliches Interesse zu zeigen. Man musste auf der Hut sein, bei der weltgewandten Mrs. Gordon.

110

»Oder, vielleicht geht es auch mehr um den Herzog da Sestos.«

»Den Herzog da Sestos!«, rief ich überrascht aus. »Ich kann nicht sehen, Mrs. Gordon, wie eine Sache, die sich um den Herzog da Sestos dreht, etwas mit ihrer Nichte zu tun haben könnte«, sagte ich nach einer Pause.

»Nein?« Sie schaute gedankenvoll zu ihrer Nichte. »Ich muss Ihnen aber sagen, dass sich der Herzog in sie verliebt hat.«

»Und – und was ist mit ihren Gefühlen für den Herzog?«, stammelte ich.

»Ich habe Grund zu der Annahme, dass die Wünsche von Jacqueline auch den meinen entsprechen«, antwortete sie selbstgefällig.

Jacquelines Wünsche sollten den von ihr entsprechen! Da gab es wenig Zweifel, was ihre Wünsche waren. Das Schlimmste war wirklich gekommen. Ich schaute hinaus auf den See und traute mich kaum zu sprechen. Das zarte Blau des ruhigen Wassers, die violetten Berge, der Gesang der Vögel, das Kindergeschrei, das Schlagen einer Kirchenglocke und Jacqueline im weißen Kleid, die durch die grünen Bäume schlich – all das hatte mich noch vor einem Moment verzaubert.

Aber nun sah ich nur Jacqueline – nicht die lachende Jacqueline, meine Jacqueline, die mir schmunzelnd zuwinkt, aber die Herzogin da Sestos, die vernachlässigte Frau, die ihrem Ehemann die Hörner aufsetzt und ihn hasst, und verdammt ist, zu einem langsamen und erbärmlichen Dahinsiechen, geopfert von diesem miserablen, althergebrachten Weltling.

»Ich kann mir nichts Unglücklicheres vorstellen, als dass sie ein Interesse für den Herzog da Sestos hätte«, sagte ich gefühlvoll.

Sie schaute mich beunruhigt an.

»Kennen Sie etwas Rufschädigendes an ihm, Mr. Hume?«

»Nein«, antwortete ich unverblümt, »ich weiß nichts über ihn.«

Sie stieß einen Seufzer ihrer Erleichterung aus.

Als eine stabile Person, mit einem gut ausgeprägten englischen Akzent, konnte man Mrs. Gordon nicht leicht zu Gefühlsausbrüchen bringen. Ihre Nerven waren gut verpackt. Man konnte in sie nur mit nichts weniger als einer Mistgabel einstechen. Aber meine Bemerkungen hatten für einen Moment ihre Selbstgefälligkeit zerrüttet, diese enorme Selbstgefälligkeit, die so groß ist, wie ihre Kleiderkammer, und dumm und bewegungslos, wie ihr Stolz. Aber selbst sie würde dabei zögen, den Antrag des Herzogs zu unterstützen, wenn ich ihr zeigen würde, dass er ziemlich unerträglich ist. Wie könnte ich das tun? Wenigstens beabsichtigte ich, es zu versuchen.

Sie dachte eine Weile nach. »Sie wissen also nichts. Aber es wäre nicht schwer für Sie, Nachforschungen anzustellen. Wenn man das italienische Leben versteht, wie Sie es tun, und so lange in Venedig lebt – «

»Nachforschungen anstellen, Mrs. Gordon?«, unterbrach ich kühl. Ich dachte, dass mein kalter Blick sie etwas verwirrt hatte.

»Und«, fuhr sie frostig fort (offensichtlich war dann mein Starren völlig umsonst gewesen), »dann denke ich, dass meine Bitte an Sie als Verpflichtung angesehen werden sollte. Sie sind einer unserer ältesten Freunde. Sie sollten die Interessen von Jacqueline in ihrem Herzen tragen.«

»Gott weiß, dass ich ihre Interessen in meinem Herzen trage«, rief ich bitter. »Aber ich kann nicht sehen – «

»Seinen Rang und seine Stellung«, fuhr sie fort und schob meinen Protest zur Seite, »kann ich selbst beurteilen. Man hat mir gesagt, dass er ein persönlicher Freund des Königs ist [Victor Emanuel III., 1900 - 1946].

Die Geschichte seiner Familie reicht vor die Gründung von Venedig zurück. Ich weiß nicht, mit wie viel Teilungen sein Wappenschild angeben kann [spezielle Darstellungen innerhalb des Schilds]. Was seine Finanzen anbelangt, ist das natürlich eine ernste Frage. Ich konnte mir, schon aus einem Pflichtgefühl heraus, nicht erlauben, diesen wichtigen Abschnitt der Angelegenheit zu ignorieren. Aber Jacquelines Mitgift, wenn sie sich an meine Wünsche hält, wird diesen Mangel an finanziellen Mitteln zu keinem unüberwindlichen Hindernis machen. Aber, Mr. Hume, sein Charakter ist das, was wichtig ist.«

»Ja«, sagte ich bedeutungsvoll, »das ist er.«

»Ich meine damit nicht«, fügte sie hastig hinzu, »dass er sich nicht irgendwelcher Fehltritte in der Jugend schuldig gemacht haben könnte. Das kann man sogar erwarten, von einem Edelmann seiner Stellung.«

»Darf ich Sie dann, Mrs. Gordon, fragen, was Sie meinen«, fragte ich freundlich.

»Zumindest darf es da keinen Skandal geben, Mr. Hume, keinen offenen Skandal. Ich kann es nicht zulassen, dass die Stellung meiner Jacqueline irgendwie in Zweifel gezogen werden könnte.«

»Ihre Sorgen in dieser Hinsicht sind sehr vernünftig«, sagte ich in sarkastischem Ton. »Ich habe aber immer noch keine Ahnung, wie ich Ihnen helfen kann.«

»Wirklich, Mr. Hume, Sie schenken meinen Worten wenig Beachtung. Habe ich nicht vor einem Moment gesagt, das Sie bestimmte Nachforschungen für mich anstellen sollen?«

»Mit anderen Worten, Mrs. Gordon«, sagte ich kühl, »fragen Sie mich, dass ich ihren Privatdetektiv spielen soll, ist es nicht so?«

Sie erhob erschreckt ihre Hände.

»Das ist ein Amt«, sagte ich, »dass ich nicht übernehmen kann, auch nicht für ihre Nichte. Aber ich kann mir keine Hochzeit für Jacqueline vorstellen, die widerwärtiger oder verheerender wäre.«

»Wenn Sie nichts über den Herzog da Sestos wissen, wie können Sie dann sagen, dass diese mögliche Hochzeit mit meiner Nichte ein Unglück wäre? Ich bin vielleicht sehr begriffsstutzig, aber ich verstehe ihre Argumentation nicht, Mr. Hume.«

»Aber, Mrs. Gordon«, sagte ich ernst, »kann man sich nicht den Charakter eines Mannes vorstellen, ohne alles über ihn zu wissen?«

»Wenn ich es könnte«, antwortete sie bedächtig, »würde ich sagen, dass sie mir bei ihren Äußerungen selbst nicht ganz uninteressiert erscheinen.«

»Und wenn das so ist, Mrs. Gordon?« Ich warf meine Zigarre zur Seite und meine Vorsicht. »Wenn ich zugebe, dass ich nicht uninteressiert bin, wie Sie es nennen. Was dann? Sagen wir mal, ich wäre in ihre Nichte verliebt, und nehmen wir an, dass es richtig wäre, dass Sie das wissen. Meine Liebe zu Jacqueline ist aber groß genug, um ihr Glück nicht zu zerstören, selbst wenn sie dieses Glück mit einem anderen Mann hat. Aber wenn ich sehe, dass sie zu einer Heirat überredet werden soll, wo jeder Instinkt in mir sagt, dass es falsch ist, von der ich weiß, dass sie sich als unglücklich herausstellen wird – kann ich das nicht zulassen, ohne zu protestieren, obwohl ich durch diesen Protest meine eigene Liebe für sie betrüge.«

»Mrs. Gordon, wenn ich nichts über den Herzog da Sestos weiß, weiß ich doch etwas über seine Gesellschaftsschicht. Kann ich nichts sagen, was Sie beeinflusst?«

Sie zog den Schal um sich herum und schaute mich mit versteinerter Miene und Gleichmut an. Ich hätte mich genauso gut an die kleinen Wellen wenden können, die ans Ufer schwappten. Dennoch fuhr ich leidenschaftlich fort:

»Ich kann es nicht ändern, wenn Sie mich falsch beurteilen. Ich muss sprechen. Ich muss Jacquelines Angelegenheiten für sie vertreten, auch wenn sie mir dabei nicht zustimmt, denn ich vertrete ihr Glück. Sie haben Wert auf die Stellung dieses Herzogs da Sestos gelegt. Er ist ein Herzog, aber, Mrs. Gordon, es gibt alleine in Sizilien siebzig Herzogshäuser. Es gibt kein Gesetz für das Erstgeburtsrecht in Italien. Die Titel haben kein Unterscheidungsmerkmal. Prinzen, Herzöge, Marquis, Grafen, sie sind unendlich zahlreicher in Italien als respektable Personen.«

»Was den Charakter dieser Aristokraten anbelangt – können Sie mich über die Herzöge ausfragen und ich kann ihnen etwas über den Charakter von den meisten sagen. Er ist ein Offizier in der Kavallerie und lebt deshalb über seine Verhältnisse. Er ist ein Spieler, ein Verschwender. Seine Anwesen sind bis zum Anschlag mit Hypotheken belastet. Eine reiche Heirat ist seine einzige Hoffnung.«

Und ich fuhr fort: »Er jagt, schießt, trägt englische Kleidung, und das ist es, wie weit er die männlichen Gewohnheiten eines Engländers einschätzt. Seine Vorstellung eines Sportsmanns ist es, in einem Einspänner zum Wettkampf zu fahren, mit einem fetten Pudel an seiner Seite. Je kleiner das Pferd, je fetter der Pudel, umso größer ist er als Sportsmann. Kartenspiel, Tratsch und Geschwätz, seine Maitresse – sie machen sein Leben aus, sein wirkliches Leben.«

»Und angenommen, das ist alles wahr, vergesse ich nicht, dass Sie über eine Gesellschaftsschicht sprechen und nicht über einen Einzelnen, Mr. Hume.«

»Ich beschwöre Sie lediglich, vorsichtig zu sein«, sagte ich.

»Nachdem Sie es abgelehnt haben, Nachforschungen zu stellen? Sie verhalten sich widersprüchlich.«

Sie erhob sich und konfrontierte mich mit einer Gelassenheit, so starrsinnig, als hätte ich nichts gesagt.

»Bei allem was Sie erwähnt haben, will ich Ihnen die edelsten Motive unterstellen, aber Sie haben keine großzügige Haltung gezeigt. Ich, für meinen Teil, muss kleinlich sein, befürchte ich. Ich muss Jacqueline beschützen, und leider ist eine Heirat mit Ihnen, meiner Ansicht nach, genauso unselig, wie Sie vorgeben, dass es ihre Hochzeit mit dem Herzog wäre.«

»Ich wollte nicht kleinlich erscheinen, Mrs. Gordon«, sagte ich bescheiden.

»Und, wie ich gerade sagen wollte, obwohl es unfreundlich erscheint, bin ich geneigt meine Einladung zurückzunehmen, dass Sie hier unser Gast bleiben. Es sei denn, natürlich, wenn Sie mir ihr Versprechen geben, dass Sie keinesfalls – «

»Ich verstehe, sagte ich steif. »Ich würde mich nicht glücklich fühlen, unter diesen Umständen zu bleiben. Ich werde heute Abend weggehen.«

Ich verbeugte mich und drehte mich noch einmal für einen letzten Appell zu ihr hin:

»Mrs. Gordon, es ist verständlich, dass Sie mir mit Misstrauen zuhören, aber versuchen Sie, zu glauben, dass ich selbstlos spreche. Tun Sie alles, um Jacqueline abzuhalten. Sie ist sehr jung. Sie ist romantisch, wie so viele Mädchen. Es ist so leicht für sie, einen Fehler zu machen, wenn sie niemanden hat, der sie führt. Bringen Sie sie aus Italien fort, wenigsten im Moment. Werden Sie das tun?« Ich streckte meine Hand aus.

»Mr. Hume«, antwortete sie gehässig, »bei diesen Herzensangelegenheiten muss jeder für sich selbst entscheiden.«

»Ja, ja,«, rief ich eifrig. Dann brachte mich etwas an ihrem seltsamen Lächeln dazu, dass die Worte auf meinen Lippen starben, und ich hielt inne. »Jacqueline hat bereits entschieden, dass – dass sie den Herzog liebt?«, sagte ich dann.

»Ich habe Grund zu dieser Annahme. Der Herzog selbst, hat mir versichert, dass sie ihn ermutigt hat. Aber mehr noch, Jacqueline selbst verneint dies nicht.«

»Danke«, sagte ich niedergeschlagen und ging zurück zum Hotel, um meine Sachen zu packen. Das Schlimmste war gekommen.

Aber, so groß meine Abneigung gegenüber Mrs. Gordon auch ist, wollte ich ihr nicht unrecht tun und glauben, dass sie gelogen hatte. Vielleicht hätte ich aber Jacqueline mehr vertrauen müssen.

Ich hätte wissen sollen, dass keine anständige Frau sich so leichtfertig die Liebesbeteuerungen eines Mannes anhört. Sie hatte meine angehört, aber, nochmals, Jacqueline hatte mir keinerlei Zusicherung gegeben, dass sie meine Liebe erwidert. Es war schwierig für sie, sich zu entscheiden, nicht nur, ob sie mich wirklich liebte, sondern auch, ob es mir wirklich ernst war, als ich ihr meine Liebe gestand. Und so kam es, dass ich an diesem Abend ziemlich ernüchtert in Richtung der Anlegestelle des Dampfers ging, gefolgt von dem Träger mit meiner Tasche.

Der kleine Dampfer hatte sein Signal abgegeben, meine Tasche war schon an Bord und ich wollte gerade folgen, als ich mich umdrehte, in der Hoffnung auf einen Blick auf Jacqueline. Zu meiner völligen Überraschung rannte sie mir entgegen. Sie war völlig bestürzt. Augenblicklich war ich an ihrer Seite.

»Was bedeutet das, wenn du in dieser Weise weggehst?«, keuchte sie.

»Ich gehe zurück nach Venedig, Jacqueline«, antwortete ich ihr ernst.

»Nach Venedig!«, schrie sie verzweifelt. »Nach Venedig, heute Abend, und ohne dich von mir zu verabschieden? Warum?«

»Ich hatte eine Auseinandersetzung mit deiner Tante, liebe Jacqueline, und sie hat mich weggeschickt. Ich gebe das Feld frei«, fügte ich ein wenig bitter hinzu, »an einen schöneren, ich wünschte, ich könnte sagen, besseren Mann.«

Sie zog die Hand zurück, die sie mir gereicht hatte, und ihr Gesicht lief vor Ärger rot an. Dann wurde sie sehr bleich.

»Vergib mir, Jacqueline. Ich wollte dir nicht wehtun.«

»Und was hat dir meine Tante gesagt?, flüsterte sie fast.

118

»Sie hat mir gesagt, dass der Herzog da Sestos dich gefragt hat, seine Frau zu werden. Sie wünscht sich, dass du zustimmst. Sie glaubt, dass du ihn nicht abgelehnt hast.«

Ihre Gesichtsfarben kamen und gingen. Sie atmete kurz ein, und ihre braunen Augen schauten über die Berge hinter Cadenabbia. Tränen bildeten sich in ihnen und begannen langsam auf ihre Wangen zu fallen.

»Aber das kann nicht wahr sein«, rief ich und ergriff ihre Hand. »Es ist unmöglich, dass du das getan hast.«

»Es ist doch möglich«, sagte sie fast teilnahmslos. »Er hat mich gefragt, seine Frau zu werden. Ich habe ihn dazu ermutigt.«

»Dann gibt es nichts mehr zu sagen, Auf Wiedersehen, liebe Jacqueline.«

In ihrem Eifer packte sie mich an meinem Mantel. »Hör zu, Dick. Deswegen habe ich dir telegrafiert. Du musst mir helfen. Ich brauche dich. Würdest du etwas für mich tun, das wohl ziemlich sinnlos ist – das dir unendlichen Ärger einbringt – das dir keine Belohnung bietet, außer meinem Dank?«

»Ich denke, das wäre möglich«, sagte ich mit einem verzerrten Lächeln. »Um was geht es?«

»Es ist so schwer, dir das verständlich zu machen«, rief sie, verzweifelt.

»Ich werde bis morgen warten.«

»Nein, nein, wenn du mir in dieser Sache hilfst, kannst du das nicht schnell genug tun.«

Wir gingen in Richtung des Schiffs, das einen weiteren, durchdringenden Pfeifton abgegeben hatte.

»Ich hatte dir gesagt, dass der Herzog da Sestos mich gefragt hat, ihn zu heiraten, und dass ich ihn dazu ermuntert habe. Ich habe das getan, aber – oh – so unbewusst.«

»Du hast ihn unbewusst ermutigt? Unmöglich!«

»Es ist wahr, Dick«, sagte sie unter Tränen. »Ich wollte ihm nur zeigen, wie unmöglich es sei, dass ich jemals etwas für ihn empfinden würde – dass nichts, außer einem Wunder, mich dazu bringen würde, ihn zu lieben. Die stählerne Truhe, die er mir im Palast geschenkt hatte, stand zufällig auf dem Tisch des Salons. Ziemlich impulsiv und leichtfertig sagte ich, mehr als einen herben Spaß, lieber Dick: »Wenn Sie mir die Schatulle bringen, die in diesen stählernen Kasten passt, werde ich Sie anhören.«

Ich dachte, dass ich ihn gefragt hatte, etwas ziemlich Unmögliches zu tun. Zu meiner Überraschung, zu meiner Verzweiflung, nahm er meine Worte ziemlich ernst, ohne empört oder verärgert zu sein. Er weigerte sich, anzuerkennen, dass ich ihn gefragt hatte, etwas Unmögliches zu erreichen. In dieser überschwänglichen, fremdartigen Weise, küsste er meine Hand, verabschiedete sich für den Moment und versprach mir, früher oder später, mit der Schatulle zurückzukommen. Ich war so verblüfft, dass ich nichts sagen konnte. Bevor ich mich wieder erholt hatte, war er gegangen. Und wenn er sie jetzt findet! Oh, Dick, wenn er das tut!«

Ich lachte vor Freude – und vor Glück. »Das wird er nicht«, rief ich aus, denn ich werde sie selbst finden. Und wenn ich sie finde, Jacqueline?«

»Ich wäre so froh«, sagte sie scheu.

»Aber was ist mit meinem Buch der Legenden«, sagte ich mit zur Schau getragener Ernsthaftigkeit. Soll ich das Aufschreiben der Legende über die Uhr aufgeben? Ich dachte, ich sollte beständig in meiner Arbeit sein, ich hätte das auch fortgeführt.«

»Aber ich gebe dir diese neue Aufgabe, Dick«, sagte sie und lachte vor Glück.

»Ja, ja«, sagte ich, als ich im letzten Moment an Bord sprang. »Ich denke, dass ich die Zeit finde, diese neue Aufgabe für dich zu erledigen, und auch für meine Legende über das Buch.

Erst als das Schiff an das entfernte Ende des Comer Sees kam, dachte ich daran, dass Jacqueline annehmen könnte, dass dieses Versprechen halbherzig war. Dass es da irgendeine Verbindung zwischen der Uhr gab, und der Kiste die sie hatte, davon hatte sie natürlich keine Ahnung.

Ansicht von Bellagio am Comer See

121

12. KAPITEL

Ich erreichte Venedig mit dem Mitternachtsexpress. St. Hilary wartete auf mich am Bahnsteig.

»St. Hilary!«, rief ich mit vorgegebener Freude aus, »Was bringt dich um zwei Uhr am Morgen hierher?«

»Ach, was«, grummelte er. Kannst du dir das nicht vorstellen? Aber warte, bis wir in meiner Gondel sind, dann sage ich es dir. Du gehst zu deinen Räumlichkeiten, nehme ich an?«

Kaum hatten wir uns hingesetzt, drehte er sich ungeduldig zu mir hin. Sei gelbes Gesicht sah abgespannt aus, wegen des fehlenden Schlafs und zeigte Furchen, wie geschnitztes Elfenbein, aber in dem bleichen Licht der Lampen am Anlegesteg sah ich, wie seine Augen leuchteten.

»Du bist in ausreichend guter Stimmung, sodass du wohl gute Neuigkeiten hast? Komm schon, erzähle mir von deinem kleinen Ausflug nach Russland.«

Ich berichtete ihm von der Geschichte meiner ergebnislosen Reise – vom überraschenden Treffen mit dem Herzog, den fehlenden Seiten ... Er hörte mir still zu. Als ich fertig war, zog er die Vorhänge der Gondel zu Seite und schaute hinaus.

»Ich hätte wissen können, dass du ein solches Pech haben wirst«, sagte er verbittert, und sprach dann nicht mehr, bis wir Guidecca erreicht hatten.

Wir fuhren in den Canale Grande ein. Man denkt beim Canale Grande an eine *mise en scène* [Darstellung] endloser Prozessionen von Touristen. Der wahre *flaneur* [Spaziergänger] scheut ihn. Er bleibt, so weit wie möglich, in den kühlen Schatten der kleinen Kanäle.

Heute Nacht aber, brachte dieses majestätische Wasserstraße einen frischen Zauber über mich. Der stille Strom, schwarz wie der Tod, war voller Mysterien. Eine Bedrohung lauerte in den tiefen Schatten der großen Paläste, fahl und geisterhaft in der Dunkelheit. Die stählerne Bugspitze unserer Gondel, stolz nach oben geschwungen, tauchte ein und glitt durch das tiefschwarze Gewässer. Gibt es in der ganzen Welt etwas Lebloses, das so anmutig, so fast lebendig ist, so leicht und so furchtbar scharf wie der Bug einer Gondel? Er ist die reine Wiedergeburt des Geistes der Venezianer in der Renaissance.

Als wir die Finsternis durchdrangen, die vollkommen war, ausgenommen vom Licht einer winzigen Laterne auf dem vorderen Deck, konnte ich mich zurückversetzen in das Mittelalter. Ich konnte den schwarzen Kahn des Fante sehen, dem Hauptmann der Inquisitionsgarden, der schnell, und mit gedämpften Schlag, zum Palast einer unglücklichen Kreatur hingerudert wurde, die gegen Venedigs Gesetze gehandelt hat.

Der Kahn hält an seiner Tür, die Riegel werden von einem Spion im Inneren zurückgeschoben, der Bote von Folter und Gefangenschaft, finster wie die Nacht, bahnt sich seinen Weg zum Bettgemach des verurteilten Mannes. Er schreckt auf, aus seinem tiefen Schlaf, er wird geräuschlos auf den widerhallenden Stufen nach unten gebracht, er setzt sich in den schwarzen Kahn, und so, zitternd, geht er seinem Ende entgegen.

Wir schossen in einen der engen und gewundenen, kleinen Kanäle. Unsere Gondel schrammte jetzt die äußersten Wände der Lagerhäuser, mit ihren verbarrikadierten Fenstern, die einst vom Reichtum des Orients überflutet waren. Es war mir unmöglich, mich als ein einfacher Herr mit einem Kreditbrief meiner Banken vorzustellen. St. Hilary und ich waren Plünderer,

Abenteurer, Rabauken, und dieser alltägliche Regenschirm zwischen meinen Knien, war eine lange, kühne Klinge, bereit für einen lebhaften Kampf mit den Wachen.

Wir waren nun auf Guidecca, vermieden die Ketten der Schiffe, welche entlang der 'Fondamenta della Zattere', der Promenade, festgemacht waren. Als wir zum gegenüberliegenden Ufer kamen, wurde der Regen stärker, der bisher mit leichtem Nieseln heruntergekommen war, und St. Hilary rief dem Gondoliere zu, schneller zu rudern.

Die Gegend auf Guidecca ist alles andere als vornehm. Die Gondolieri wiederholen den Namen zweimal mit Verachtung, wenn der Tourist den Wunsch äußert, dorthin gerudert zu werden. Dampfschiffe aus Griechenland und Amerika, beladen mit Getreide, ankerten entlang des Kais. Von der frühen Morgendämmerung an, bis in die Nacht, trippeln Hunderte von barfüßigen Hafenarbeitern, jeder mit einem Sack auf seiner Schulter, über die schmalen Planken, die vom Schiff zum Ufer gehen. Kurz danach stellen sie ihre Last auf die Waage, die an dem Eingangstüren der Lagerhäuser stehen, während ein Offizieller aus dem Zollhaus sorgsam notiert, dass sie das volle Gewicht hat. Dann, nachdem sie diese wieder geschultert haben, werden sie von dem höhlenartigen Inneren verschluckt.

Die meisten der alten Paläste auf Guidecca sind zu Lagerhäusern degeneriert. Aber hin und wieder, wie etwas, das so unbedeutend ist, dass man es übersieht, findet man in einem niedrigen Raum eine Trattoria, wo die Hafenarbeiter in den Nachmittagsstunden den starken Wein aus Chioggia trinken und ihre kraftvollen Lieder herausbrüllen; oder es könnte auch ein winziger Laden sein, wo alte Frauen mit kantigen Gesichtern Fisch und Käse und Kirschen verkaufen.

Den ganzen Tag lang schwärmen Kinder herum, streiten und spielen auf dem von der Sonne gebackenen Pflaster, und Künstler malen unendlich viele Bilder, von den roten und orangenen Segeln, die langsam vorbeiziehen, mit der Salute und dem Dogenpalast als Hintergrund. Ja, das Guidecca Viertel ist das Viertel der Leute. Für mich haben die Hafenarbeiter, die Kinder und die feilschenden alten Frauen, alle ihren eigenen Charme. Und hier, beim 'Palazzo Frollo', wo ich lebte, kommt kein Pauschaltourist hin.

Unser Gondoliere stemmte sich mit seinem langen Ruderschlag gegen Wind und Flut, und steuerte auf einige Stufen zu, ein paar Hundert Fuß von dieser Seite des Palazzo Frollo entfernt. Ich rief ihm zu, etwas höher den Kai hinauf zu rudern, aber St. Hilary verkündete gereizt, dass es einfacher für uns ist, die Strecke zu laufen, als für ihn zu rudern.

»Aber warum sollen wir im Regen herumlaufen?«, protestierte ich. Und wie willst du zu deinem Hotel zurückkommen, wenn du deinen Gondoliere wegschickst? In dieser Gegend sind Gondolieri um zwei Uhr am Morgen so selten, wie Pferde auf der Piazza.«

»Es ist so, dass ich nicht die Absicht habe, heute Nacht zu meinem Hotel zurückzukehren. In der Tat wird es auch kein Bett für dich geben, mein lieber Hume.«

»Kein Bett? Ist es möglich, dass du unsere Uhr bereits zurückgebracht hast?«

»Es ist nicht nur möglich, es ist wahr. Ich bin heute Abend rechtzeitig zurückgekommen, um dein Telegramm zu erhalten und um dich am Bahnhof zu treffen. Die Uhr ist jetzt in deinen Räumen.«

»Du hast sie in einer Woche reparieren lassen?«

»Ja, so weit, wie das möglich war.«

»Da kann dann nicht viel dran gewesen sein.«

»Wie es sich ergab, war es das auch nicht.«

»Dann erscheint es mir so, dass deine Reise nach Amsterdam, nach alledem, nicht so besonders bemerkenswert war?«, grummelte ich.

»Manchmal«, erwiderte St. Hillary leise, »muss man ziemlich große Schwierigkeiten und Kosten in Kauf nehmen, nur um ein negatives Ergebnis zu bekommen. Manchmal ist es notwendig, herauszufinden, was eine Sache nicht ist.«

»Und du hast herausgefunden, was es nicht ist, immerhin ist dies eine Automatenuhr?«

»Mein lieber Freund, bleib vernünftig. Erst einmal musste diese Uhr zum Laufen gebracht werden. Es war ein viel zu komplizierter Mechanismus, um das einem pfuschenden Handwerker anzuvertrauen. Empfindest du es als einen Fehler, dass sie zum Laufen gebracht wurde, ohne irgendwelche Schwierigkeiten oder Verzögerungen? Jedes Rad ihres Werks musste auseinandergenommen werden.«

»Und mit welcher Absicht?«

»Es war absolut notwendig, dass wir sicher sein mussten, dass das Geheimnis der Uhr, vorausgesetzt es gibt ein Geheimnis, durch den Automatismus erzählt wird, und dass sein Geheimnis nicht im Werk versteckt ist. Nun wissen wir wenigstens, nach was wir nicht suchen müssen.«

»Der Automatismus selbst enthält also das Geheimnis?«

»Ja, soweit wir das im Augenblick sagen können. Tatsache ist auch, dass ich nur zwei ihrer Stundenschläge gehört habe.«

»Und funktionierte der Automatismus dieser Stunden?«

Zumindest bei einer war das der Fall, obwohl ich zugeben muss, dass das Ergebnis etwas enttäuschend war. Ich habe jedoch nicht erwartet, dass das Geheimnis der Uhr an der Oberfläche zu finden ist.

Wir gingen still den Kai entlang. Plötzlich, als wir eine Brücke überquerten, packte St. Hilary meinen Arm, seine gewohnte Geste bei Ermahnung zu Ruhe und Vorsicht. Er schaute über die Brüstung. Ein halbes Dutzend schwarzer Gondeln, die sich im Wind wiegten, waren an den Ringen in der Wand festgebunden. In einer davon saß ein Mann. Ein Stück Plane schütze ihn vor dem Regen. Als wir zu ihm hinsahen, zündete er ein Streichholz an, um seine Pfeife anzustecken, und ich konnte sein Gesicht sehen.

»Hast du diesen Gondoliere schon einmal zuvor gesehen?«, fragte St. Hilary, als wir weitergingen.

»Nicht, so weit ich weiß«, antwortete ich träge, und starrte durch den Regen nach dem Wahrzeichen des Palazzo Frollo, zwei lächerlich kleine Marmorlöwen auf dem Geländer des Balkons im zweiten Stock.

»Hm, dann habe ich mich vielleicht geirrt. Übrigens, ich habe den Herzog auf der Riva getroffen, als ich zum Bahnhof ging, um dich zu treffen.«

»Wirklich«, sagte ich teilnahmslos. Ich suchte nach meinem Nachtschlüssel. Ich hatte auf dieser hauptsächlich angelsächsischen Annehmlichkeit bestanden, und die Tür wurde auf meine Kosten mit einem Schloss versehen. Ich schaute sorglos auf das Fenster in meinem Wohnzimmer, wie einer, der ein paar Tage von zuhause weg war. Ein Licht schien durch eine Spalte der Fensterläden. Ich erwähnte das gegenüber St. Hilary.

»Du hattest gesagt, dass du die Uhr in meine Räume gebracht hast. Du hast die Lampe brennen lassen, wie ich sehe.«

»Ich? Nein.«

Ich hörte, wie St. Hilary in der Dunkelheit kicherte.

»Frag besser, wer in deinem Zimmer ist. Pianissimo, mio caro! [immer schön sachte, mein Lieber!]. Es wird amüsant werden, wenn wir diesen mitternächtlichen Gast überraschen. Nein, nein, mach kein Licht und sei still.«

Meine Räume waren im zweiten Stock. Wir mussten durch eine Halle hindurchgehen, ein großer Raum, mindestens vierzig Fuß lang, in der Form einer T-förmigen Zeichenschiene. Er erstreckte sich vom Kanal bis zum Garten im hinteren Teil. Der kleinere Teil der T-Form ging auf der Seite des Kanals entlang. An der Decke gingen riesige Balken von Wand zu Wand. Einst waren diese Balken bunt bemalt, mit geometrischen Mustern; nun waren sie schmuddelig, mit einer verblichenen Tünche überdeckt. Der Raum wurde durch die dürftigen Strahlen eines Nachtlichts in einer Nische der Wand beleuchtet.

Wir gingen auf Zehenspitzen über den kalten Fußboden. Sanft, sehr sanft, drückte ich die gerade Klinke der Tür herunter, die zu meinem Zimmer führt. Ich zog die Tür vorsichtig zu mir hin. Eine zweite Tür versteckte uns noch vor dem Eindringling, wenn es überhaupt einen Eindringling gab. Vorsichtig öffnete ich sie einen Spalt und schaute hindurch. St. Hilary lugte dabei über meine Schulter.

Der Herzog da Sestos saß in meinem Zimmer, und auf dem Tisch, direkt vor ihm, tickte die Uhr. Auf beiden Seiten stand eine leuchtende Kerze. Er saß zusammengekauert in einem tiefen Armsessel und sein Kopf war auf die Brust gesunken. Er schlief aber nicht. Seine Ellbogen lagen auf den Lehnen des Stuhls; seine Beine waren bequem verschränkt. Eine Schachtel Zigaretten lag bei seinen Ellbogen, und auch etwas anderes befand sich dort, eine Karaffe für den Brandy – meinem Brandy.

Ich schloss die Tür, und in diesem Moment hörten wir schwach aus dem Inneren den vortrefflichen Schlag von silbernen Glocken. Dann wurde die erste Stunde geschlagen.

»Donner und Doria, St. Hilary, sagte ich ziemlich aufgebracht, »will sich dieser Unmensch die ganze Nacht amüsieren, meinen Alkohol trinken und ungestört den Klängen unserer Uhr lauschen.«

»Nicht ungestört«, kicherte St. Hilary leise.

»Aha, dann beenden wir also dieses kleine Spiel!«

»Mit dem größten Vergnügen.«

Er legte seinen Umhang ab. Er war dick und tropfe vor Feuchtigkeit. Er nickte mir lächelnd zu.

»Ja, ja, hast du die Idee verstanden? Kann ein lästiger Gast entrüstet aufschreien, wenn dieser feine Umhang seinen Kopf warmhält, was glaubst du?«

Er breitete den Umhang am ausgestreckten Arm aus und ging wieder auf Zehenspitzen zur Tür. Ich folgte ihm auf den Fersen.

»Aber ist das nötig«, protestierte ich. »Warum werfen wir ihn nicht einfach ohne großes Federlesen hinaus?«

St. Hilary schaute mich mit Missachtung an.

»Hast du die vierzehn Seiten vergessen? Wir müssen sie sehen. Wahrscheinlich sind sie in seiner Tasche. Wir sind im Moment Einbrecher, lieber Hume, und dieser Umgang wird ihm über den Kopf gezogen, damit es nicht so laut wird.«

Ich nickte. Und wie soll das gehen?«

»Das ist ganz einfach. Er sitzt mit dem Rücken zur Tür. Wenn der nächste Viertelschlag kommt, werde ich die Tür vorsichtig öffnen. Ich schwinge meinen guten Umhang und, voila, wir haben unsere Beute gefangen. Blas die Kerzen aus und hilf mir. Wir werden den Umhang bequem um seinen Kopf wickeln, aber so, dass er weder sehen noch hören kann. Dann untersuche ich seine Taschen. Wenn die gestohlenen Seiten da sind, sehr gut. Wenn nicht, werden uns seine Schlüssel nützlich sein. Hast du ein Seil? Wir müssen seine Beine und Arme festbinden.«

»Ja, einige Koffergürtel.«

»Gut. Dann also 'en garde'. Ich bin außergewöhnlich durstig. Meine armen Lippen lechzen nach einem Tropfen von diesem guten Brandy.«

Die Uhr schlug zart die halbe Stunde. St. Hilary, der den triefenden Mantel wie ein Schutzschild vor sich trug, drückte die Tür auf.

13. KAPITEL

St. Hilary vermasselte es nicht, und der Umhang erfüllte bestens seinen Zweck. Der Herzog war kein einfacher Gegner. Ich drückte mein Knie in sein Rückgrat und drehte seine Arme nach hinten. Während St. Hilary den Sitz der Fesseln und des Knebels richtete, dachte ich darüber nach, dass ich in Zukunft besser ein wenig trainieren sollte.

»Und nun?«, flüsterte ich, als wir ihn festgebunden hatten, geradeso, als ob er ein fettes Huhn wäre. Dennoch fand ich es, wie ich zugeben muss, aufregend.

St. Hilary gab mir mit dem Kopf ein Zeichen, still zu sein. Eine Zigarette des Herzogs hing in seinem Mundwinkel, als er die Taschen von da Sestos durchsuchte. Ich schaute ihm zu und schüttelte mich still vor Lachen. St. Hilary spielte seine Rolle mit einer sehr jungenhaften Art.

Sie gaben ein tolles Bild ab, die beiden: Der Herzog zerrte verzweifelt an seinen Fesseln und St. Hilary, mit Geschick und Ruhe, als wären sie ihm angeboren, durchsuchte die Taschen, und entleerte dabei den Inhalt von jeder, den er jeweils in kleinen Häufchen auf den Tisch legte – Geld, Schlüssel, Briefe. Als er sich letztere angesehen hatte, steckte er jeden Gegenstand wieder gewissenhaft in die jeweilige Tasche, ausgenommen die Schlüssel und das Telegramm. Er steckte die Schlüssel sorgfältig in die eigene Tasche und gab mir das Telegramm. Vorsichtig las ich es:

'Sagen Sie bitte Mr. Hume, dass er Ihnen die Uhr sofort aushändigt.'

Es war von Mrs. Gordon unterschrieben und an den Herzog adressiert. Ich schaute es gedankenvoll an.

»Nehmen wir einmal an, St. Hilary, dass die Flammen es erfassen, während ich es lese. Natürlich würde ich es dann, so wie jetzt, loslassen«, flüsterte ich, und trampelte auf dem brennenden Papier herum.

»Weiser junger Mann«, kommentierte St. Hilary. Und nun werde ich den Besuch vom Herzog erwidern. Wir werden unser kleines Spiel von 'wie du mir, so ich dir', spielen.«

Er legte seinen Umhang um, zog die Falten zusammen und bat mich hinaus in die Halle.

»Ja, ich gehe jetzt in die Gemächer dieses Komödianten. Wir müssen, wenn möglich, diese vierzehn Seiten bekommen. Halt ein waches Auge auf den Herzog, bis vier Uhr am Morgen. Dann gehst du leise, ganz leise die Stufen hinunter und kommst laut, sehr laut zurück. Stell dir vor, du warst aus zum Essen, nicht weise, sondern zu gut, wie die Poeten sagen. Du wirst dann erschreckt sein, wenn du Seine Lordschaft den Herzog entdeckst, mit verbundenen Augen, festgebunden und geknebelt. Du befreist ihn unter Ausrufen der Anteilnahme. Du bist voller Zuneigung. Wir haben unsere Arbeit geschickt genug gemacht, dass er nicht wissen kann, dass wir die Angreifer waren. Natürlich könnte er sich das denken. Ich werde morgen früh hierher kommen, vielleicht nicht bis zum Mittag. Wir brauchen ein paar Stunden Schlaf. Ich hoffe, dass ich die vierzehn Seiten bei mir habe, dann können wir uns mit unserer Uhr amüsieren.«

Aber unsere Beute da drin – obwohl er nicht sehen oder sich bewegen kann – vergiss nicht, dass er hören kann.«

»Bis um vier Uhr morgens still zu sein, gefällt mir überhaupt nicht. Warum schließen wir ihn nicht in meiner Kleiderkammer ein, bis es Zeit ist, ihn zu befreien?«

»Ausgezeichnet«, sagte St. Hilary.

Wir gingen in mein Zimmer und, trotz seiner Gegenwehr, stand der Herzog bald aufrecht in der engen Kammer. Dann ließen wir ihn da wie eine Mumie stehen, drehten den Schlüssel herum, und übergaben ihn seinen Gedanken.

»Ich bin jetzt weg«, flüsterte St. Hilary.

Als ich die Tür hinter ihm geschlossen hatte, setzte ich mich vor die Uhr. Ich wartete darauf, dass die Uhr zwei schlagen würde.

Die silberne Glocke schlug die Dreiviertelstunde. Die Minuten zogen sich dahin. Als ich so dasaß und auf die Uhr starrte, mit meinen Augen auf ihrer Vorderseite, erschien sie mir wie ein düsteres Ding, halb am Leben. Ihre gelbe Front nahm einen Anblick an, der fast menschlich war. Sie machte vor mir Grimassen. Sie verspottete mich.

Dann surrte schließlich eine Feder. Die kleinen silbernen Glocken, süß wie der Klang einer Elfe im Märchenland, brachten mich schockartig in eine angespannte Aufmerksamkeit. Ganz intensiv beobachtete ich die Türen. Zuerst dachte ich, dass sich keine der zwölf Türen geöffnet hatte. Ich vergaß für einen Moment, dass die Tür für die zweite Stunde auf der Seite der Uhr war. Ich bewegte die Kerze dorthin. Ja, die Tür war weit geöffnet. Ich brachte den Lichtstrahl der Kerze zur kleinen Öffnung, und sah – was?

Eine runde Plattform wurde langsam nach vorne geschoben. Auf dieser Plattform war ein kleiner, silberner Thron. Am Fuß dieses Throns kauerte unterwürfig eine Bronzefigur. Eine andere Figur stand aufrecht am Sockel des Throns. Die aufrecht stehende Figur ergriff mit beiden Händen ein Schwert. Als die

Uhr zwei schlug, wurde das Schwert hoch über seinen Kopf erhoben, mit einem eigenartigen, mechanischen Rucken. Es kam zweimal auf den Kopf der kauernden Figur herunter. Dann, ganz langsam, zog sich die Plattform in die Öffnung zurück. Die Tür wurde geschlossen.

Das war alles. Eine billige Kuckucksuhr könnte kaum weniger eindrucksvoll oder alberner sein. Eine Gestalt hackt mit einem Schwert auf eine Gestalt ein, die unterwürfig kniet, um den Schlag zu erhalten – das war alles?

Gab es da nicht, hinter der kleinen Figur, einen bronzenen Hintergrund, einen Zwischenvorhang sozusagen? Und auf diesem Hintergrund gab es da nicht etwas in einem flachen Relief? Ich war ziemlich sicher, dass es da etwas gab, obwohl die beiden Automatenfiguren die Hauptakteure in dieser idiotischen Szene sein mussten. Ich schrieb alles hastig auf, an das ich mich erinnern konnte, und wartete darauf, dass die Uhr drei schlägt.

Wenn die vorausgegangene Stunde enttäuscht hatte, war es nun zum Verrücktwerden. Dieses Mal hatte ich zwei angezündete Kerzen an die dritte Tür gestellt, damit mir auch kein Bruchteil einer Sekunde verloren gehen würde.

Wieder gab es das Surren einer Feder und das Schlagen der Glocken. Die dritte Tür öffnete sich langsam. Die runde Plattform wurde wieder herausgeschoben. Diesmal gab es nur eine einzige Figur. Ich beobachtete sie, außer Atem, und sie tat – nichts. Ich stand bewegungslos da. Aber auf den zweiten Blick sah ich, dass sie absichtlich bewegungslos war. Sie war kein Automat. Es war einfach nur ein Stück Bronze, das in die Gestalt eines Mannes mit einem wallenden Mantel gegossen worden war. Der Hut des Dogen war auf seinem Kopf. Sei rechter Arm war erhoben, als würde er gestikulieren.

Mit den Stundenschlägen, kamen vom hinteren Teil der Plattform, in schneller Abfolge, kleine runde Scheiben. Sie sprangen, eine nach der anderen, in einer Linie heraus. Bevor sich die Tür schloss, konnte ich zehn davon zählen. Sie standen in einer Reihe und schauten in Richtung der bewegungslosen Figur.

Wieder war da eine Bronzeplatte im Hintergrund. Zuerst dachte ich, dass sie mit einem geometrischen Abbild verziert war; als ich aber näher hinsah, erkannte ich ein Tor. Diese Szene war aufreizender als die letzte. Als die Uhr in einem perfekten Zustand war, mussten die Scheiben die Basis für zehn Automaten gewesen sein, sehr in der Art der Männer in der Arche Noah aus unserer Kindheit. Natürlich deuteten die zehn Figuren den Zehnerrat an [Rat der Zehn in Venedig], und die einzelne Figur den Dogen. Man braucht aber einige Vorstellungskraft, ihre Bedeutung zu erraten. Die Uhr mag zwar ein wunderbares Geheimnis zu erzählen haben, aber es bedurfte eines Genies oder man brauchte außerordentliches Glück, um es herauszufinden.

Die Uhr tickte selbstgefällig vor sich hin. Sie schien mich mit ihrem klapperndem Rhythmus zu verhöhnen. Ich steckte eine der ausgezeichneten Zigaretten des Herzogs an. Meine Nerven waren in eine Ekstase der Aufregung gebracht worden. Ich hatte wunderbare Dinge erwartet, die passieren würden, aber nichts ist passiert. »Nichts«, sagte ich zu mir selbst, wird passieren. Ich war sehr schläfrig. Das irritierende Tick-Tack klang so, als würde es von weit her kommen. Ich nickte in meinem Stuhl ein.

Das Surren der Feder und der Klang der silbernen Glocken schreckten mich dann wieder auf. Ich lehnte mich träge und fast verächtlich nach vorne und rieb mir die Augen. Die erste der sechs Türen auf der Vorderseite öffnete sich. Dieses Mal erschien kein Automat. Im Hintergrund konnte ich irgendein Ungetüm erkennen, den Rand eines Brunnens und einen Baum. Langsam schloss sich die Tür.

Ich musste fast laut lachen. St. Hilary und ich waren verrückt gewesen, davon zu träumen, dass die Uhr, nach fast fünf Jahrhunderten, ihr Geheimnis lüften konnte, wenn es in der Tat überhaupt ein Geheimnis zu lüften gab.

Ich gähnte, blies die Kerzen aus, zog meinen Übermantel an, setzte den Hut auf und schlich die Stufen hinunter. Es war Zeit, den Herzog aus seinem Kasten herauszulassen.

14. KAPITEL

Ich ging ein Stück vom Haus weg, dicht gedrängt an der Mauer. Als ich lärmend zurückkam, zog ich ein halbes Dutzend Mal an der Glocke. Es ist wahr, ich hatte meinen Schlüssel in der Tasche, aber nun hätte ich ihn genauso gut zuhause gelassen haben können. Die ganze Welt sollte wissen, dass ich gerade erst von meiner Reise zurückgekommen war.

Ich musste fünf Minuten warten, bis der ungepflegte Kopf meiner Haushälterin über den Balkon äugte. In der Zwischenzeit entdeckte ich einen anderen Kopf, der zu mir über die Ecke des Kais herüberschaute. Durch den Strahl der Lampe an der Tür erkannte ich das Gesicht, dass mich genauso scharf ansah, wie das des Mannes, den ich unter der Brücke rauchen sah. Es war der Gondoliere des Herzogs. Er wartete auf seinen Herrn.

Dann wusste er also, dass er in meinen Räumen war. Das war heikel. Hat er mich aus dem Haus kommen sehen? Nichts wäre wahrscheinlicher. Was wäre, wenn ihn sein Herr in Kürze ausfragen würde, ob er einige verdächtige Gestalten in der Nähe gesehen hatte. Was wäre, wenn der Mann seinem Herrn erzählen würde, dass er mich für eine Minute aus dem Haus schleichen sah, um in den nächsten lautstark zurückzukommen? Wenn er mich beschreiben würde, was würde der Herzog natürlicherweise annehmen? Und wenn der Herzog dann später entdeckt, dass St. Hilary diesen mitternächtlichen Besuch in seinen Räumlichkeiten gemacht hatte? Nun, immerhin könnte er dann sicher sein, dass es uns ernst ist. Er würde wissen, dass er auf der Suche nach der Schatulle nicht der Einzige war.

Ich trat in den Eingangsbereich und schlug laut die Tür hinter mir zu. Ich stolperte die Treppe hinauf. Ich trampelte die Halle entlang. Ich sang. Ich taumelte an einen Tisch. Ich fiel mit einem

Schlag gegen die Kammertür, in welcher der Herzog gefangen war. Dieses Mal bestand kein Zweifel daran, dass ich heimgekommen war. Sogar der Herzog in seinem engen Käfig musste mich gehört haben.

Ich zündete eine Kerze an. Nachdem ich meinen Mantel und meine Jacke ausgezogen hatte, hielt ich sie mit einer Hand vor mich und warf die Tür zur Kammer auf.

Ich war darauf vorbereitet, meine Überraschung zu zeigen. Ich hatte einen geeigneten Ausruf auf meinen Lippen. Zu meiner Überraschung klang er echt. Als ich die Tür öffnete, fiel der Herzog schlaff in meine Arme. Er war ohnmächtig geworden.

Ich ließ ihn auf den Boden gleiten. Ich löste die Fesseln von seinen Handgelenken und Beinen. Ich entfernte den Knebel. Ich schüttete Wasser über sein Gesicht. Auf mein Wort, und unter uns gesagt, wir hatten den Kerl fast erstickt.

Augenblicklich öffnete er die Augen. Er setzte sich auf und blinzelte mir zu. Langsam wich die Blässe aus seinem Gesicht. Er schaute sich im Zimmer um; er schüttelte sich, stellte sich auf die Füße, lachte ein wenig und ging hinüber zu dem Tisch, wo seine Zigaretten lagen, zündete sich eine an und sog den Rauch tief ein.

»Ah, mein Freund Hume, das war keine angenehme halbe Stunde. Ich muss Ihnen danken, mein Retter.«

Mit einem ziemlichen Schuldgefühl schüttelte ich seine Hände. Ich bemerkte, dass er neugierig seine Zigaretten untersuchte.

»Der Dieb hat sich wohl selbst bedient«, sagte er beiläufig.

»Dieb?«, rief ich aufgeschreckt und rannte in mein Schlafzimmer. Ich warf den Inhalt aus ein oder zwei Schubladen heraus und kam zurück in das Wohnzimmer, völlig aufgelöst.

»Diese Diebe«, sagte ich mit schwacher Stimme, als ich mich in einen Stuhl fallen ließ. Eine diamantene Krawattennadel, eine Uhr, ein paar Hundert Lire – alles gestohlen.«

»Mio Caro« [mein Bester], schrie er heuchlerisch und ergriff meine Hände.

»Aber wie sind Sie in meine Kammer gelangt?«, fragte ich.

»Mein lieber Mr. Hume, denken Sie, dass ich da reingelaufen bin?«

»Das nehme ich nicht an«, antwortete ich trocken, »aber ich nehme an, dass Sie in mein Wohnzimmer gelaufen sind?«

Er war wortreich in seinen Entschuldigungen. Er wäre für eine kleine Erledigung gekommen. Er musste eingeschlafen sein. Er erinnere sich an nichts mehr, bis er gefangen genommen, gefesselt und beraubt wurde.

»Diese Diebe haben Sie also beraubt?«, fragte ich indiskret.

»Ja, sie haben meine Schlüssel genommen«, und schaute mich dabei scharf an.

»Ihre Schlüssel!«, protestierte ich. »Was sollten sie mit ihren Schlüsseln anfangen? Sie müssen sie zuhause vergessen haben.«

»Vielleicht. Na gut, Mr. Hume, ich muss Ihnen Gute Nacht sagen. Ich nehme an, dass ich zur Fähre an der Ponte Piccolo [die kleine Brücke auf Guidecca] gehen muss, um einen Gondoliere zu finden.«

»Warum mein Freund, wollen Sie auf diesem grausamen Guidecca herumlaufen?«, sagte ich.

Dann fielen seine Augen auf den Tisch, wo die Uhr laut tickte. »Ah, ah, meine alte Uhr, und sie läuft. Wie toll! Ich hatte fast meine Erledigung vergessen.«

»Und das wäre«, sagte ich.

»Um Ihnen meine Uhr wegzunehmen, mein Freund. Haben Sie vergessen, dass wir Madame Gordon in St. Petersburg ein Telegramm schicken wollten? Oh, la, la, Sie haben nicht auf mich im Büro gewartet, wie ich mich erinnere. Das war nicht die Art eines Sportsmanns.« Er schüttelte seinen Kopf vorwurfsvoll.

»Ich denke, dass Sie es waren, der nicht auf mich gewartet hat«, sagte ich trocken. »Und haben Sie schon eine Antwort auf ihr Telegramm erhalten?«

»Aber ja. Warten Sie.« Er tastete in seine Brusttasche und sortierte schnell ein Bündel von Briefen und Papier. »Accidenti! [verdammt], es ist nicht da.«

»Sie haben es ohne Zweifel zuhause vergessen, zusammen mit den Schlüsseln«, sagte ich kühl.

»Was? Zuhause mit den Schlüsseln?« Er schaute mich mit halb geschlossenen Augen an.

»Warum nicht?«, fragte ich mit einem Gähnen, und warf einen langen Blick auf mein Schlafzimmer.

Er begann ausgelassen zu lachen. »Ich lache darüber, dass Diebe einem das Telegramm und die Schlüssel rauben, nicht wahr mein Bester?«

»Ganz bestimmt«, sagte ich mit einem unwohlen Gefühl.

»Es wird aber das Einfachste in der Welt für mich sein, ein erneutes Telegramm von Mrs. Gordon zu bekommen«, rief er höhnisch. Die Diebe werden mir keine Umstände bereiten.

Und was das anbetrifft, dass Sie in meine Räume gegangen sind, bin ich kein so großer Narr, dass ich irgendetwas von Interesse dalasse, dass die Eindringlinge anstarren könnten. Nein. Mr. Hume, kein so großer Narr wie das. Nebenbei gesagt, haben Sie ihr kleines Kunstwerk gefunden, ihr seltenes kleines Büchlein in der kaiserlichen Bibliothek. War es interessant?«

»Ich habe mir nicht die Mühe gemacht, nochmals dafür zurückzugehen«, log ich sorglos. Ein Telegramm von Miss Quintard hatte mich nach Bellagio zurückgerufen.«

Ich erschreckte ihn so, wie ich es mir vorgenommen hatte. Sein Gesicht verdunkelte sich. Er schaute wieder auf die Uhr.

Er hatte das metallische Surren der Uhr gehört. Die Glocken begannen zu schlagen. Instinktiv drehten wir uns beide um und sahen, wie sich die vierte Tür langsam öffnete. Wieder waren die Figuren auf der Plattform abgebrochen. Was der Hintergrund war, konnte ich nicht sehen. Ich traute mich nicht, zu große Neugier vor dem Herzog zu zeigen.

Die Tür schloss sich. Der Herzog und ich schauten uns an.

»Sie ist immer wieder interessant, meine possierliche alte Uhr«, sagte er.

Ich zuckte mit den Schultern.

»Ich sehe, dass Sie sie repariert haben.«

»Ich habe mich schon gewundert, ob Sie sich dieser Tatsache bewusst werden«, sagte ich.

»Soll ich darunter verstehen, dass mein Recht auf diese Uhr weniger real ist, nur weil Sie sie haben reparieren lassen?«, fragte er mit einem hässlichen Funkeln in seinen Augen.

»Genau das will ich«, antwortete ich. »Und erlauben Sie mir als Erstes, Sie daran zu erinnern, dass Ihnen die Uhr nicht gehört. Sie ist nun im Besitz von Mrs. Gordon. Sie hat mich beauftragt, sie für sie aufzubewahren. Ich werde alle notwendigen Schritte unternehmen, sie sicher unterzubringen. Ich fange an, daran zu denken, dass sie wertvoll ist, wenn Leute in meine Räume einbrechen, um sie zu betrachten.«

»In ihre Räume einbrechen?«. Er schaute mich ärgerlich an.

»Ich bitte Sie um Entschuldigung«, sagte ich freundlich. »Ich habe dabei natürlich an die Diebe gedacht.«

Er verbeugte sich. »Ein sehr verständlicher Fehler. Gute Nacht.«

»Gute Nacht, Herzog.« Wir drückten uns herzlich die Hand.

Aber als er an der Tür war, drehte er sich herum.

Mr. Hume, denken Sie nicht, dass Leute, die zu solch extremen Maßnahmen greifen, wie jemanden zu fesseln und in Kammern einzusperren, überaus entschlossen sein müssen, dass man bestimmte Dinge nicht sehen soll?«

Ohne Zweifel«, antwortete ich unbekümmert. »Wie zum Beispiel, wenn Sie Seiten aus Büchern in der Bibliothek herausreißen.«

Wir verbeugten uns wieder. Wir verstanden uns also.

Ich öffnete die Fensterläden und schaute hinaus. Der Herzog bestieg seine Gondel. Augenscheinlich hatte er eingesehen, dass es unnütz geworden war, weiter unter falscher Flagge zu segeln. Er winkte mir vertraut zu.

Es war ein wundervoller Morgen. Der Regen war weggeblasen. Venedig hatte sich in seine Pracht gekleidet und inthronisierte sich stolz als die große Verzauberin, die Magierin der Meere.

Ich warf mich ausgelaugt aufs Bett, um ein paar Stunden Schlaf zu bekommen. Die Uhr konnte schlagen, wie sie es wollte. Ich war angewidert von ihren Eskapaden.

15. KAPITEL

Die Mittagszeit war schon lange vorbei, als ich von St. Hilary geweckt wurde.

»Nun«, fragte ich schläfrig, »hattest du Glück?«

»Absolut keines. Das Hab und Gut des Herzogs war verpackt. Seine Zimmer waren ausgeräumt. Wenn du dich erinnerst, hatte er in den letzten Tagen in Bellagio gelebt. Er hat dort eine Villa.«

»Also hast du keine Spur von den verschwundenen Seiten?«

»Absolut keine«, antwortete er verdrießlich. »Aber erzähl mir von deinem eigenen Abenteuer mit dem Herzog.«

»Es scheint so zu sein«, sagte er zerknirscht, nachdem ich ihm alles berichtet hatte, »dass der Herzog uns gegenüber im Vorteil ist. Aber wenigstens haben wir die Uhr.«

»Ja«, gab ich sarkastisch zurück, »wir haben die Uhr. Aber es erscheint mir so, dass man die kindischen Apparate, die man auf den Boulevards in Paris für zehn Sous kaufen kann, genauso genial sind. Ich habe sie an vier Stunden schlagen gehört, und das Resultat jeder Stunde war enttäuschender als das vorhergehende.«

»Hast du wirklich erwartet, dass das Geheimnis so an der Oberfläche zu finden, wie die Kieselsteine am Strand? Ja, es gibt Kieselsteine, die am Strand herumliegen. Aber, mein Freund, der Poet sagt, dass man für die Perlen tauchen muss.«

»Die Automaten sind alle mehr oder weniger kaputt«, murrte ich. Wir haben herzlich wenig erreicht, mit unseren Reisen nach Holland und Russland, denke ich.«

»Nein, meine Reise war kein Misserfolg.

»Dein holländischer Uhrmacher hat aber die Bewegungsautomaten nicht repariert«, insistierte ich.

»Sehr wahr. Er war aber in der Lage, mir zu versichern, was ich mir bereits gedacht und auch erhofft habe – dass die Possen der Automaten, selbst als die Uhr völlig in Ordnung war, niemals einen großen Wert hatten. Ihre verschiedenen Bewegungen, wie lustig und amüsant sie auch sein mögen, waren zu einfach, um eine besondere Bedeutung zu haben.«

»Sie haben keine große Bedeutung?«, wiederholte ich gereizt. »Warum? Ich hatte gedacht, dass das genau der springende Punkt ist, bei einer Automatenuhr. Wenn die Automaten nicht mehr Sinn haben als eine Reihe von Stiften, wie zum Teufel kann uns dann die Uhr das Geheimnis verraten?«

»Mein lieber Mr. Hume, am Ende könnten sie für uns einen Haufen von Diamanten bedeuten. Ich habe nicht gesagt, dass die Automaten überhaupt keinen Wert haben. Im Gegenteil, sie sind vielleicht die Hauptfiguren in jeder Szene. Aber die wichtige Aussage in jeder Szene kann man in den flachen Reliefen sehen, auf den Bronzeplatten im Hintergrund. Wenn wir das annehmen, ist es lediglich die Aufgabe der Automatikfiguren, dass man die zwölf Szenen im Flachrelief erkennt.«

»Aber wenn das wahr ist, wie können wir in der Lage sein, die Szenen im Hintergrund zu ergründen, wenn die Automatikfiguren fehlen?«

»Es wird sicherlich schwierig werden, dies zu tun. Ich glaube, dass diese Automaten einen subtileren Zweck haben, als das.«

»Wenn meine Theorie zutrifft, würde der verrückte Uhrmacher sein Geheimnis nicht durch diese ungewissen Mittel wie eine Menge tanzender und gestikulierender Figuren preisgeben. Der Mechanismus würde viel zu kompliziert und empfindlich sein, um sich zu über Verschleiß und Zeit hinweg zu bewähren.«

»Es ist höchstwahrscheinlich, dass die Automatenfiguren dem untergeordneten Zweck dienen, lediglich die verschiedenen Szenen im Hintergrund zu identifizieren, und in Wirklichkeit ein reiner Bluff sind. Sie sind ein Blendwerk, dass dem Hintergrund seine Bedeutung rauben soll. Sie wurden so konstruiert, damit sie die Aufmerksamkeit der Achtlosen auf sich ziehen. Der Mann, der nicht nachdenkt, der von den Bewegungen der Figuren selbst eingenommen ist, schaut nicht tiefer.«

»Das ist eine geniale Theorie, St. Hilary«, sagte ich voller Bewunderung.

»Sei dir bewusst«, antwortete St. Hilary selbstzufrieden, »jedes Rätsel, für das Menschen genial genug waren, es sich auszudenken, gibt es Menschen, die genial genug sind, es zu lösen.«

»Immer unter der Annahme, dass es ohne Widerspruch in sich selbst ist«, sagte ich.

»Da habe ich genügend Vertrauen in meinen Uhrmacher, das zu glauben«, sagte St. Hilary hartnäckig. »Aber jetzt ist es drei Minuten vor eins. Die Uhr wird gleich schlagen.«

Wir beobachteten die erste Tür, die sich öffnete. Die runde Plattform wurde herausgeschoben. Eine kopflose Figur stand bewegungslos da, die rechte Hand ruhte auf dem Kopf eines Löwen. Beim Schlag der Stunde hob die Bestie seine Pfote und ließ sie wieder fallen. Die kopflose Figur wackelte mit seiner linken Hand. Die Plattform zog sich feierlich zurück, und die Tür wurde geräuschlos geschlossen.

»Stellt dies nicht den schlichtweg den Höhepunkt für besonders ausgesuchte Dümmlichkeit dar«, rief ich aus.

Es ist albern genug, um meine Theorie zu unterstützen. Das Erheben dieser Löwenpfote, das lächerliche Wackeln der Hand durch die pathetische Figur, kann keinesfalls die Bedeutung haben, die wir suchen.«

Warum bist du dir da so sicher?«

»Weil die Gesten nur einmal ausgeführt wurden. Hast du dir den Hintergrund betrachtet?

»Das war nur der Palast des Dogen«, sagte ich gleichgültig, »was viel oder nichts bedeuten kann.«

»Ganz genau. Es sind die Figur und der Löwe, die der Szene die wichtige Verbindung gegeben haben. Jeder Schuljunge hätte sie erkannt. Sie stehen – natürlich – für San Marco [der heilige Markus], der Schutzpatron von Venedig.«

»Und nun, lass uns an die Arbeit gehen. Unser erster Schritt muss sein, uns mit jedem Teil jeder Szene der verschiedenen Stunden vertraut zu machen.«

»Wenn die Bewegungsautomaten nutzlos sind und bei den meisten Stunden komplett fehlen, warum machen wir nicht Blitzlichtaufnahmen von den zwölf Hintergründen? Wir können sie dann studieren, wann wir wollen«, sagte ich.

»Ausgezeichnet. Aber die Kamera?«, fragte St. Hilary.

»Ich habe eine gute mit einer vortrefflichen Linse. Ich kann die Bilder selbst machen. Die Bilder können wir dann immer persönlich bei uns tragen.«

»Was aber was die Uhr anbelangt«, fuhr ich fort, können wir sie nicht die ganze Zeit bewachen. Der Herzog wird sicherlich darauf bestehen, dass wir sie abgeben und sie ihm früher oder später überlassen. Wenn nötig, wird er die Polizei rufen.«

»Hume, du bist eine Inspiration. Was für eine Idee hast du, sie loszuwerden?«

»Wenn ich sie für Mrs. Gordon nach Amerika sende, dann sollte sie mir dankbar dafür sein, dass ich ihr diese Arbeit abgenommen habe?«

»Aber der Herzog könnte leicht bei ihr durchsetzen, ein Telegramm nach Amerika zu senden, dass sie zu ihr zurückgeschickt wird? Diese List gibt uns einen Monat Vorsprung; was aber, wenn wir die Schatulle nicht in dieser Zeit finden?«

»Daran habe ich auch gedacht. Was wäre, wenn wir sie an die falsche Adresse senden, oder an deinen Laden, zum Beispiel? Und wenn du dann Anweisung gibst, dass die Uhr sorgfältig gelagert wird, bis zu deiner Rückkehr?«

»Mein lieber Bursche, du bist ein Juwel an Tiefsinn. Nimm sofort deine Lichtblitze, und wenn du zwölf perfekte Bilder gemacht hast, packen wir die Uhr ein, und wir kümmern uns darum, dass sie sicher auf ihre lange Reise nach Amerika geht. Bis dann muss sie immer einer von uns Tag und Nacht bewachen.«

Ich machte zu jeder der zwölf Stunden eine entsprechende Blitzlichtaufnahme. Sie waren perfekt gelungen. Zwei Tage später war die Uhr eingepackt und mit einem Aufkleber 'Glas, bitte sorgfältig behandeln' versehen, auf ihrem Weg nach Genua, von wo aus sie nach New York verschifft wurde.

Auf dem gleichen Dampfer befand sich auch ein Brief von St. Hilary an seinen Partner, der ihn davon unterrichtete, dass eine Kiste mit einem wertvollen Gegenstand an diesem Tag verschifft wurde. Er instruierte ihn, dass er ihn sorgfältig lagern sollte, bis er weitere Anweisungen erhält. Jegliche Information darüber musste absolut unterbleiben.

Wir hatten keinen Tag zu früh gehandelt. Unser Herzog erschien wieder, diesmal in Begleitung von Vertretern der Rechtsbehörde. Ich drückte mein tiefstes Bedauern aus, dass die Uhr verschickt wurde. Aber wie konnte ich cs wagen, eine so wertvolle Antiquität länger in meinem Besitz zu behalten, wenn ich Grund zu der Annahme hatte, dass Diebe bereits gewaltsam in meine Räume eingedrungen waren, um sie zu stehlen?

Der Herzog tobe und drohte. Ich lächelte ihn unverfroren an. Als er mich fragte, wohin ich sie geschickt habe, informierte ich ihn darüber, dass ich sie nach New York habe verschiffen lassen, zur Betreuung durch den Partner von St. Hilary. Was die Instruktionen anbelangt, die St. Hilary seinem Partner gegeben hatte, sollte ihm der Antiquitätenhändler selbstverständlich selbst darüber Auskunft geben können, da er sie verfasst hat. St. Hilary log, munter und vollkommen, indem er versicherte, dass er seinem Partner aufgetragen hatte, die Uhr sofort an diejenige Person herauszugeben, die eine schriftliche Mitteilung vorlegt, unterschrieben von Mrs. Gordon.

16. KAPITEL

Für eine ganze Woche verließ St. Hilary kaum mein Zimmer. Er aß wenig, er rauchte Schachtel nach Schachtel an Zigaretten, er trank kannenweise schwarzen Kaffee. Und das bisschen Schlaf, das er hatte, nahm er sich für jeweils eine Stunde in meinem Lehnsessel. Und immer lagen die Fotografien der Hintergründe von den zwölf Stunden vor ihm.

Was mich anbelangte, stand ich ihm unablässig zu Diensten. Ich war Holzfäller und Wasserträger. Einmal ging ich zu Rosen, um einige Bücher zu kaufen, einmal zu Organia, um ein Werk über die Sammlung seltener Gemälde auszuborgen, einmal ging ich zum Museo Civico [städisches Museum], um den Direktor zu konsultieren. In den Archiven der Frari [venezianisches Staatsarchiv am Campo dei Frari], an der Akademie der Künste, überall dort sah man mich des Öfteren. Am Morgen schaute ich vielleicht auf ein Gemälde von Carpaccio oder Bellini, am Nachmittag untersuchte ich einen düsteren Kanal.

Ich war mit meinen niedrigeren Aufgaben zufrieden. St. Hilary hatte das Recht, die Anweisungen zu geben. Es war seine Entdeckung gewesen, die diese Suche möglich gemacht hat. Es schien zu passen, dass sein schnellerer Verstand die Flamme der Inspitration ergreifen sollte. Ich zweifelte nicht daran, dass er der Menge der leblosen Anhaltspunkte, die sich um ihn herum angehäuft hatten, früher oder später das Geheimnis entlocken konnte.

Aber nun, nach einer Woche ergebnislosen Suchens, machte er sich Vorwürfe, seine Hände zitterten, seine Laune war schlecht.

Verzweifelt lehnte er sich im Stuhl zurück.

»Es ist nutzlos«, seufzte er. »Das kann nicht in einem Tag oder einer Woche erledigt werden. Ich verstehe nichts von der Kunst des Wahrsagens. Manchmal glaube ich, dass ich auf der richtigen Spur bin. Ich taste herum, ich berühre etwas, ich halte es fest, aber es entgleitet mir wieder – immer. Da steht sie, die tickende, spöttelnde Angeberin. Sie lacht uns aus, mit ihren unverschämten Räderwerk, sie verspottet uns, mit ihrer silbernen Zunge. Ich glaube sogar, dass sich der Geist des verrückten Uhrmachers in ihren hohlen Seiten aufhält.«

Aber doch, trotz der Verzweiflung von St. Hilary, hatten wir etwas erreicht.

Von den ursprünglichen Automaten der zwölf Stunden hatten wir nur vier gefunden, die richtig arbeiteten. Bei drei der Stunden waren einige der Figuren intakt und einige beschädigt. In den fünf verbleibenden Stunden fehlten die Figuren ganz.

Betrachtet man nun die vier Stunden mit den intakten Figuren, nämlich 1, 2, 6 und 7:

1 – eine bekleidete Gestalt und ein Löwe. Der Löwe nickt einmal.

2 – eine Gestalt, die in drohender Haltung über einem knienden Sklaven steht. Zweimal schlägt er mit dem Schwert auf den Hals des Sklaven.

6 – eine tanzende Gestalt kommt zehn Schritte vor und zieht sich wieder zehn Schritte zurück.

7 – eine Taube erscheint am Fenster eines Turms.

Bei den Stunden 3, 8, 9 waren einige Figuren intakt, andere beschädigt.

3 – eine bekleidete Gestalt sitzt in einem Stuhl. Vor dieser Gestalt, gewollt bewegungslos, erscheinen hintereinander zehn Scheiben und stellen sich in einer Reihe auf. Die Figuren sind von ihren Scheiben abgebrochen.

8 – eine gekrönte Gestalt steht auf einem Podium vor einem Thron. Eine zweite Figur am Fuß des Throns ist abgebrochen.

9 – eine sitzende Gestalt mit einem Zepter.

Bei den Stunden 4, 5, 10, 11 und 12 gab es nicht das kleinste Bruchstück, das vorhanden war.

So viel zu den Automaten.

Die Szenen auf den Flachreliefen der Hintergründe waren wie folgt:

1 – ein Palast, deutlich der Dogenpalast. Man kann sieben Torbögen des Palasts sehen. Unter sechs dieser Bögen stehen je zehn Männer, in zwei Gruppen zusammengefasst, dreissig pro Gruppe, zusammen sechzig.

2 – eine Hinrichtung durch Erhängen.

3 – ein Tor.

4 – drei Bäume, ein Lasttier, wahrscheinlich ein Kamel, ein Brunnen.

5 – sehr schwer beschädigt.

6 – zwei Gestalten die auf dem Balkon über der Eingangstür von Markuspalast sitzen. Eine von ihnen trägt den Hut des Dogen, die andere ist mit einem Lorbeerkranz gekrönt.

7 – ein Kahn auf stürmischer See.

8 – ein leerer Raum in einem Palast. Die Tür ist offen. Keine Figur ist zu sehen.

9 – dreizehn kniende Figuren mit ausgestreckten Händen.

10 – zehn nacheinander folgende Gondeln, wasserspeiende Tritonen.

11 – stark beschädigt.

12 – drei Gestalten, die Säcke halten.

Das waren die Automaten und die Flachreliefs im Hintergrund der zwölf Stunden.

Was die Szenen anbelangt, hatte St. Hilary schon grobe Vorstellungen von allen.

Von vier oder fünf Szenen glaubte er, dass er sie einwandfrei identifiziert hat. Alle zwölf von ihnen waren Szenen aus der Geschichte Venedigs. Als ich ihn drängte, mir die Resultate zu nennen, die er bisher erreicht hatte, erklärte er zunächst, dass sie zu mager wären, um Aussagekraft zu haben. Ich war aber nicht zu stoppen.

»Eine Woche lang habe ich deine Besorgungen gemacht, St. Hilary«, erinnerte ich ihn. »Ich war dein gehorsamer Bote – ein intelligenter Bote, wenn man so sagen kann – und ich habe dich in Ruhe gelassen, als du die verschiedenen Teile des Puzzles zusammengefügt hast. Nun will ich wissen, was du erreicht hast.«

»Es gibt sehr wenig zu sagen«, sagte er mürrisch. »Die Szene eins stellt den heiligen St. Markus dar und seinen Löwen, der Schutzpatron von Venedig.

Was die zweite Szene anbelangt, findet man die Geschichte in jedem Reiseführer.

Der Künstler Bellini besuchte den Sultan der Türkei und malte für ihn ein Bild von der Tochter des Herodes [Salome], die den Kopf des Heiligen St. Johannes dem Täufer auf einem Teller bringt.«

»Der Sultan bemängelte, dass der Hals nicht richtig dargestellt war – denn wenn ein Mann enthauptet wird, gibt es in der Tat überhaupt keinen Hals mehr. Der Künstler bestritt diesen Punkt. Um ihm zu zeigen, dass er recht hatte, schlug der Sultan den Kopf eines Sklaven ab.«

»Und die dritte Stunde – die zehn Scheiben in einer Reihe?«, fragte ich.

»Der Rat der Zehn, nehme ich an.«

»Komm, komm, St. Hilary, und die vierte Szene?«, rief ich scharf.

»Vielleicht kennst du die Bedeutung. Ich nicht. Das Kamel kommt in der venezianischen Geschichte nicht vor, soweit ich weiß. Es ist wahr, dass Marco Polo zu dem Großen Khan von Cathay gereist ist [Cathay = China, das große Reich der Mitte, so benannt in seinem Reisebericht]. Die Szene könnte ein Kapitel aus seinem Leben darstellen. Aber obwohl ich tief in seine Reisen eingetaucht bin, konnte ich so etwas nicht finden.

Und das nächste, das fünfte, es ist zu sehr zerstört, wie ich annehme, dass es identifiziert werden kann«, sagte ich.

»Absolut richtig«, murrte er.

»Und der Hintergrund der sechsten Stunde?«, fragte ich und studierte dabei die Fotografie durch ein riesiges Vergrößerungsglas. »Warst du in der Lage eine der beiden Figuren zu erkennen, die auf dem Balkon sitzen?«

»Beide«, antwortete er mit mehr Begeisterung. »Die Figur mit dem Hut ist Dandolo« [Enrico Dandolo, der bekannteste und umstrittenste Doge Venedigs. Er ist sehr alt geworden, 1107 – 1205, Doge war er nur von 1192 bis zu seinem Tod].

»Die Figur mit dem Lorbeerkranz ist der Dichter Petrarch, der sein Gast war. Die Gestalt, welche die zehn Schritte vor und zurück tanzt, symbolisiert ein Festival auf der Piazza, nachdem Venedig seinen Feind Kreta unterworfen hatte.«

»Die siebte Stunde«, warf ich ein, »stellt den Dogen dar, wie er die Nachricht von einem Sieg durch eine Brieftaube erhält. Jedes Kind, die diese Tiere auf der Piazza füttert, kennt die Geschichte. Der Turm muss der Campanile sein.«

»Sehr richtig«, sagte er, und fuhr fort: »Die Szene der achten Stunde hast du selbst heute Morgen in der Akademie entdeckt. Der Raum des Palastes im Hintergrund ist von einer genauen Kopie des Palastes im Gemälde von Carpaccio.«

»Und die neunte?«, fragte ich, in dem Gefühl, dass unsere Information bisher wohl sehr mager waren.

»Hier können wir wieder nur spekulieren. Die beschädigte Figur könnte der Glücksritter Carmagnola* sein. Die dreizehn Figuren, die im Hintergrund knien, stellen ohne Zweifel seine eroberten Feinde dar.«

[* Francesco Bussone da Carmagnola, ca. 1385 - 1432. Er führte einst die Truppen von Mailand an, floh dann aber nach Venedig und kämpfte zunächst erfolgreich für die Republik. Nach einer Niederlage wurde er Opfer von Intrigen und schließlich, nach Erpressung von Geständnissen durch Folter, öffentlich hingerichtet].

»Die Prozession der Gondeln und die wasserspeienden Tritonen in der zehnten Szene stellen wahrscheinlich den Dogen in seinem 'Bucintoro' [Staatsschiff der Dogen in Venedig] dar, auf seinem Weg in die Adria.«

»Ja, und die elfte Stunde ist wohl ziemlich hoffnungslos. Der Automat fehlt und die Platte im Hintergrund ist bis zur Unkenntlichkeit zerstört«, sagte ich niedergeschlagen.

»Die zwölfte ist fast genauso verschleiert«, meinte St. Hilary. »Die Gestalten, welche die Säcke hinhalten, kommen vielleicht von den eroberten Genuesern, die Lösegeld offerieren.«

»Das ist nicht so vielversprechend«, musste ich zugeben. »Hast du eine Theorie, was die Bedeutung dieser Szenen anbelangt?«

»Ich habe ein Dutzend davon, aber alle sind gleichermaßen unmöglich.«

»Lass mich wenigstens eine davon hören«, drängte ich.

»Gut, dann gebe ich dir zum Beispiel die Zahlen 10, 4, 7, 21, 1, 10, 3, 40. An was denkst du dabei?«

»Ein Kodierschlüssel«, rief ich ungeduldig aus.

»So die Theorie, die mir im Moment am wahrscheinlichsten erscheint. Die Zahlen, die ich erwähnt habe, sind die Figuren auf den verschiedenen, aufeinanderfolgenden Flachreliefen, wenn wir sie zählen. Es ist durchaus wahrscheinlich, dass uns diese Zahlen, entweder allein oder mit anderen kombiniert, zum Versteck der Schatulle führen. Das Problem ist, dass nicht jede Szene Figuren im Hintergrund hat. Zum Beispiel, die achte. Und in den Stunden fünf und sieben sind die Hintergründe so zerstört, dass uns bei dieser Theorie, sollte sie stimmen, diese Zahlen fehlen, um den Kodierschlüssel vollständig zu machen.

»Und dennoch scheint die Existenz eines Kodierschlüssels der einzig mögliche Weg zu sein, wie man das Rätsel löst.«

»Ich denke, das ist wahr. Es gibt zwölf Stunden, das heißt, es gibt zwölf einzelne Schritte – zwölf verschiedene Glieder in der Kette. Angefangen von der ersten Stunde, bringen uns so viele Stufen, Schritte, oder was auch immer, zur zweiten Stunde. Dort beginnt alles von vorn, und so viele Stufen, Schritte, oder was auch immer, bringen uns zur dritten Stunde, und so weiter. Verstehst du, was ich meine?«

«Das klingt plausibel«, erwiderte ich gedankenvoll. »Aber da zwei oder drei Szenen fehlen, kann ich keine großen Hoffnungen in diese Theorie setzen.«

»Ich habe dir gesagt, dass sie alle unmöglich sind«, grummelte er. »Im Moment sind wir ziemlich verloren. Morgen, vielleicht – «, seufzte er ermattet.

»Morgen haben wir vielleicht mehr Glück«, sagte ich ermunternd. »Vor der Morgendämmerung ist es immer dunkel.«

»Pas de banalités« [hier: lass diese Banalitäten], sagte er. Ich bin kein Sonntagsschüler, dem man so etwas vorpredigt. Komm, gehen wir zum Essen.«

157

17. KAPITEL

Es vergingen drei Wochen, bevor wir weitere Fortschritte machen konnten. Ein Schlüssel, aber immer ein imaginärer Schlüssel, hatte uns in fieberhafte Aktivitäten versetzt, der aber stets nirgendwohin führte.

Gegen Ende der dritten Woche aber, kam St. Hilary eines Nachmittags triumphierend in mein Zimmer. Er hatte wirklich eine Entdeckung gemacht. Und diese Entdeckung bewies, über jeden Zweifel, dass die Uhr nicht nur eine Geschichte zu erzählen hatte. Es war so, dass die zwölf Stunden tatsächlich die zwölf Glieder einer Kette darstellten, und dass es aber auch, irgendwo im Hintergrund jeder Stunde, irgendeine Markierung gab, die mit einer gleichen Markierung in einem Teil Venedigs übereinstimmte.

»Das ist nur ein kleiner Schlüssel«, sagte er mit vorgegebener Bescheidenheit. Aber wer weiß, dass es nicht der Keil ist, der unsere Schatztruhe aufhebelt?«

»Finde unbedingt diesen Keil«, sagte ich, immer noch ein wenig skeptisch.

»Heute Morgen, um halb elf, befand ich mich am Campo San Salvadore – du kennst den Ort, der kleine Platz mit dem Haus, das diesen bunt bemalten Balkon hat und die Rosen auf der Nordseite.

Zur Linken dieses Platzes, wenn man in Richtung des Markusdoms geht, vielleicht erinnerst du dich daran, gibt es eine Jungenschule. Du hast möglicherweise einmal einen ehrwürdigen alten Diener beobachtet, der feierlich zu der großen Glocke hingeht, an der linken Seite der Tür, und dabei einen kleinen Jungen an der Hand hält.

Er läutet die Glocke immer um acht Uhr am Morgen. Wenn die Tür geöffnet wird, gibt er dem Jungen, den er bei sich hat, die Schulbücher, schüttelt streng mit dem Finger in seine Richtung, und trottet davon, für ein Getränk beim Limonaden-Verkäufer an der Ecke.

»Hat dieser ehrenwerte alte Mann etwas mit unserer wertvollen Entdeckung zu tun?«, fragte ich ungeduldig.

»Sehr viel sogar. Heute Morgen, wie ich schon sagte, habe ich diesem alten Mann gesehen und dem jungen Gentleman. Ich hatte meine Augen auf sie gerichtet, während der Diener die große Glocke läutete und seinen Zeigefinger in Richtung des lächelnden Jungen schüttelte. Nun merke dir, Hume, wenn ich den alten Mann nicht getroffen hätte, wäre ich eilig über den Platz gelaufen und hätte den Jungen mit dem Fisch verpasst.«

»Oh, dort war ein Junge mit einem Fisch«, bemerkte ich.

»Ja«, sagte er in ernstem Ton, »dort war ein Junge mit einem Fisch. Während ich den alten Mann betrachtete, störte eine Flut von Flüchen und Beleidigungen im venezianischen Dialekt meine angenehmen Bilder. Ich drehte mich herum. An der offenen Tür eines großen Hauses stand ein barfüßiger Junge mit einem flachen Korb voller Fische. Zwei Diener schrien ihn an, wie den wahrhaftigen Teufel. Vielleicht war der Fisch schlecht oder der Junge hatte ihnen das falsche Wechselgeld gegeben. Ich weiß es nicht. Tatsache ist, dass der alte Diener und der Limonadenverkäufer, der seinen Stand verlassen hatte, und auch die dunkeläugigen Zigeuner am Brunnen, die ihr Körbe stehen ließen, herangekommen waren, um zu sehen, was los war. Der böse kleine Junge mit dem Fisch wollte diese Aufmerksamkeit nicht, besonders als ein majestätischer Polizist mit einer langen Feder an seinem runden Hut – «

Ich stöhnte auf. »Ist denn dieser majestätische Polizist mit der langen Feder an seinem runden Hut jetzt wirklich nötig?«

»Der majestätische Polizist mit der langen Feder an seinem runden Hut ist absolut nötig«, sagte St. Hilary, sehr gedehnt und mit einem amüsierten Lächeln.

»Sogar die lange Feder an seinem runden Hut?« Ich konnte mir diese Frage nicht verkneifen.

»Besonders die lange Feder an seinem runden Hut, wie du sehen wirst, wenn du geduldig bist. Dieser majestätische Polizist kam zu dem kleinen Jungen, der ziemlich erschrocken war. Er packte ihn am Ohr und verhaftete ihn. Dann konnte sich der Junge losreißen, nur um einem anderen Polizisten entgegenzulaufen, der von der Calle San Rosario kam.

Dieser Spaghetti [(spaghetto) wörtlich Schnürchen, kleiner Junge], verdammt dazu, seine Anstrengungen zu verdoppeln, stürzte sich waghalsig in die erste Öffnung hinein, die sich ihm bot. Das war das Tor, das zum Schulgarten führt und das zu der Zeit weit offen stand. Nun, dachten wir, wird der junge Mann bald gefasst sein. Als der Polizist, mit der langen Feder an seinem runden Hut, träge seiner Beute nachlief, drängte der Rest der Leute auf dem Platz nach, um dem vergnüglichen Schauspiel zu folgen. Das junge Gassenkind hatte aber den Spieß umgedreht, da der Polizist ihn ein einer Menge von sechzig spielenden Jungen verlor. Während er ihn vergeblich im Garten suchte, konnte der Junge schnell wieder zum Ausgang gelangen. Er warf einen vorsichtigen Blick auf den Platz, um sicherzugehen, dass der zweite Polizist verschwunden war, und dann, wie es die kleinen Jungen überall auf der Welt machen, hielt er seinen ausgestreckten Daumen und die Finger dem majestätischen Polizisten entgegen, und gab ihm unartige Namen.«

»Ein wundervolles Schauspiel des niederen Lebens in Venedig«, sagte ich sarkastisch. »Ich kann aber immer noch nicht die Bedeutung der langen Feder an dem runden Hut erkennen.«

»Geduld mein Freund. Als er den majestätischen Polizisten in dieser Weise ausreichend beleidigt hatte, nahm er eine seiner Meeräschen, die er gut gezielt warf – «

»Und den runden Hut mit der langen Feder traf«, sagte ich.

» – und den runden Hut mit der langen Feder verfehlte«, korrigierte St. Hilary, ruhig und bestimmt.

»Aber er traf die lange Feder an dem runden Hut. Sie hing erbärmlich herunter, wie ein schlampiges und jämmerliches Stück einer vergangenen Pracht. Und diejenigen, die ihm in den Hof gefolgt waren, betrachteten sie mit respektvoller Sympathie. Und dann bekam ich Herzklopfen. Die gebrochene Feder zeigte, als wäre sie eine menschliche Hand, direkt zu einem runden – «

»Nicht zu einem anderen runden Hut!«, rief ich verzweifelt.

» – direkt zu einem runden Stein, der in die Wand eingelassen war. Und auf diesem runden Stein war ein Kamelkopf eingraviert, das genaue Abbild des Kamelkopfs auf deiner Fotografie des Hintergrunds von der vierten Stunde.«

St. Hilary schaute mich triumphierend an, nahm die Fotografie und drückte sie mir in die Hand.

»Es ist das genaue Abbild des Kamelkopfs in dieser Fotografie«, wiederholte ich und versuchte die Bedeutung dieser Worte zu begreifen. »Aber warum denkst du, dass der Uhrmacher den Kopf dieses bestimmten Kamels in den Hintergrund der vierten Stunde kopiert hat?«

»Mein lieber St. Hilary, deine langen Einführungen waren zu umfangreich für deine Neuigkeit, um sie eindrucksvoll zu machen. Ich hatte etwas Aussehenerregenderes erwartet.«

»Aber, du Dummkopf«, rief der Antiquitätenhändler, »kannst du nichts Eigentümliches an diesem Kamelkopf entdecken?«

Ich nahm das Vergrößerungsglas und studierte die Fotografie.

»Nichts – es sei denn, es geht um das Auge. Vielleicht ist es ein Fehler in der Ausführung. Aber es sieht aus – ja, es sieht unbedingt so aus, dass das Kamel blind war.«

»Ja, auch das Kamel, das in den Stein an der Wand eingraviert ist, ist blind.«

»Das ist mal eine Nachricht, wenn sie auch durch reinstes Glück entdeckt wurde«, rief ich.

»Und bevor dieses Haus als Schule genutzt wurde, wurde es 'das Haus des blinden Kamels' genannt.«

»Das Haus des blinden Kamels!«, rief ich aufgeregt aus. Bei Gott, St. Hilary, du bist auf einen der zwölf Orientierungspunkte gestolpert.«

»Geduld. Schau noch einmal auf die Fotografie. Was siehst du noch im Hintergrund der vierten Stunde?«

»Einen Brunnen«, antwortete ich sofort. »Wenn du auch den Brunnen gefunden hast, kann es keinen Zweifel gegeben.«

»Und ich habe den Brunnen gefunden. Schau dir die Fotografie an. Wie ist das Muster auf dem Rand rundherum?«

»Ein verschlungner Kranz mit Granatäpfeln zwischen den Windungen.«

»Der Brunnen im Schulgarten hat einen Rand mit dem gleichen Muster. Aber studiere die Fotografie für einen Moment – schau sorgfältig auf den zweiten und dritten Granatapfel von links aus gesehen. Fällt die etwas Besonderes auf?«

»Nein, ich kann nichts Besonderes an ihnen entdecken.«

»Je mehr wir diese Uhr studieren, Hume, umso mehr bin ich von der Tatsache beeindruckt, dass das Auge wohl das unzuverlässigste Organ ist. Wir sehen eine Sache kaum so, wie sie wirklich ist; wir sehen sie, so wie wir es erwarten. Nimm das Vergrößerungsglas und schau dic den zweiten und den dritten Granatapfel genau an.«

»Jetzt sehe ich es«, rief ich. »Das sind keine Granatäpfel, das sind zwei Rosetten.«

»Und es gibt zwei Rosetten zwischen zwei Windungen an dem Brunnen im Garten. Du erfasst die Wichtigkeit dieser Entdeckung, hoffe ich. Das bedeutet, dass wir die Fotografien unter einer ziemlich anderen Perspektive betrachten müssen. Alles war wir nun tun müssen, dass wir in den Hintergründen ein entscheidendes Merkmal finden müssen, dass an den verschiedenen Orientierungspunkten in Venedig ebenfalls vorkommt, die uns dann zu der Schatulle führen.«

»Bist du nicht ein wenig zu optimistisch, St. Hilary? Diese zwölf Markierungen sind oft sehr verborgen. In der fünften und elften Stunde gibt es überhaupt keine Markierungen.«

»Das ist wahr«, antwortete St. Hilary nachdenklich. Diese Entdeckung ist für sich selbst ziemlich wertlos. Wenn wir die Markierung auf der fünften Stunde gefunden hätten, hätten wir mit dieser vierten Stunde anfangen können. Aber weil diese fehlt – «

»Und ich nehme an, dass es sinnlos ist, wenn wir daran denken, mit dem Orientierungspunkten der letzten Stunden beginnen, selbst wenn wir sie im Hintergrund finden. Den letzten der Orientierungspunkte findet man bestimmt nicht draußen, sondern im Inneren eines Palastes.«

»Da gibt es noch eine andere Schwierigkeit, die mir gerade einfällt«, fuhr St. Hilary fort. Wir haben es als selbstverständlich angesehen, dass wir an der Markussäule auf der Piazzetta anfangen. Ich denke immer noch, dass es Sinn macht, dort mit der Suche zu beginnen. Wenn das richtig ist, befinden wir uns in der vierten Stunde auf dem Campo San Salvatore, und der Orientierungspunkt der sechsten Stunde bringt uns zurück zum Balkon auf dem Markusplatz. In der Stunde dazwischen bewegen wir uns einfach nur ein paar Schritte hin zum Campanile [Markusturm]. In diesem Fall hätte uns der verrückte Uhrmacher in einem sinnlosen Kreis herumgeführt. Er war wohl verrückt, aber doch nicht so verrückt.«

»Dann denkst du also, dass es das Schlauste ist, was wir tun könnten, nach dem zweiten Orientierungspunkt zu suchen? Das erscheint mir nicht besonders vielversprechend zu sein. So weit ich sehen kann, ist das nur ein Vorhang mit einer alltäglichen Dekoration, was mir mehr wie zwei Kornhülsen erscheint, als irgendetwas anderes, an was ich denken kann. Eine dieser Hülsen steht senkrecht, die andere waagrecht.«

»Ich sehe keinen Grund, warum wir nicht mit der sechsten Stunde beginnen sollen«, versicherte St. Hilary.

»Ich denke, wir sollten an einem dieser beiden beginnen, mit gleichen Erfolgschancen«, sagte ich etwas hoffnungslos. »Diese Suche von uns ist doch lediglich nur wie die Jagd nach zwölf Nadeln in tausend Heuhaufen.«

Und das sollte sich als wahr erweisen. Für mehrere Tage machten wir keine weiteren Fortschritte. Wir wurden so kraftlos und müde bei der Suche nach etwas von dem wir keine Vorstellung hatten, dass wir überhaupt nichts mehr sahen.

Wir wanderten ziellos an den Kanälen und in den Straßen entlang. Unsere Unruhe drängte uns zu jeder Stunde nach draußen, auf der Suche nach diesem ungewissen Orientierungspunkt.

Jeden Morgen, nach dem Frühstück, machten wir uns auf den Weg nach irgendwo. Jeden Abend kehrten wir entmutigt heim. So verging ein Monat, und wir waren keinen Schritt näher an die da Sestos Schatulle herangekommen.

18. KAPITEL

Jacqueline und ich hatten uns für fast drei Wochen nicht geschrieben.

Gleich, als ich von Bellagio zurückkehrte, hatte ich die Absicht gehabt, die Leichtfertigkeit meiner letzten Worte an sie zu erklären – dass ich die Legende der Sestos Uhr aufschreiben und zugleich nach der Schatulle suchen konnte. Jacqueline hatte, wie ich schon sagte, keine Ahnung davon, dass die Schatulle und die Uhr irgendwie miteinander verbunden waren.

Das habe ich aber nicht gemacht, weil ich sie mit der Tatsache überraschen wollte, und auch, weil wir unsere Bemühungen nicht so bald von Erfolg krönen konnten, wie erhofft. Ich bereute, dass ich ihr nicht alles gesagt hatte, und dennoch scheute ich jeden neuen Tag davor zurück. So vergingen drei Wochen, und ich hatte es ihr immer noch nicht gesagt.

In der Tat war es so, dass die Suche nach der Schatulle, auf eine subtile Weise, eine Barriere zwischen Jacqueline und mir errichtet hatte. Zuerst war ich begeistert mit auf die Jagd gegangen. Jacquelines Bitten hatten der Aufgabe eine Erhabenheit und eine besondere Bedeutung gegeben.

Aber, Stück für Stück, verschwanden die ursprünglichen Motive, die Uhr zu finden, aus den Augen. Die Verrücktheit von St. Hilary war auch in mein Blut übergegangen. Ich strebte immer eifriger nach dem Erfolg, nur um seiner Willen, und nicht für Jacquelines. Die Suche war fast zu einer Manie geworden – genauso eine rastlose, jagende, grauenvoll lange Suche, wie sie den Bergarbeiter verführt, sich auf seinen brennenden Füße noch eine Meile weiter zu schleppen, für das Gold, das er begehrt. Dass mich Jacqueline gefragt hatte, die Schatulle für sie zu finden, ersparte dieser Suche, als eine Torheit angesehen zu werden. Aber sobald ich mich nur für dieses Ding selbst interessierte, wurde es zu einer entwürdigenden Leidenschaft.

Es war an einem Sonntagmorgen, als St. Hilary darauf bestand, dass ich noch einmal zur Akademie der Künste gehen sollte, um die Fotografie der achten Stunde mit dem Bild von Carpaccio zu vergleichen, der Entlassung der Botschafter aus der Reihe der Gemälde, die als das 'Märtyrertum der Heiligen Ursula' bekannt sind. Ich suchte natürlich immer noch nach diesem rätselhaften Orientierungspunkt.

Die Glocke der Englischen Kirche schlug feierlich auf dem Campo San Agnese. Die Türen der Akademie waren noch geschlossen und ich begann damit, mir teilnahmslos das Gewimmel der englischen und amerikanischen Touristen auf der großen, eisernen Brücke anzusehen, die sie auf ihrem Weg zum Gottesdienst überquerten. Zu meiner Überraschung sah ich Jacqueline unter ihnen.

Sie hatte einen nachdenklichen Anblick auf ihrem reizenden Gesicht, der mich berührte. Nun, da ich sie sah, erkannte ich, wie groß meine Torheit war. Ich hatte meine Augen bisher auf dem Boden gerichtet, während die Göttin selbst vorbeiging. Ich sprang die Stufen der Brücke hoch und traf sie auf halbem Weg.

»Jacqueline«, rief ich aus, wann bist du nach Venedig gekommen?«

Sie sah mich mit einer Art leichter Verwunderung an. Ich fasste mich schuldbewusst an mein unrasiertes Kinn. St. Hilary und ich wurden so sehr in den Sog unserer Suche hineingezogen, dass wir uns wenig Gedanken darüber machten, was wir aßen oder tranken, oder was wir anhatten oder wie wir aussahen.

Jacqueline aber, so schien es mir, betrachtete mehr mein Gesicht und nicht meinen ungepflegten Bart.

»Wir sind letzte Nacht angekommen. Aber du siehst aus wie ein Geist, ein Schatten deiner selbst.«

»Die Jagd nach der Schatulle, Jacqueline, ist ein gutes Vorbeugungsmittel gegen Übergewicht«, sagte ich beiläufig.

Bei der Erwähnung der Schatulle wich langsam die Farbe aus ihrem Gesicht, und ihre Augen schauten wehmütig in die meinen.

»Du – du suchst immer noch danach?«

»Natürlich tue ich das!«, antwortete ich fast unwirsch.

»Das habe ich nicht gewusst. Du hast mir nicht geschrieben«, sagte sie still.

»Wenn ich nicht geschrieben habe, war es deshalb, weil es nichts gab, worüber ich schreiben konnte.«

»Nichts worüber du schreiben konntest, Dick? Sie lächelte versonnen.

»Nichts, was es wert gewesen wäre.«

»Dann tappst du also immer noch im Dunkeln?«

»Absolut.«

»Und – hast du ein wenig Hoffnung?«

»Fast keine Hoffnung.«

Obwohl ich so stark von meinen eigenen, selbstsüchtigen Gefühlen vereinnahmt war, konnte ich nicht umhin, den Ton der Enttäuschung in ihrer Stimme zu bemerken.

Wir waren an der Kirchentür angelangt. Sie streckte ihre Hand aus. Sie in dieser Weise meinen Blicken entschwinden zu sehen, zu wissen, dass mein eigener Starrsinn diese Barriere zwischen und schaffte und dass ich sie verwundet hatte – so konnte ich sie nicht gehen lassen – nicht einmal für ein paar Stunden.

»Jacqueline«, sagte ich bestimmt, »Ich möchte dir von dieser Suche erzählen. Ich kenne hier in der Nähe einen Ort, halb Straße, halb Platz, der von Maulbeerbäumen beschattet ist. Es gibt dort Bänke, und da kann man sich hinsetzen und in Ruhe reden. Kommst du mit mir? Ich werde dich nicht lange aufhalten.«

»Nun, Dick, was gibt es?«, fragte sie später, als wir und hingesetzt hatten.

Sie hatte ihre Hände fest in ihrem Schoß verschlossen. Ihr Blick ging an mir vorbei und verweilte auf dem Käfig einer Drossel, der an einem Nagel in einem Toreingang hing. Der gefiederte Gefangene sang voller Ekstase.

»Diese verrückte Suche, auf die du mich geschickt hast«, brach es aus mir heraus, »ich möchte, dass du mich davon befreist.«

Für einen Moment war sie still, dann richtete sie sich mit einer gewissen Hochnäsigkeit auf.

»Ich entbinde dich davon, natürlich, da du es wünscht«, antwortete sie gnädig.

»Nein, nein, Jacqueline. Nicht auf diese Weise. Versteh mich nicht falsch. Ich nenne sie eine verrückte Suche, nicht weil sie mir hoffnungslos erscheint. Sie ist verrückt, weil sie nutzlos ist. Selbst die strengste Auslegung von Ehrgefühl könnte dich nicht an dein leichtfertig gesprochenes Wort binden. Du liebst den

169

Herzog, oder du liebst ihn nicht. Du liebst mich, oder du liebst mich nicht. Sicherlich willst du uns nicht gegeneinander ausspielen. Das ist kein Liebestest. Und deshalb sage ich, dass diese Suche verrückt ist. Sie führt mich mit Sicherheit von dir weg. Ich fange an, mich um ihrer selbst Willen zu bemühen. Ich möchte, dass du mich *davon* befreist.«

»Sie führt dich weg von mir?«, wiederholte sie verwundert. Du machst das aber für mich. Hält mich das nicht in deinen Gedanken? Du sagtest, dass dies keine Prüfung der Liebe ist. Warum sollte es das nicht sein? Und wenn der Geliebte schon müde ist von dieser Aufgabe – wenn – « Ihre Lippen zitterten.

»Meine liebe Jacqueline, wie kann ich dir das verständlich machen? Ich frage dich nicht, mich von dieser Aufgabe zu entbinden, weil ich müde bin, nicht einmal weil ich glaube, dass die Schatulle nie gefunden werden kann. Es geht um das Prinzip in dieser Sache. Nehmen wir an, der Herzog würde dir diese Schatulle bringen, könnte das etwas Entscheidendes an deinen Gefühlen für ihn ändern? Würde dich das dazu bringen, ihn mehr zu lieben, als wie du es im Augenblick tust?«

»Warum sollte das nicht so sein?«, antwortete sie ein wenig trotzig. In einem gewissen Sinn hätte er sich dann als ein besserer Liebhaber gezeigt, als du. Er sucht weiter, freudig und geduldig. Und dennoch findet er die Zeit dazu, mir von seinen Fehlschlägen und Erfolgen zu berichten. Offensichtlich habe ich ihn aufgefordert, Berge zu bewegen. Er stellt sich bereitwillig dem Unmöglichen, und manchmal denke ich, dass er es erreichen wird.«

»Der Herzog hat nach der Schatulle gesucht, hier in Venedig?«

»Ja, und ohne einen Moment auszuruhen, wie er mir versichert. Mehr als das, er versichert mir, dass er auf der richtigen Spur ist – dass er sie mir bald bringen wird.«

Ich war vollkommen verblüfft. Weder ich noch St. Hilary hatten den Herzog noch einmal gesehen, seit er meine Räume verlassen hatte. Es erschien nicht glaubhaft, dass er in diesen vergangenen drei Wochen in Venedig gewesen war, ohne dass wir es wussten.

»Er wird dir die Schatulle bald bringen?«, wieder holte ich verdutzt. »Und wenn er sie dir bringt, wirst du auf ihn hören? Nur weil ich nichts gesagt habe, Jacqueline, hast du gedacht, dass ich müßig und desinteressiert bin? Vertraust du ihm mehr, als du mir vertraust? Wenn er das Glück hat, über die Schatulle zu stolpern, ist das ein Beweis, dass er mehr deine Achtung verdient, als ich? Willst du ihn dafür heiraten?«

»Jacqueline schaute mich für einen Moment still an und legte ihre Hand sanft auf meinen Arm.

»Hat dich diese Suche so sehr geplagt? Ich beginne zu denken, dass sie sehr kindisch ist. Ich beginne meine Torheit zu erkennen, und dennoch – «

Sie erhob sich von der Bank, schüttelte anmutig ihre Röcke aus und öffnete ihren Sonnenschirm.

»Du gehst, Jacqueline? Gibt es nichts mehr zu sagen?«

»Ich habe meiner Tante versprochen, dass ich in die Kirche gehe. Ich denke, es ist besser, dass ich gehe. Aber danach, wenn du mit mir zum Hotel laufen willst, könntest du zum Mittagessen bleiben, und am Nachmittag kannst du mich dann wieder in die Lagune entführen. Dann kannst du mir alles erzählen – was du getan hast, und was dir nicht gelungen ist. Und vielleicht – vielleicht, werde ich dich von der Aufgabe entbinden, die du für mich unternommen hast.«

»Jacqueline«, stammelte ich vor Freude, »du meinst – du meinst, dass du mich heiraten könntest, ohne dich um dieses törichte Versprechen zu kümmern, das du dem Herzog gegeben hast?«

»Ich meine«, antwortete sie bedächtig, »dass ich alles wissen muss – alles. Dann werde ich in einer besseren Lage sein, zu beurteilen, was ich tun werde.«

»Ich werde an der Kirchentür auf dich warten. Ich muss erst zu meinem Räumen gehen, um mich in einen präsentablen Zustand zu bringen. Beim Himmel, Jacqueline, wenn du nur wüsstest, welche Erleichterung ich empfinde, diese verrückte Suche aufzugeben. Es war ein Albtraum, aber nun werden wird wieder hinaustreten, in den gesegneten Sonnenschein.«

»Aber Dick«, sagte sie wehmütig, »du wirst heute Nachmittag sehr wortgewandt argumentieren müssen, wenn du mich überzeugen willst, mein Wort beim Herzog da Sestos zurückzunehmen. Wenn es nur gelungen wäre, diese erbärmliche Schatulle zu finden. Ich werde nach der Kirche nach dir Ausschau halten.«

Ich sah ihr nach, als sie im Torbogen verschwand. In einer halben Stunde war ich in meinen Räumen und zurückgekehrt. Ich rutsche auf eine Kirchenbank am Ende der Kirche. Ich wollte nachdenken – träumen. Es erschien mir unmöglich, dass die Suche geendet hatte. Was würde St. Hilary sagen, wenn er erfährt, dass ich sie aufgegeben hatte. Und, so seltsam das auch klingt, war ich fast traurig. Könnte ich St. Hilary dabei zusehen, wie er standhaft mit der Suche fortfährt und meinerseits ziemlich uninteressiert daran sein, ober er Erfolg oder Misserfolg hat? Würde ich es niemals bereuen, dass ich nicht ein wenig länger dabeigeblieben bin?

Dann schaute ich auf Jacqueline, die ein paar Reihen vor mir andächtig kniete und glücklich lächelte. Nein, mit einer Jacqueline als Frau, hatte ich keinen Bedarf an den Aufregungen des Weges von einem Narren.

Dann aber, aus der Stille meiner Gedanken, als käme es von sehr weit her, fielen die Worte des Priesters auf meine Ohren, unbewusst und seltsam klar. Die Worte wurden zweimal wiederholt. Sie waren vollkommen großartig in sich selbst, aber für mich waren sie der Fingerzeig des Schicksals.

Er zeigte auf das Versteck der da Sestos Schatulle.

19. KAPITEL

Das waren die Worte des Priesters:

'Und dazu machte der König einen großen Thron aus Elfenbein und überzog ihn mit dem feinsten Golde'.

'Der Thron hatte sechs Stufen, auf denen man zum Thron hinaufstieg und auch einen goldenen Fußschemel. Oben waren zwei Lehnen am Sitze, und zwei Löwen standen an den Lehnen'.

Zunächst, wie ich schon gesagt hatte, fielen die Worte ziemlich unbewusst auf meine Ohren. Dann, wie ein Blitz vor meinen Augen, ohne irgendwelches Zutun meinerseits, erschien ein Thron aus Elfenbein, mit Armlehnen, die von feinem Gold überzogen waren. Ich versuchte meine Gedanken wieder auf etwas anderes zu lenken, aber der Anblick des Throns aus Elfenbein, mit den beiden Löwen an den Seiten, plagte meinen angeregten Verstand. Plötzlich, mit einem Schock der Überraschung, wusste ich, warum das Bild vor meinen Augen war, mit solch verblüffender Deutlichkeit. Der Thron des Automaten der achten Stunde war aus Elfenbein, seine Lehnen waren aus Gold, er hatte sechs Stufen, und zwei Löwen kauerten auf den Seiten.

Zunächst war ich erstaunt über die Ähnlichkeit des Throns in der Bibel und dem Thron der da Sestos Uhr.

Aber auch andere Szenen der Stunden sprangen in mein Gedächtnis. Ich erinnerte mich an die Stunde mit dem Markusdom und den Löwen, den Rat der Zehn, den Sultan und den knienden Sklaven. Dort endeten die Szenen abrupt. In einen Gedankenblitz, ohne wirklich nachzudenken, auf alle Fälle aber ohne gewollte Schlussfolgerung, hatte ich das Geheimnis der Uhr ergründet:

Die Szenen der zwölf Stunden waren keine venezianischen Szenen. Sie waren Szenen aus der Bibel, versteckt in einer venezianischen Umgebung.

Ich konnte jede der drei Stunden, die mir einfielen, mit bekannten Geschichten aus der Bibel verbinden. Die Szene der ersten Stunde, mit der Gestalt von St. Markus und dem Löwen, wie wir es uns gedacht hatten, war in Wirklichkeit Samson und der Löwe; der Sultan und der kniende Sklave, waren David und der unterworfene Gigant Goliath. Der Doge, dem die Brieftaube die Nachricht über den Sieg auf dem Campanile überbracht hatte, wurde zu Noah und die Taube. Aber die anderen Szenen, würden sie genauso klar sein?

Ich nahm die erste Szene, die mir in den Sinn kam, die mit den zehn Scheiben, die nacheinander erscheinen. Ich griff nach einer Bibel im Regal auf der Kirchenbank und öffnete sie begierig beim Buch der Genesis. Meine Kenntnisse über das Alte Testament waren nicht sehr tiefgehend, dennoch schlug ich schnell die Seiten um und schaute jede Seite an. Ich musste einfach nur nach einer Passage suchen, wo es ein Tor und zehn Männer gab.

Ich vergaß die andächtigen Gläubigen um mich herum. Ich dachte noch nicht einmal an ein gutes Betragen in der Kirche. Für eine halbe Stunde drehte ich Seite um Seite um. Ich hatte das Buch der Richter erreicht und begann zu verzweifeln. Würde diese Theorie, die so viel versprach, auch wieder verworfen werden, wie ein Dutzend anderer?

Nein – ich fand die Passage. Sie bestätigte meine Theorie als Tatsache, über jeden Zweifel hinweg. Die Passage war im Buch Ruth:

'Dann ging Boas hinauf ins Tor und setzte sich daselbst. Und siehe, da der Erbe vorüberging, von welchem er geredet hatte, sprach Boas 'komm und setze dich hierher'. Und er kam und setzte sich'.

'Und Boas nahm zehn Männer von den Ältesten der Stadt und sprach: Setzt euch hierher! Und sie setzten sich'.

Nichts hätte eindeutiger sein können. Der Doge wurde zu Boas: Die zehn Scheiben, von denen wir dachten, sie wären der Rat der Zehn, waren die Ältesten der Stadt. Die dritte Stunde!

Ich las die Geschichte von Samson und dem Löwen. Das war unbestreitbar die Szene der ersten Stunde. Die Worte waren eine Herausforderung, eine klare Aussage in Schwarz und Weiß – dass derjenige, der das Rätsel der Uhr löst, seine Belohnung bekommen würde. Und derjenige, der versagt, würde seine Strafe bezahlen müssen – den Verlust seine Geistesruhe und seiner Zufriedenheit – ein sehr bitterer Lohn für das Versagen:

'Simson aber sprach zu ihnen: Ich will euch ein Rätsel aufgeben. Wenn ihr mir das erratet und trefft, in den sieben Tages des Festes, so will ich euch dreißig Hemden geben und dreißig Feierkleider'.

'Könnt ihr es aber nicht erraten, so sollte ihr mir dreißig Hemden geben und dreißig Feierkleider'.

'Ich will euch ein Rätsel aufgeben!' Und was für ein stattliches Rätsel war das. Der verrückte Goldschmied hatte diese alten Bibelgeschichten als seinen Schlüssel verwendet – ein Schlüssel, von dem er wusste, dass er unvergänglich sein würde, wie die Zeit selbst. Dennoch war es ein Schlüssel, der sein Geheimnis gut bewahren würde. Für die Katholiken dieser Tage war die Bibel ein versiegeltes Buch.

Aber wenn das wahr war – wenn diese Geschichten wirklich der Schlüssel waren – war das Rätsel nun einfacher zu lösen? Könnte man die Bibelgeschichten besser verstehen als die venezianischen Geschichten?

Die Theorie von St. Hilary raste durch meinen Kopf. Die Ziffern – das war die Lösung. In jeder Szene im Hintergrund wurde eine bestimmte Zahl erwähnt. Dreißig Veränderungen in der Festkleidung. Sieben Tage. Sechs Stufen auf den Thron. Zwei Löwen. Das war meine zweite große Entdeckung, die ich machte.

Jede Szene aus der Bibel hatte bestimmte Zahlen.

Ich las die Geschichte von David und Goliath:

'Da trat aus den Lagern der Philister ein Riese mit Namen Goliath aus Gat, sechs Ellen und eine Handlänge groß.'

Da waren wieder die Zahlen; sechs Ellen und eine Handlänge.

Ich konnte nicht länger zweifeln. Und nun, da ich dem Verrückten so viel von seinem Geheimnis abgerungen und ihm überraschend seinen Schlüssel abgenommen hatte, sollte ich zuversichtlich sein, auch den Rest herauszubekommen. Ich war dabei, den letzten Faden durchzuschneiden, der dieses Geheimnis an sein Grab gebunden hatte.

Plötzlich wurde ich mir der Gesichter bewusst, die sich missbilligend in meine Richtung drehten. In meiner Aufregung, so nehme ich an, hatte ich zu sehr mit den Seiten geraschelt. Es war ungewöhnlich, einen Mann zu sehen, der während eines Gottesdiensts hektisch die Seiten seiner Bibel umblättert.

Es war ausgeschlossen, noch weiter während des Gottesdiensts hier zu verweilen.

Ich musste an die frische Luft. Ich würde draußen auf Jacqueline warten.

Ich lief zum Kai des Canale Grande. Ich schaute über den Bogen mit den Palästen, von der Salute, bis zur Rialto Brücke. Zu welchen von diesen würde die Suche führen?

Ich ging zur Kirche zurück. Das Prozedur des Gottesdienstes zog sich schläfrig weiter. Ich ging ruhelos die Calle […] entlang. [Name, wie im Originalbuch erwähnt, unbekannt]. Ich befand mich nun am Anlegeplatz der Dampfboote. Ein kleiner Dampfer entlud seine Ladung an Passagieren. Ich sprang an Bord. Mein Verlangen, mir die Fotografien anzusehen, war groß. Ich wollte die anderen Szenen nachweisen. Ich wollte St. Hilary mit meiner Entdeckung verblüffen.

Erst als der Dampfer auf dem halben Weg von Guidecca war, erinnerte ich mich voller Bestürzung an meine Verabredung mit Jacqueline.

Ich redete mir ein, dass ich noch genug Zeit hätte, mir die Fotografien ein einziges Mal anzuschauen. Ich konnte St. Hilary eilig von meiner Entdeckung berichten und in drei Minuten zurück zur Mole gerudert werden, und nach weiteren zehn Minuten an der Kirche sein.

Wenn ich Jacqueline verpasse, würde sie mir verzeihen, wenn sie von den außergewöhnlichen Umständen hört, unter denen ich sie verlassen hatte. Hatte sie es denn nicht bedauert, mit der Andeutung eines Vorwurfs in ihrer Stimme, der mich noch immer ärgerte, dass meine Suche nach der Schatulle so ergebnislos war? Und hatte sie nicht gesagt, dass der Herzog nach ihr sucht, ohne einen Moment der Pause? Dann gab es keine Zeit zu verlieren.

Natürlich musste ich Jacqueline verpassen. St. Hilary war nicht in meinem Zimmer, und ich wartete auf ihn. Die Versuchung, über ihn zu triumphieren, war zu verlockend.

Ich war nicht der erste Mann, der sein wertvolles Geburtsrecht auf Liebe für ein Linsengericht hergibt [aus der Bibel: Esau, der ältere der Zwillingsbrüder, verkaufte sein Erstgeburtsrecht für ein Linsengericht].

20. KAPITEL

Zwei Stunden waren vergangen, seit ich die Kirche verlassen hatte. St. Hilary und ich hatten die Zeit mit einem intensiven Studium der Bibel verbracht. Das Ergebnis bestätigte meine Theorie über jeden Zweifel. Mit Ausnahme der Szenen in der fünften und zehnten Stunde hatten wir sie alle als Bibelszenen identifiziert. Wir stellten auch fest, dass in jeder Szene bestimmte Zahlen erwähnt wurden.

»Sagen zu können, was die entscheidenden Zahlen sind, das ist die Frage«, sagte St. Hilary. »Mindestens in zwei oder drei Geschichten werden mehr als eine Reihe erwähnt. Wie können wir sicher sein, welche Zahlen Bedeutung haben, und welche nicht?«

»Ich denke, wir können uns nicht sicher sein«, antwortete ich nachdenklich. Wenigstens könnten wir nach einer vernünftigen Annahme suchen. Der Uhrmacher hätte viele Methoden, diese auszuwählen. Welche davon liegt am meisten auf der Hand?«

»Dass er die Nummern auswählt, auf die es in den verschiedenen Geschichten wirklich ankommt«, antwortete St. Hilary.

»Ich habe bemerkt, dass die wichtigen Zahlen ausnahmslos im ersten Teil der Geschichte erwähnt werden. Wir könnten jedenfalls von dieser Annahme ausgehen, um anzufangen.«

»Unsere Suche nach dem Orientierungspunkt der zweiten Stunde müsste an der Piazzetta beginnen, wo der Orientierungspunkt der ersten Stunde steht – das ist die Markussäule mit dem Löwen. Unsere ersten Zahlen sind nun 7, 30, 30. Wenn wir diese richtig interpretieren, sollten wir den zweiten Orientierungspunkt finden. Von dort können wir zum dritten gehen.

»Aber die Bedeutung dieser Zahlen«, murmelte St. Hilary, »das ist sehr schwierig. Man kann sie zusammenzählen oder voneinander abziehen oder dividieren oder miteinander multiplizieren, und der Orientierungspunkt der zweiten Stunde ist völlig in der Dunkelheit verborgen. Wenn es der Orientierungspunkt der vierten Stunde wäre, das Haus des Kamels, wüssten wir, nach was wir suchen müssten.«

»Aber so ist es nicht«, sagte ich ungeduldig. »Dein kostbarer Orientierungspunkt der vierten Stunde ist nutzlos, denn wir haben die Bibelgeschichte des fünften nicht herausfinden können, und so kennen wir nicht die Zahlen, die uns zum sechsten führen. Wir sind gezwungen, mit der ersten Stunde anzufangen. Von diesem Punkt aus gehen wir zum zweiten und vom zweiten zum dritten. Was die Lücke in der fünften Stunde angeht, werden wir nicht versuchen, diese zu überspringen, bis wir dorthin kommen.«

Der kleine Mann gähnte. Seine verbissene Skepsis, war zum verrückt werden. Er sträubte sich dagegen, dass ich diese großartige Entdeckung gemacht hatte. Weil er sie nicht selbst gemacht oder dabei geholfen hatte, schmollte er und machte endlose Einwände.

»Was meinst du, wie wir die ersten Zahlen 7, 30, 30 deuten sollen?«, fragte er.

»Nun«, antwortete ich geduldig, »sagen wir mal, dass sie Häuserblocks darstellen. Wir gehen den Canale Grande hinunter, bis wir sieben Häuserblocks passiert haben. Wenn wir den siebten Kanal nach links gehen, und fahren an diesem Kanal fort, bis wir an dreißig Häuserblocks vorbeigekommen sind – «

»Nun, dann werden wir uns irgendwo draußen in der Lagune befinden«, spottete St. Hilary.

»Wenn wir sieben Häuserblocks zu unserer Rechten passieren, und dann dem linken Kanal folgen, bis wir dreißig Häuserblocks passiert haben, und dann die Kreuzung der beiden Kanäle als den Ausgangspunkt für einen neuen Anfang nehmen, wieder bis wir dreißig Häuserblocks weiter sind, befinden wir uns wo?«

St. Hilary betrachtete den Plan von Venedig, der vor ihm lag.

»Du bist ein wenig geheimnisvoll, mein lieber Hume. Aber so weit ich das ausmachen kann, nachdem du deine sechzig kleinen Kanäle mit den Häuserblocks dazwischen passiert hast, und dich dann nach links drehst, würdest du dich im jüdischen Viertel wiederfinden. Du kannst sicher sein, dass da Sestos nicht so verrückt war, seine Schatulle in diesem Teil der Stadt zu verstecken, die immer wieder der Zerstörung geweiht war. Du musst es noch einmal versuchen.«

»Dreißig Feierkleider und dreißig Hemden«, grübelte ich. »Dreißig plus dreißig; warum nicht der sechzigste Palast den Canale Grande hinunter, entweder links oder rechts?«

»Innerhalb von sieben Tagen«, zitierte St. Hilary sarkastisch und schloss seine Augen.

»Ich habe die sieben Tage vergessen«, gab ich zu. »Nun dann, warum nicht der dreiundfünfzigste Palast?«

»Warum der dreiundfünfzigste?«, fragte St. Hilary in einem gelangweilten Ton.

»Vor sieben von sechzig könnte dreiundfünfzig bedeuten«, sagte ich schnell.

St. Hilary öffnete seine Augen. Ein interessierter Blick zeigte sich in ihnen. Er zog eine alte Karte von Venedig zu sich heran, 'La Nuova Pianta di Venezia' wurde sie genannt [die neue Karte von Venedig] und 1689 herausgegeben. Sie enthielt eine interessante Tabelle, in der alle Paläste von Venedig aufgeführt waren, die zu dieser Zeit existierten. Vielleicht sind es Paläste. Er begann die Paläste sorgfältig zu zählen, von Canale Grande hinunter zur Rialto Brücke.

»Der dreiundfünfzigste Palast ist der Palazzo Chettechi. Schau in diese französische Monografie 'Le Palais de Venise Moderne' [die Paläste des modernen Venedig]. Schau, ob er dort erwähnt ist.

Ich ging eilig durch den Index.

»Ja, er wird dort erwähnt. Aber leider, zum Teufel!, wurde der Palast niedergerissen und im Jahre 1805 neu errichtet.«

»Und mit Pauken und Trompete fällt dein raffiniertes Kartenhaus zusammen«, kommentierte der Antiquitätenhändler zynisch.

»Nach alledem war diese Lösung zu offenkundig, um realistisch zu sein«, entgegnete ich ziemlich unbekümmert, obwohl ich die Enttäuschung deutlich spürte.

»Aber schau hier, St. Hilary«, sagte ich und betrachtete wieder die Bibel. »Hier wird viermal die Zahl dreißig erwähnt. Vielleicht hat das zweite Paar von Dreißigern eine Bedeutung. Bringt uns der dreiundfünfzigste Kanal zu einer Ecke am Canale Grande, oder befinden wir uns in der Mitte des Häuserblocks?«

»Wir würden uns an der Kreuzung des Canale Grande und des Rio di Lucca befinden.«

»Gut! Und wenn du sechzig Paläste den Rio di Lucca hinauf abzählst, wird diese alte Karte sagen, an welchem Palast du ankommen würdest?

»Am Palazzo Giuliano.«

»Der Palazzo Giuliano könnte unseren Orientierungspunkt an der Wand haben, genauso gut wie jeder andere.«

»Er könnte«, brüllte er und schaute wieder in die Monografie der Paläste des modernen Venedig. »Es ist nur so, dass man die Fassade dieses Palasts im 18. Jahrhundert neu gestaltet hat. Wieder fällt dir dein kleines Kartenhaus um die Ohren, mein lieber Hume.«

Ich starrte auf den Tisch. Auf welch andere Art könnte ich die Bedeutung der Zahlen lesen? Ich hob einen Umschlag auf und begann unbewusst damit herumzuspielen. Er war an St. Hilary adressiert und buchstäblich übersäht mit Streichungen und Anweisungen. Er war ihm um die halbe Welt gefolgt, hatte ihn aber schließlich erreicht, obwohl einige der Anweisung sehr vage waren. Wir mussten so schlau sein, die der Postmeister. Abgesehen von den üblichen Hilfen in den Verzeichnissen, welche Methoden würde ein Postmeister anwenden?

Ganz mechanisch begann ich damit, den gewöhnlichen und augenfälligen Bestimmungen jedes Briefes zu folgen. Zuerst gibt es einen Staat oder ein Land. Das ist so vage, wie die Erde selbst. Der Staat wird aber auf die Stadt im Staat eingeengt, und die Stadt auf die Straße –

»Ich glaube, dass ich nun eine Lösung gefunden habe, die stichhaltig ist, St. Hilary!«, rief ich aus.

Er blinzelte mich voller Skepsis an.

»Lass mich die auf jeden Fall hören.«

»Nimm die Adresse auf dem Umschlag. Sie beinhaltet eine mögliche Lösung für die Zahlen. Als Erstes gibt es das Land. Das Land wird auf die Stadt im Land eingeengt. Dann kommt die Straße. Danach das Haus in der Straße. In anderen Worten, die Bestimmung auf dem Umschlag wird immer weiter in definierte Grenzen eingeengt.«

»Eine außerordentlich präzise, aber wohl kaum beeindruckend originelle Präsentation von Tatsachen, lieber Junge. Was ist die Verbindung zwischen diesem Umschlag, zum Beispiel, und der da Sestos Schatulle?«

»Nenne Venedig den Staat, die Stadt ist der Canale Grande. Die Straße ist der siebte Kanal und die Nummer der Straße ist das Haus mit dem Orientierungspunkt.«

Die dunklen Augen von St. Hillary blinzelten. Endlich war er in stärkerem Maße interessiert. Er zog die Karte von Venedig wieder zu sich hin. Dann schob er sie verärgert zurück.

»Wieder einmal genial, aber nicht schlüssig. Der siebte Kanal, der in den Canale Grande geht, ist eine Sackgasse. Er ist kaum einhundert Meter lang und führt nur zum Campo San Stefano.«

»Du liegst falsch«, sagte ich ruhig. Du zählst den Wassergraben mit, der den Giardino Reale [ein Garten/Park] umgibt. Der siebte, kleine Kanal ist der Rio di Bocca. Und der sechzigste Palast von der Kreuzung des Rio di Bocca und dem Canale Grande ist das Haus mit dem Orientierungszeichen.«

185

»Was für ein Palast ist das? Erzähle mir jetzt nicht, dass er abgerissen wurde.«

»Nein, diesen gibt es noch. Er wird Palazzo Fortunato genannt. Komm, es wird Zeit für uns, etwas Anstrengenderes zu tun, als nur zu sprechen. Wir werden deine Theorie überprüfen, von der ich glaube, dass sie schließlich eine halbwegs sinnvolle ist. Aber zuerst nehmen wir einen Happen im Florian's. Es ist drei Uhr und wir werden vielleicht kein Abendessen haben.«

Unbewusst hatte ich die Führung übernommen, seit meiner großen Entdeckung. Nun zögerte ich. Obwohl ich mein Stelldichein mit Jacqueline gebrochen hatte, beabsichtigte ich doch, sie an diesem Nachmittag zu treffen, bevor wir unsere Suche beginnen. Jedoch, ich konnte aber St. Hillary seine Nachforschungen nicht ohne mich beginnen lassen. Ein paar Stunden früher oder später, überredete ich mich, werden wohl keinen Unterschied machen.

Mittlerweile weiß ich, wie trügerisch meine Argumente waren. Die Liebe einer Frau soll man nicht auf die leichte Schulter nehmen. Sie ist die heiligste und wertvollste Sache auf der Welt, und sie weiß selbst, dass es so ist. Sie kommt und geht nicht auf einen Wink oder Ruf hin. Sie brennt hell, so lange man die Flamme füttert. Es ist gefährlich, die Flamme zu ersticken, und nicht immer einfach, sie wieder anzufachen.

»Ich bin bereit, mit dir zu gehen«, sagte ich nüchtern. »Mein Gondoliere wartet unten. Er soll uns zur Mole bringen, wo wir ihn gehen lassen. Ich will keine Zeugen oder mögliche Spione.«

»Ausgezeichnet«, murmelte er. »Und bring deine Bibel mit, sie muss unsere Karte und der Kompass sein, auf unserer Entdeckungsreise.«

Francesco Donato, einer der Dogen von Venedig (1545-1553)

21. KAPITEL

Selbst der Venezianer Marco Polo, der sich mit staunenden Augen und voller Eifer, über brennende Wüsten hinweg, zum Großen Khan im weit entfernten Cathay [China] hin quälte, war nicht mehr vom Geist des Abenteurers durchdrungen, wie es St. Hilary und ich an diesem Nachmittag im April waren, als wir uns auf unsere kleine Entdeckungsreise machten, in einer ganz alltäglichen Gondel.

Wir hatten uns schließlich entschieden, das Mittagessen im Grundewald einzunehmen. Wir erhoben uns danach ziemlich bedächtig und gingen in Richtung der Mole. Die Kapelle schmetterte einen Strausswalzer heraus, und die Piazza war mit der üblichen lachenden und plappernden Menge gefüllt, die zu Hunderten an den kleinen, runden Tischen aßen und tranken, die ein Viertel des Platzes überfluteten.

Ich konnte mir nicht helfen, daran zu denken, was für ein Aufsehen es erregen würde, wenn die riesige Menschenmenge plötzlich verstummt, während ich vom Balkon da oben, bei den vier bronzenen Pferden, laut ausrufen würde, damit alle auf dem Platz es hören können, dass wir zwei Abenteurer aus dem 20. Jahrhundert gerade dabei waren, eines der großen Mysterien von Venedig aufzudecken – dass wir einen wunderbaren Schatz ans Tageslicht bringen würden, der fast für ein halbes Jahrtausend versteckt war.

Aber, wie würden sie mich doch mit ihrem Gebrüll und Lachen in ein beschämtes Schweigen versetzen. Und, angenommen, ich könnte ihnen das genaue Versteck sagen, würde auch nur einer dieser vielen Hundert Menschen, sogar der ärmste von ihnen, sich die Mühe machen und hingehen, um ihn zu sehen? Würden das die gebuckelten Schuhputzer tun, dort in den Arkaden, knorrig und verdreht, durch die Kälte des Winters und die Hitze des Sommers? Würden es die jüdischen Ladenbesitzer tun, die Antiquare in den Bibliotheken oder die Touristen, die dreitausend Meilen gekommen sind, um ihre Augen an den Wundern hier zu weiden? Noch nicht einmal der fantasievollste unter ihnen würde sich in seinem Stuhl bewegen. Auf der ganzen Welt waren nur St. Hilary und ich die vollkommensten Narren an diesem Nachmittag.

»E dove?« [und wohin?], fragte der Gondoliere.

»Canalazzo« [die bei den Venezianern gebräuchliche Bezeichnung für den Canale Grande], rief ich, »e presto, molto, molto presto« [und schnell, sehr, sehr schnell].

»Si, si, Signore«, schrie er begeistert aus, da er wohl ein großzügiges Trinkgeld roch.

Die Sonne, die bald hinter die Kuppel der Salute fallen würde, funkelte und glühte, aber die Markise unserer Gondel war schon zurückgezogen. Schnell glitten wir den sonnenbeschienenen Wasserweg hinunter, der die goldene Landschaft teilte. Die großen Paläste auf beiden Seiten, mit ihren ausgelassenen Farben, erschienen unwirklich, wie in einem Gemälde. Was hatten wir mit dem mysteriösen Venedig zu tun, dieser Zauberin im Wasser, die sich unnahbar zeigt, in ihrer melancholischen Verachtung? Wie neugierige Wilde, waren wir dabei, in ihrem Heiligsten des Heiligen herumzustreifen. Wir waren dabei, sie ihres letzten glorreichen Schatzes zu berauben, den sie in diesen Hunderten von Jahren so eifersüchtig bewacht hat.

Meine Träumereien zerplatzten wie eine Blase in dünner Luft. Hinter uns raste ein Boot voll mit Reisenden; die beiden Ruderer machten alle Anstrengungen, um mit ihrem Gefährt zum

Bahnhof zu eilen. Da war der englische 'père de famille' [Familienvater], die gemütliche Mama mit ihren zwei Küken an ihren Seiten. Und um sie herum stapelten sich Hutschachteln und Umhänge, Koffer und Reisetaschen. Wir waren immerhin im 20. Jahrhundert, und es passte durchaus dazu, dass wir ernteten, wo wir nicht gesät hatten.

Wir passierten das Grand Hotel. Mrs. Gordon, Jacqueline und der Herzog saßen auf dem Balkon. Mechanisch zog ich meinen Hut. Der Herzog retournierte den Gruß mit einer überschwänglichen Geste. Mrs. Gordon war plötzlich nur an dem Zollhaus gegenüber interessiert. Jacqueline lächelte, aber ihr Gruß war so höflich, wie er es auch gegenüber dem Concierge ihres Hotels gewesen wäre.

Es brannte in mir. Ich wünschte mir, dass ich St. Hilary bitten könnte, die Suche ohne mich fortzusetzen, und doch zögerte ich. Sogar jetzt noch, würde ein Nicken zum Gondoliere genügen, und er würde mich an den Stufen absetzen, aber ich zögerte erneut. Fünf Sekunden später waren wir vorbeigefahren. Bevor ich mich wieder gesammelt hatte, waren wir beim Rio di Bocca.

Unser Gondoliere gab seinen seltsamen Warnschrei von sich, denn die Gondel bewegte sich scharf um die Ecke herum. Wir waren in die kühlen Ecken der Stadt eingetaucht. Der Geruch von nassem Mörtel, dieser undefinierbare, feuchte Geruch in den Kanälen von Venedig, drang in unsere Nasen. Wir glitten an einer heruntergekommenen, alten Mauer entlang, die sich nach außen wölbte, dann an einem engen Kai, der von der Sonne beschienen wurde, und den verschlossenen Fenstern eines Palasts, düster und finster in seinem Inneren.

Ein Frachtkahn voller Ziegel wurde mit Stangen langsam an uns vorbeigeschoben, dann kam ein Boot mit einem Katafalk.

Das Boot eines Hotels entging nur knapp einer Kollision. Ich sah das alles, aber ich achtete nicht besonders darauf. Drei Jahre selbstsüchtigen Nichtstuns und Verantwortungslosigkeit hatten mich unfähig gemacht, für eine schnelle Entscheidung in einem kritischen Moment. Und nun hatte ich eine weitere Gelegenheit verpasst, um mich mit Jacqueline zu versöhnen. Es wurde nur noch eine zusätzliche Barriere zwischen uns errichtet.

St. Hilary rief dem Gondoliere deutlich etwas zu. Wir hielten plötzlich an.

Wir waren am sechzigsten Palast anbelangt, und seine Fassade war so nackt wie das Blatt eines unsignierten Hotelregisters.

»Und wieder einmal ein närrisches Unterfangen«, stöhnte er.

Der Gondoliere lehnte sich vor und fasste mich am Ärmel. Er hatte unsere Überraschung bemerkt. Er zeigte auf den Palast, den wir gerade passiert hatten.

»Ecco, Signori [hier, die Herren], ist das Haus des Engels. Es ist nicht dieses. Es ist das dritte weiter hinten.«

»Das dritte weiter hinten?«, wiederholte ich ganz mechanisch. Ich ließ meinen Blick seinem ausgestreckten Finger folgen. Mit einem Dreher des Ruders hatte er die Gondel wieder in Richtung des Canale Grande ausgerichtet.

»Sehen Sie, Signore, das Haus des Engels. Da oben, in der Nische über der Tür.«

Träge erhob ich meine Augen. Ich hatte keine Idee, von was der Mann redete. Der Palast, an dessen Stufen wir hielten, hatte eine wundervolle Struktur aus dem 14. Jahrhundert, so wunderschön, dass er in jeder anderen Stadt als Venedig eine Pilgerreise wert gewesen wäre.

Über der Tür gab es eine dreieckige Nische, eine Art Schrein. Eine Halbfigur eines Engels war in die Nische eingemeißelt, und ein kniendes Kind schaute anheimelnd in sein Gesicht. Der Gondoliere deutete voller Ehrfurcht hin.

»Der Engel soll die bösen Geister vertreiben, Signore. Der böse Geist eines Schweins weilte einst in diesem wundervollen Palast. Ich versichere dem Signore, dass ich die Wahrheit sage, obwohl schon Hunderte von Jahren vergangen sind, seit die böse Seele des Schweins von dem Engel und dem kleinen Kind weggezaubert wurde. Das Haus ist nun von allem Übel befreit, und wird Haus des Engels genannt. Aber sehen Sie, Signore, sie können noch die Reste der unreinen Schweine sehen, die der lasterhafte Erbauer in die Wände hat einmeißeln lassen. Bevor man diese zerstört hatte, nannte man es das Haus der Schweine.

Wir schauten nach oben.

Das Haus hatte einen Fries, der aus einer kapriziös eingemeißelten Reihe von Schweinen bestand. Die Haltung von jeweils zwei dieser Kreaturen war gleich: die eine liegend, die andere stehend. Die Köpfe und die Füße an den meisten Körpern wurden abgeschlagen.

»Das ist ja sehr einfach«, rief St. Hilary triumphierend. »Unsere Kornhülsen wurden einfach zu den Körpern von Schweinen. Wir haben den zweiten Orientierungspunkt gefunden.«

Er hielt die Fotografie des Hintergrunds der zweiten Stunde vor mich hin. Dieser Hintergrund, wie man sich erinnern muss, war eine Hinrichtung durch Erhängen, und dieses Erhängen eine bildliche Position des Körpers, vor der wir vermutet hatten, es wären Kornhülsen.

Ich vergaß meine Dummheit, an Jacqueline vorbeizufahren und ihren kalten Gruß. Hier war ein eindeutiger Beweis, dass wir endlich auf dem richtigen Weg zu der Schatulle waren.

»Aber warum«, fragte sich St. Hilary, dessen Stirn sich in Verwirrung faltete, «sollte es der siebenundfünfzigste Palast sein, und nicht der sechzigste?«

Ich öffnete wieder die Bibel und las die Geschichte. Ich sah sofort unseren Fehler. Bei unserer Hast diese neue Theorie von mir zu überprüfen, hatten wir die Erzählung nicht mit ausreichender Sorgfalt gelesen.

Da gibt es einen anderen Vers, den wir beim Lesen ausgelassen haben:

'Und innerhalb von drei Tagen konnten sie das Rätsel nicht erklären.'

»Beachte den Ausdruck 'innerhalb'. Das heißt, wir mussten nicht nach dem sechzigsten Palast suchen, sondern nach dem siebenundfünfzigsten, oder der dritte vor den sechzig.«

»Ah, das ist ziemlich deutlich«, rief St. Hilary mit einem Anzeichen von Erleichterung. »Und nun zum nächsten Orientierungspunkt. Lies noch einmal die Passage für die zweite Stunde.«

'Da trat aus den Lagern der Philister ein Riese mit Namen Goliath aus Gat, sechs Ellen und eine Handlänge groß.'

»Sechs Ellen und eine Handlänge«, grübelte er. »Was, zu Teufel, sind die sechs Ellen und eine Handlänge?«

»Lass uns umsehen.« Ich gab dem Gondoliere ein Zeichen, an den Rudern zu bleiben.

Wir trieben langsam an dem Haus des Engels vorbei. Das nächste Haus war ein Lagerhaus – ein hässliches, vierstöckiges Gebäude, das fünf Schritte vom Ufer zurückgebaut war. Die oberen Stockwerke ragten über das unterste heraus und waren durch Pfeiler abgestützt.

»Da gibt es sechs von diesen Pfeilern, und da ist eine Tür. Können das deine Ellen und die Handlänge sein?«

Ich schüttelte meinen Kopf. »Diese Pfeiler sind aus Holz. Dieses Lagerhaus konnte noch nicht errichtet worden sein, als der Goldschmied seine Schatulle machte.

»Das ist wahr, und es wäre eine sinnlose Fortführung, uns von siebenundfünfzigsten Palast wegzuführen, nur damit wir beim achtundfünfzigsten landen.«

»Aber sieh doch, St. Hilary, wir waren so dicht am Wald, dass wir die Bäume nicht sehen konnten. Siehst du diese runden Fenster genau über deinem Kopf? Es gibt nur sechs von ihnen. Und was die Handlänge anbelangt, ist das nicht die Hälfte einer Elle? Oben auf dieser niedrigen Tür, die in die Wand eingelassen ist, gibt es etwas in der Form eines Halbkreises. Dieser Halbkreis ist das genaue Gegenstück des oberen Teils der Fenster. Nichts könnte deutlicher sein.«

»Ich befürchte nur, dass das zu deutlich ist, um wahr zu sein«, sagte er beunruhigt.

»Das werden wir gleich feststellen.«

Ich stand aufrecht auf dem Sitz der Gondel. Ich reichte nach vorne und läutete eine rostige Glocke, die neben der niedrigen Tür hing. Unsere Gondel wurde, auf ein Zeichen von mir, nochmals stromauf gerudert.

194

Als Reaktion auf meine energische Aufforderung erschien ein Diener an der Haupttür vom Haus des Engels.

»Was wünschen die Signori?«, fragte er.

»Wir sind Architekten«, log St. Hilary wortgewandt. Wir sind sehr daran interessiert, ihren Garten zu sehen. Wir verstehen, dass es ein sehr seltsamer alter Garten ist.«

Der Diener in seiner schäbigen Livree schüttelte seinen Kopf.

»Die englischen Herrschaften irren sich«, antwortete er höflich. »Der interessante Garten gehört zu dem Haus des Kamels, direkt hinter diesem kleinen Palast. In unserem Garten gibt es Artischocken und Spargel und Bohnen und solche Sachen.«

»Das Haus des Kamels!«, rief ich unfreiwillig aus.

St. Hilary zwickte mich am Arm, um still zu sein. »Aber es gibt da einen Durchgang durch euren Garten, der zum Garten des anderen Hauses führt, oder nicht?«

Er klimperte andeutungsvoll mit einigen losen Münzen in seiner Tasche.

»Oh, ja, Signore, das ist wahr. Vor langer, langer Zeit verweilte ein großer nobler Herr in diesem Haus, und seine Tochter wohnte in dem Haus dahinter. Er hatte ein Tor in der Mauer anbringen lassen, welche die beiden Gärten trennte. Das Tor ist immer noch da.«

»Ausgezeichnet! Und Sie werden uns durch dieses Tor in den Garten vom Haus des Kamels führen?«

Ohne weiteres Palaver sprang St. Hilary leichtfüßig ans Ufer. Ich folgte seinem Beispiel und warf unserem Gondoliere unser Fahrgeld zu.

»Sehr aufmerksam von dir, diesen Burschen wegzuschicken. Wie können nicht vorsichtig genug sein«, bemerkte St. Hilary, als wir dem Diener in seiner schäbigen Livree in die Eingangshalle folgten.

Diese Halle, wie in allen venezianischen Palästen, geht durch das ganze Haus hindurch, von der Vorder- bis zur Hinterseite. Am Ende war eine Glastür. Die Tür wurde aufgeschlossen, und wir befanden uns im Garten. Ein Pfad ging nach rechts ab, der in einen breiten Weg führte, umsäumt von einer gut getrimmten Buchsbaumhecke. Dieser Weg führte geradewegs zum Tor – unserem Tor zu der dritten Stunde. Da gab es keinen Grund, sich die Fotografie nochmals anzusehen. Das war unmissverständlich.

»Die Herrschaften werden natürlich erwartet«, fragte der Diener zögerlich, als er das Tor aufschloss.

»Selbstverständlich«, antwortete St. Hilary, und drückte ihm ein Silberstück in die Hand.

Das Tor wurde wieder hinter uns verschlossen.

»Wie finden wir jetzt den Weg nach draußen?, fragte ich.

St. Hilary schaute um sich, wie einer, der sein Gelände kennt.

»Mein lieber Hume«, grinste er. »Ich kenne mein Weg nach draußen sehr gut. Erlaube mir, dir den Brunnen mit den Granatäpfeln und den Windungen zu zeigen, und, direkt über dem Eingang dort, das Zeichen mit dem blinden Kamel. Wir sind am Orientierungspunkt der vierten Stunde.«

»Und die zehn Figuren auf den Scheiben der dritten Stunde, entsprechen den Büsten, die an den Wänden angebracht sind – fünf an jeder Wand. Wir kommen voran. Aber warum, so frage ich mich, hat uns da Sestos über das Haus des Engels zu diesem Orientierungspunkt geführt? Er hätte uns über den Campo San Salvadore hierherführen können.«

»Weil«, gab St. Hilary zum Besten, »weil der Weg über Land ein Dutzend Richtungen erfordert hätte. Über das Wasser sind wir ohne unnötige Verwirrung in drei Stunden hierher gekommen. Ich befürchte, dass unsere Entdeckungsreise für heute Nacht hier enden muss. Wir müssen das Rätsel der fünften Stunde lösen, bevor wir weitermachen können.«

Ich hatte die Bibel geöffnet, die aus der Gondel mitgebracht hatte, und, gestützt von dem Randstein des Brunnens, ruhte ich auf meinen Knien und wandte mich dem Buch Genesis zu. Ich las den Vers der vierten Stunde:

'Und es passierte, als die Kamele mit dem Trinken am Brunnen fertig waren, dass der Mann einen goldenen Ohrring nahm, einen halben Schekel schwer, und zwei goldene Spangen für ihre Arme, zehn Goldschekel schwer.'

»Das ist verwirrend genug«, sagte ich zerknirscht. »Diese Wortwahl von einem goldenen Ohrring, einen halben Schekel im Gewicht, und zwei Armspangen, zehn Schekel schwer, wird einige Zeit in Anspruch nehmen, bis wir das enträtselt haben, besonders, da wir keine Idee haben, nach was wir suchen sollen.«

»Und ich denke«, bemerkte St. Hilary, »das wir jetzt unterbrochen werden. Hier kommt einer der Priester des Seminars, der wissen will, was wir hier in den Gärten zu schaffen haben.«

»Gentlemen«, fragte der Padre höflich, als wir uns mit einer Selbstverständlichkeit verbeugten, die zumindest meine eigenen Gefühle belog, »Sie suchen nach jemandem? Ich habe vor einem Moment gesehen, dass Sie dort durch das Tor da hinten hereingelassen wurden.«

»Ja«, log St. Hilary wieder. »Wir waren gerade dabei, ihre Glocke zu läuten. Wir sind aus Versehen zum Haus des Engels gegangen. Wir sind Architekten, und wir haben gehört, dass sie eine wundervolle, alte Sonnenuhr haben. Wir studieren seltsame Sonnenuhren in Venedig. Würden Sie uns ihre zeigen?«

Die Frage von St. Hilary war nicht so nutzlos, wie es den Anschein haben mag. Er ignorierte die Existenz eines fünften Orientierungspunkts und fragte gleich nach dem sechsten, einer Sonnenuhr, die wir bereits identifiziert hatten.

Die venezianische Szene der sechsten Stunde, wie man sich erinnert, war die des Dogen und des Dichters Petrarch, die auf dem Balkon am Markusplatz saßen, wo sie die Piazza überblicken und die Festivitäten unterhalb sehen konnten, symbolisiert durch die tanzenden Automatikfiguren, die zehn Schritte nach vorne und zehn Schritte nach hinten gingen.

Die dazugehörige Stelle in der Bibel hatten wir über einen ziemlichen Umweg Weg gefunden. Einige Tage zuvor, hatte ich zufällig die Entdeckung gemacht, dass das Gesicht des Dogen eine erstaunliche Ähnlichkeit mit dem Propheten Jesaja hatte, wie er auf einem der Mosaike im Markusdom aufgemalt ist. Natürlich jagten wir in Wirklichkeit jetzt nach der biblischen Geschichte dieser Stunde. Nach meiner Rückkehr von der Kirche schauten wir sofort nach einer Erzählung, in welcher der Prophet Jesaja als eine der Gestalten vorkommt.

Das Wortregister im hinteren Teil meiner Oxford Bibel verwies uns auf die Geschichte des jüdischen Königs Hiskia, der, tödlich krank, zu dem Propheten Jesaia kam und nach einem Zeichen suchte, dass er wieder seine alte Stärke erlangen würde. Und das war der Vers:

'Und Hiskia sagte zu Jesaja, wie wird das Zeichen sein? Und Jesaja sagte: Dies wird das Zeichen vom Herrn sein, dass der Herr das Wort, das er geredet hat, tun wird. Soll der Schatten an der Sonnenuhr zehn Stufen vorwärtsgehen, oder soll er zehn Stufen rückwärts gehen?'

Die kleinen Automatenfiguren, die zehn Schritte vor- und zurückgehen, symbolisieren offensichtlich die Vorwärts- und Rückwärtsbewegung des Schattens. Das war in sich bedeutungsvoll, und hätte uns einigermaßen sicher machen können, dass die Sonnenuhr der Orientierungspunkt war. Aber als wir, im Sinne dieser Geschichte, sorgfältig auf das Balkongeländer schauten, wie es auf unserer Aufnahme zu sehen ist, bemerkten wir sofort, dass die Schmiedearbeiten des Geländers aus verschlungenen Kreisen bestanden, die mit Querstreben durchzogen waren, die durch ihre Mitte gingen. Die Kreise standen für die Sonnenuhr, die Querstreben für die Nadel der Sonnenuhr.

Wir konnten ziemlich sicher sein, dass unsere Suche durch immer mehr definierte Grenzen eingeschränkt wird. Selbst ohne den Orientierungspunkt der fünften Stunde, durch den wir die Örtlichkeit der Sonnenuhr selbst hätten herausfinden können, war es keine übertriebene Hoffnung von St. Hilary, dass uns der Padre direkt zum Orientierungspunkt der sechsten Stunde führen könnte (immer vorausgesetzt, dass wir die Zahlen richtig interpretieren konnten).

Atemlos wartete ich auf seine Antwort. 'Lass die Götter gnädig sein; lass das Schicksal uns zulachen!'

Das hagere aber gut aussehende Gesicht des jungen Priesters erhellte sich mit einem liebenswerten Lächeln.

»Das wird mir eine Ehre sein«, sagte er, »wenn ich den amerikanischen Gentlemen unsere seltsame Sonnenuhr zeigen kann.«

»Entschuldigen Sie, englische Gentlemen«, log St. Hilary sofort, und er zwickte mich am Arm. Wir werden Venedig bald verlassen, um nach England zu fahren. Das ist die letzte und seltsamste Sonnenuhr, die wir hoffen, zu sehen.«

»Was ein abgebrühter und herrlicher Lügner dieser Antiquitätenhändler doch war! Aber dabei auch ein vorsichtiger. Wir wussten, dass wir in diesen Räumlichkeiten vielleicht bald mit einem Brecheisen und einer Abblendlaterne herumirren müssten, und es könnte sich als nützlich erweisen, ein Alibi parat zu haben.

Ich hatte erwartet, dass uns der Priester in eine dunkle Ecke des Gartens führen würde. Zu meiner Überraschung und Enttäuschung führte er uns direkt zum Haus. Zu was könnte eine Sonnenuhr unter einem Dach nütze sein? Die guten Väter des Seminars hatten sie höchstwahrscheinlich aus dem Garten geholt und sie hinter die Türen gebracht, damit die Schüler sie als interessante Kuriosität betrachten konnten.

»Vielleicht wissen Sie, Gentlemen«, sagte der Priester, als er auf der breiten und tristen Treppe voranging, die völlig ohne Verzierungen, aber blitzsauber war. »Dies war einst das Haus des venezianischen Astrologen Jacopo Bembo. Hierher, vor einigen zweihundert Jahren, kam die höchste Gesellschaft der venezianischen Aristokratie. Sie kamen, um ihn zu konsultieren – einer für einen Liebes-Zaubertrank, ein anderer, für einen Talisman gegen die Pest, ein anderer, vielleicht, für einen tödlichen Trank, um das Schlagen des Herzens eines Rivalen zum Stehen zu bringen.«

»Einige seltsame und dunkle Vorgänge, so nehme ich an, müssen in dem Laboratorium des Herrn Bembo stattgefunden haben«, fuhr er fort. »Und das ist es!«

Wir waren bis zum dritten Stock hochgekommen. Er warf die Tür zu einem großen Raum auf. Es gab einige Karten an den Wänden, Schreibtische und Stühle. Offensichtlich wurde es nun als Schulraum genutzt.

»Aber die Sonnenuhr?«, rief ich ungeduldig.

»Oh, die Sonnenuhr ist auf dem Dach. Haben Sie jemals gehört, dass sich eine Sonnenuhr an solch einem seltsamen Ort befindet?«

»Das ist genau, was es ist«, rief ich freudig aus, »das macht sie so einzigartig und interessant für uns.«

»Und diese Sonnenuhr auf dem Dach macht die Sammlung von seltsamen Sonnenuhren für uns ziemlich komplett«, fügte St. Hilary bedeutungsvoll hinzu.

Wir gingen einige Schritte den knarrenden Treppenabsatz entlang. Der ehrenwerte Padre öffnete eine Tür. Eine schmale Holztreppe führte aufs Dach.

»Wenn Sie mich entschuldigen, Gentlemen, werde ich vorgehen. Es gibt dort oben eine Klappe.«

»Und musste der große Astrologe Bembo aus diesem Loch herausklettern, wenn immer er die Stunde des Tages wissen wollte?«, fragte ich scherzhaft.

»Sie werden sehen«, antwortete der Priester mit einem Lächeln.

Als wir auf das Dach hinausstiegen, blendete uns der Schimmer der grellen Sonne auf der Bleibedachung. Wir schauen vergebens nach der Sonnenuhr.

Der Priester lief zu dem Geländer, wo eine Steinbank stand, und zeigte auf einen Kreis, der am Fuß der Bank tief in die Dachabdeckung eingeschnitten war.

»Ecco [hier ist sie], Signori, ihre seltsame Sonnenuhr, und auch die Tierkreiszeichen. Die Nadel der Sonnenuhr ist nicht mehr original. Diese ist vor langer Zeit kaputtgegangen. Aber die, mit der wir sie ersetzt haben, entspricht ganz genau der alten.«

St. Hilary und ich sanken auf die Knie, um sie noch näher zu betrachten, aber auch, um uns etwas zuflüstern zu können, ohne dass es der gute Vater hören würde. Der Antiquitätenhändler verfolgte eine Line mit seinem zitternden Zeigefinger.

»Hier«, flüsterte er«, ist die Stelle, auf die der Schatten um zwölf Uhr fällt. Zehn Grad zuvor muss sie in diese Richtung zeigen.«

Er schaute die imaginäre Linie entlang. Sie führte ihn über das Geländer, und in jede Richtung führte sie uns zu nichts Bestimmteren, als dem blauen Himmel.

»Aber bei zehn Grad nach zwölf«, flüsterte er heiser, »zeigt sie mit absoluter Genauigkeit zu diesem eckigen Turm, dem Turm von Noah und seiner Taube, verlass dich darauf. Wir haben auch den siebten Orientierungspunkt gefunden.«

Wir richteten uns wieder auf und wischten uns den Staub von den Knien. St. Hilary holte ein Notizbuch heraus und begann sich Notizen zu machen und die Sonnenuhr zu zeichnen, mit aller Zurschaustellung professionellen Interesses.

»Ja, das ist eine große Kuriosität, diese Sonnenuhr«, säuselte der Priester mir großer Befriedigung. Hier in den kühlen Sommernächten, nachdem der Schirokko [heißer Wind aus südlicher Richtung, von der Sahara kommend] den ganzen Tag über geblasen hat, komme ich oft hierher, um zu sitzen und über Dinge des Lebens und des Todes nachzudenken, wie es, ohne Zweifel, der alte Astrologe vor mir getan hat.«

»Sie haben von hier einen prächtigen Ausblick«, bemerkte ich beiläufig. »Was ist das für ein eckiger Turm dort drüben? Er scheint der Turm eines Palastes zu sein.«

»Ja, Signore, es ist der Turm des Palazzo Caesarini. Wenn Sie Architekten sind, müssen Sie diesen Palast sehen. Es ist voll mit interessanten Dingen.«

»Der Caesarini Palast haben Sie gesagt, nicht wahr?«, fragte St. Hilary nach, und kritzelte weiter in seinem Notizbuch.

»Genau. Gewöhnlich wird er Palazzo degli Scrigni genannt [wohl der Palazzo Contarini degli Scrigni gemeint].

»Der Palast mit den eisernen Tresoren!«, rief ich erschreckt.

»Die englischen Herren müssen verstehen, dass vor langer Zeit, als das Haus Caesarini das mächtigste in Venedig war, wie es auch heute noch eins der reichsten ist, der Prinz Caesarini zwei eiserne Tresore in die Wände seines Kellers einbauen ließ, um darin seine Schätze aufzubewahren.

Diese Tresore wurden von einem bestimmten Goldschmied und Uhrmacher namens da Sestos gemacht.«

»Ja, der Palast ist es wert, besucht zu werden. Versuchen Sie aber nicht, ihn sich vor Mittwoch anzusehen, denn an diesem Abend gibt es einen großen Maskenball und sie sind im Moment sehr damit beschäftigt, die umfangreichen Vorbereitungen zu treffen.«

»Oh ja, den müssen wir uns eines Tages ansehen«, sagte St. Hilary belanglos. Tausend Dank für ihr Entgegenkommen, Vater. Buona Sera.«

»Buona Sera, Signori.«

22. KAPITEL

Eine Glocke der Kirche San Salvatore schlug die siebte Stunde, als St. Hilary und ich den Campo überquerten, nachdem wir unserem freundlichen Priester eine Gute Nacht gewünscht hatten. Unsere Suche für diese Nacht war beendet. Ich war endlich frei, um Jacqueline zu sehen. Ich versprach meinem Freund, ihn früh am nächsten Morgen aufzusuchen, und hastete zum Grand Hotel.

Es war ein wunderbarer Tag. Nach Wochen vergeblichen Herumwanderns waren wir auf direktem Weg zu unserem Ziel. Aber Jacqueline? Würde sie mir vergeben, dass ich meine Verabredung nicht eingehalten hatte, selbst wenn ich ihr schließlich die Schatulle bringen würde? Ich hatte ihr schon fast ein vorsichtiges Versprechen ihrer Liebe abgenommen. Sie hatte die Türen zum Paradies weit offengelassen. Sie hatte mich auf eine Weise angesehen, dass der Blick alleine eine Einladung war, einzutreten, wenn ich wiederkommen würde. Und ich hatte bei ihr versagt.

Es war nutzlos, dass ich mich wieder rückversichern wollte. Wenn ich dieses kostbare Stelldichein nicht wahrgenommen hatte, war es denn nicht nur deshalb, weil ich ihr damit wirklich gedient habe? Aber wenn sie einmal die Gründe dafür erfährt, wird sie mir vergeben müssen.

Sie hatte mich gefragt, die Schatulle für sie zu finden. Sie hatte die Möglichkeit gefürchtet, dass der Herzog sie findet. Könnte sie dann etwas Falsches daran finden, wenn ich sie beim Wort genommen hatte?

Aber weil sie mich gefragt hatte, diese zu finden, hätte ich dann nicht sofort zu ihr gehen sollen, um ihr zu sagen, dass aus der verlorenen Hoffnung nunmehr eine Möglichkeit geworden ist. Anstatt dies zu tun, hatte ich zuerst an mich gedacht – an meinen eigenen, unwichtigen Triumph. Ich habe dem billigen Vergnügen nachgegeben, meine Theorie einem Test zu unterziehen.

Ich hatte sie in der Gesellschaft des Herzogs auf dem Balkon des Hotels gesehen, nur ein paar Stunden zuvor. Was wäre, wenn sie bei ihm die Sympathie und das Vertrauen gesucht hatte, die ich ihr nicht gegeben habe. Könnte ich mich beschweren, wenn sie das gemacht hat? Vor nur ein paar Stunden hatte ich darauf bestanden, dass die Suche sinnlos sei. Ich hatte sie gebeten, mir zu erklären, dass ich sie aufgeben soll. Ich hatte ihr gesagt, dass sie kein Recht dazu hatte, ihr Glück auf der wackligen Grundlage von Zufällen aufzubauen. Wenn sie den Herzog liebte, gab es nichts mehr zu sagen. Aber wenn sie mich liebte, hatte sie kein Recht, ihm zu gestatten, dass er ihre unüberlegte Bemerkung falsch auslegt. Lass sie den Gordischen Knoten durchschlagen, indem sie sich für mich entscheidet.

Das alles hatte ich schon zu ihr gesagt, aber meine Handlungen an diesem Nachmittag hatten meine Worte widerlegt. Konnte ich ihr diesen offensichtlich krassen Widerspruch erklären? Es sollte mir schwerfallen, zu beweisen, dass ich der loyale Liebhaber bin, den ich vorgab. Ich wagte kaum, daran zu glauben, dass sie zuhören und mir vergeben würde.

Ich war auf Vorhaltungen und Tränen vorbereitet. Es war nicht unwahrscheinlich, dass sie es sogar ablehnen würde, mich zu sehen, aber sie kam sofort in den Empfangsraum des Hotels, unmittelbar nach meiner Ankunft, und lächelte.

»Jacqueline«, ich hielt ihre Hand fest in den meinen. Mit den Augen bat ich um Vergebung.

Sanft zog sie ihre Hand zurück – nicht mit Ungeduld, auch nicht aus Verärgerung, aber ziemlich selbstverständlich, mit einem offenen Lächeln, das aber insgesamt freundlich und zugeneigt war.

»Was denkst du von mir, Jacqueline? Dass ich dir gegenüber versagt habe?«, murmelte ich.

»Ich muss mein Urteil darüber zurückstellen, bis du mir genau gesagt hast, warum du versagt hast«, rief sie eher gut gelaunt.

Ich fasste mir ein Herz. Ich stürzte mich in meine Geschichte. Ich nahm mein Vergehen nicht auf die leichte Schulter. Ich sagte ihr die Wahrheit, aber verschonte sie von den Details. Ich war zu erpicht darauf, sie sagen zu hören, dass sie mir vergeben würde, anstatt mich mit langen Ausführungen und Erklärungen aufzuhalten.

Ich erzählte ihr, dass ich auf unerwartete Hinweise gestoßen bin, die mich weit und so treffsicher in Richtung des Verstecks der Schatulle geführt haben. Seltsamerweise bin auf diese Hinweise in der Kirche gestoßen, während ich auf sie wartete. Einzelheiten, wie sie mir dämmerten und wie ich sie aufgespürt habe, würde ich ihr später geben. Jetzt musste es genügen, dass ich sie gefunden habe. Ich hatte sie nach dem Gottesdienst nicht getroffen, da ich der Versuchung nachgeben hatte, die Dinge einer Prüfung zu unterziehen. Das hatte mich den ganzen Nachmittag über beschäftigt. Ich erinnerte sie daran, dass sie auf große Eile drängte, diese Aufgabe zu erledigen. Jeder Moment war kostbar, ich musste dem Herzog zuvorkommen. Da ich sie genau bei ihrem Wort genommen habe, würde sie darin doch sicher keinen Fehler sehen? Ihr gesunder Menschenverstand müsste ihr sicher helfen, das zu verstehen, selbst wenn ich ihr einiger Ärger, vielleicht sogar Qualen verursacht hatte.

Das war mein Plädoyer. Aber selbst als ich es machte, fühle ich dessen Schwachstellen. Es blieb die Tatsache, dass ich sie verwundet haben musste. Es blieb die Tatsache, dass Liebe keine Logik hat. Sie ist eine so zerbrechliche Sache, dass sie verwelkt, wie eine empfindliche Pflanze, die einem kalten Zug ausgesetzt ist, wenn man sie nicht liebevoll beschützt. Sie verwelkt auch dann mit Sicherheit, wenn die Nachlässigkeit nicht beabsichtigt war. Und ich wusste, dass meine Nachlässigkeit, in einer bestimmten Weise, doch Absicht gewesen war. Meine vehementen Proteste klangen nicht glaubhaft.

Sie hörte sich alles an, ohne etwas zu sagen. Am Ende meiner Geschichte seufzte sie, und ich bemerkte, dass ihre Freude zum ersten Mal der Qual wich.

»Du vergibst mir?«, fragte ich demütig.

»Ja«, sagte sie langsam. »Wenn du dir sicher bist und fühlst, dass es nichts zu vergeben gibt, dann vergebe ich dir.«

Ich blieb still.

»Es wäre unangemessen, wenn ich dir Vorwürfe machen würde, dass du etwas nur zu gut machst, um das ich dich gebeten habe«, sagte sie sanft.

»Nur zu gut, Jacqueline?«, wiederholte ich bange.

»Vor einem Jahr, Dick, nahm ich an einem Essen teil, dass eine meiner Freundinnen veranstaltete, um ihre Verlobung bekannt zu geben. Es waren zwölf von uns anwesend. Das Gespräch am Tisch ging zu einem Theaterstück hin, das die meisten von uns gesehen hatten. Es war ein mittelalterliches Stück, der Held war ein Ritter, dem eine Aufgabe aufgetragen wurde – eine schwierige, anscheinend unmögliche Aufgabe, durch die Frau, der er seine Liebe geschenkt hatte. Einer von ihnen fragte, was ein Mann im 20. Jahrhundert tun würde, wenn ihm solche eine Aufgabe aufgetragen würde, durch die Frau, die er liebte. Würde er sie gehorsam versuchen? Oder würde er darüber spotten. Siehst du, es war eine Frage des Charakters.«

Diese Diskussion erschien mir ziemlich dumm zu sein, aber ich nickte ernst.

»Und irgendjemand schlug vor«, fuhr Jacqueline verträumt fort, dass es doch allgemein interessant wäre, diesen Test anzuwenden. Es wäre ein Liebestest. Wenn es dem Mann wirklich ernst wäre, würde er sogar das Unmögliche versuchen.«

»Also hast du diesen interessanten Test an mir ausprobiert!«, rief ich aus.

»Als du mir vor einigen Wochen gesagt hast, dass du mich liebst«, fuhr sie fort, »konnte ich nicht anders, als mich an diese Unterhaltung beim Mittagessen zu erinnern. Du hast dich selbst nicht in das günstigste Licht gerückt. Du hast zugegeben, dass du bisher nur gelebt hast, um dir selbst zu gefallen. Du hast anerkannt, dass du keine Ambitionen hast und keine Energie, um ein Vorhaben in die Tat umzusetzen.«

»Dass ich keine Ambitionen hatte, bevor ich dich getroffen habe, Jacqueline«, unterbrach ich sie.

»Solch einen Test bei dir anzuwenden, wäre kindisch, dachte ich damals. Aber ich hatte vorgeschlagen, dass du irgendetwas machst.«

»In der Zwischenzeit«, fügte sie langsam hinzu, während sie ihr Kinn auf ihre gefalteten Händen legte, »kam der Herzog da Sestos in mein Leben. Auch er gestand mir seine Liebe.«

»Ich verstehe, du erkanntest bei ihm die hauptsächlichen Eigenschaften, die du bei mir vermisst. Er hatte Ambitionen, und ich nicht. Er war kühn und voller Selbstvertrauen, während ich mir nur zu sehr im Klaren war, dass ich ein Durcheinander in meinem bisherigen Leben gemacht hatte. Ich kann mir vorstellen, dass die Gegensätze zwischen uns beiden nicht sehr zu meinen Gunsten ausfielen.«

Sie schaute mich flehentlich an.

»Mach es mir nicht zu schwer, Dick. Der Herzog interessierte mich, ich gebe es zu. Ich mochte ihn. Vielleicht habe ich ihn bewundert. Jeden Tag sah ich etwas von ihm. Er wurde in seiner Zuneigung nicht müde. Dann begann ich aber, darüber nachzudenken, ob er mich überhaupt liebt.«

»Warst du jemals sicher gewesen, dass er dich wirklich liebt, Jacqueline?«, fragte ich mit trauriger Stimme.

»Nein, nicht sicher«, antwortete sie standhaft. »Wie hätte ich das sein können? Du hast mich aber vernachlässigt. Du bist ohne Entschuldigung nach Rom gegangen. Du hast mir noch nicht einmal geschrieben. Und dann fragte mich der Herzog, ob ich seine Frau werden wollte, und das trotz all dieser Entmutigungen, die ich ihm in den Weg gestellt hatte. Trotzdem bewunderte ich ihn, war aber noch vorsichtig gewesen, ihm das zu zeigen.«

Sie richtete sich stolz auf, und schaute mich mit stiller Erhabenheit an.

»Du weißt nun durch mich, dass ich ihn gefragt hatte, etwas zu tun, das ziemlich unmöglich war. Wenn er mir die Schatulle bringt, die zu der Kiste gehört, die er mir gegeben hat, würde ich seiner Liebeserklärung zuhören – und nur dann.«

»Zu spät hatte ich erkannt, dass er meine Worte als Prüfung seiner Zuneigung empfunden hatte. Ich war entsetzt über diese Ermutigung, die ich ihm unbewusst gegeben habe. Ich hatte noch nicht einmal davon geträumt, dass er diese Herausforderung ernst nehmen würde. Jede Frau wäre aber von solch einem Vertrauen und diesem Mut berührt. Er war wirklich ein Mann, der es wagte, das Unmögliche zu versuchen. Dann dachte ich an dich.«

»Würde ich das Gleiche tun? Ist es das, was du meinst?«

»Das hatte ich mich wirklich gefragt, und es erschien mir fair – ich wollte, dass du weißt, was ich zu dem Herzog gesagt habe. Ich wünschte auch das du, weil – «

»Du einen ähnlichen Test mit mir machen wolltest?«, fragte ich sie.

»Und so«, fuhr Jacqueline fort und wurde dabei sehr bleich, »gab ich die ganze Sache in die Hände des Schicksals. Ich habe nach dir gerufen. Ich habe dir gesagt, dass auch du versuchen solltest, diese Schatulle für mich zu finden. Und wie hast du diese Aufforderung angenommen? So leicht, dass die letzten Worte, die du sagtest, so waren: 'Vielleicht finde ich Zeit, die Legende über die Uhr zu schreiben, als auch die Schatulle zu finden'. Du hast da nicht erkannt, dass diese Schatulle mit einer richtigen Krise in meinem, wie auch deinem Leben verbunden war. Du hast zweimal geschrieben, und das waren nur die kürzesten und unbefriedigendsten Nachrichten. Nicht unbefriedigend, weil sie nicht von Erfolg berichteten, sondern weil du die Suche in einer so nachlässigen Weise verfolgt hast. Und als ich dich endlich an diesem Morgen gesehen habe, hast du mir Vorhaltungen gemacht. Du wärst müde von der Suche. Sie hat dich gedemütigt. Sie hat dich von mir entfernt.«

Sie machte eine Pause und schaute mich flehentlich an. Ich blieb still.

»Du wolltest, dass ich dich von dieser Aufgabe entbinde und auch verstehen sollte, dass dies nur zu vernünftig war. Ich war bereit zuzuhören. Ich wollte das selbst so sehr verstehen. Ich war bereit, zu glauben – oh so erfreut, das zu glauben. Ich habe angespannt auf dich gewartet, aber du hast nicht auf mich gewartet. Was sollte ich denken? Ich habe dir keine Vorwürfe gemacht, dass du etwas zu gut machst, was ich dir aufgetragen habe. Aber, Dick, wenn du es nur auf eine andere Weise getan hättest!«

»Auf eine andere Weise?«, wiederholte ich stur, obwohl ich nur zu gut wusste, was sie meinte. »Was hat die Art und Weise für eine Bedeutung, solange die Sache erledigt wird, und auch erfolgreich erledigt wird?«

»Es bedeutet mir etwas, Dick, betonte sie freundlich. »Richtig oder falsch, ich habe das Recht, das so auszulegen, wie es mir gerecht erscheint.«

Sie drehte sich mit plötzlicher Leidenschaft zu mir hin. »Nehmen wir einmal an, dass ich unvernünftig war, sogar herzlos, indem ich dir diesen Test aufgebürdet habe, rücksichtslos und närrisch, weil ich mein Glück in die Hand des Zufalls gegeben habe.«

»Dennoch, wenn es den einen adelt und den anderen, durch sein eigenes Bekenntnis, herabsetzt, warum sollte ich die Ergebnisse nicht für sich selbst sprechen lassen? Warum sollte ich der Entscheidung des Schicksals nicht gehorchen? Schau, du hast mich, und nicht ich mich selbst, zu dieser Frage gebracht.«

»Oh, es hat den Herzog geadelt!«, konnte ich mir nicht verkneifen, zu sagen.

»Ja, geadelt« antwortete sie trotzig, »wenn stetige Liebe adelt.«

»Bitte, spotte nicht darüber. Ich habe mich gegen ihn gewehrt. Ich konnte mir nicht helfen, Vorurteile gegen ihn zu haben, vielleicht weil er ein Ausländer ist. Wenn ich mich für ihn interessiert habe, war es trotz meiner Vorbehalte. Er musste sogar jede Barriere niederreißen. Und, ich muss wiederholen, wir Frauen verhalten uns nicht gleichgültig gegenüber einen Mann, der sich geduldig an die Arbeit macht und mutig genug ist, diese Barrieren einzureißen – oder zumindest versucht, dies zu tun.«

»Jeden Tag, fast jede Stunde, wurde ich daran erinnert, dass er sich um mich kümmert. Hundert kleine Aufmerksamkeiten und Liebenswürdigkeiten, die nichts anderes bewirkten, als einer Frau zu gefallen, hat er mir gegenüber, ohne Unterbrechung, gezeigt. Während du, Dick, während du – «

Tränen kamen ihr in die Augen. Unbewusst streckte sie ihre Hände nach mir aus. Wenn ich nicht blind gewesen wäre – wenn ich nur diese lieben Hände zu mir gezogen hätte – wären mir vielleicht Stunden der Qualen erspart geblieben. Ich hätte sie dabei erobern können. Aber ich war verletzt, aufgebracht und stolz. Sie hatte mich nicht fair beurteilt. Ich vergaß dabei aber, dass ich ihr dazu auch nicht die Gelegenheit gegeben hatte.

»Und ich?«, sagte ich ruhig. »Ich habe das getan, nach dem du mich gefragt hast, vielleicht nicht in der anerkanntesten Weise, nicht so taktvoll, wie der Herzog da Sestos ohne Zweifel seine diskrete Suche durchgeführt hat. Allerdings kann ich nicht sehen, wie er in Venedig nach der Schatulle suchen kann, wenn er den Liebhaber in Bellagio spielt?«

Ich stand auf. Jacqueline schaute mich entrüstet an.

»Du bist ungerecht«, schrie sie voller Stolz, »und du liegst ziemlich falsch. Der Herzog da Sestos hat nicht nur die Zeit gefunden, mir zu zeigen, dass er mich liebt, aber an diesem Nachmittag hat er mir die Schatulle gebracht, die in die stählerne Kiste gehörte.«

»Er hat die da Sestos Schatulle gefunden! Unmöglich! Es ist unmöglich«, stammelte ich.

»Sie steht dort auf dem Tisch«, sagte sie mit stiller Erhabenheit.

Ich wankte zu dem Tisch, auf den sie gedeutet hatte, und sah die Schatulle.

Sie war eine erlesene Sache, eine Juwelenschachtel, die es wert wäre, das Diadem einer Prinzessin aufzubewahren. Sie war ungefähr so lang wie zwei meiner Hände, und ein wenig breiter als meine Handfläche. Zwei Medaillons befanden sich an den vorderen und hinteren Seitenplatten und ein Medaillon an jedem Ende. Die Gestaltung der Medaillons zeigte die Liebe der Götter in vergoldetem Silber eingepunzt. Der Deckel hatte eine Wölbung, und auf dieser Wölbung befand sich eine Nymphe, die von einem Satyr umarmt wurde.

Das Korpusmaterial war Ebenholz, dick mit Silber belegt, mit einem wundersamen Design. Ich hob den Deckel an. Es gab verschiedene Schubladen, die übereinander lagen. Ich sah aber keine Anzeichen von Federn oder einer Mechanik. Ich sah keine Fächer, welche die wertvolleren Juwelen des Dogen aufnehmen sollten. Ich schaute mir die Schatulle näher an. Ich sah sofort, dass die Handwerksarbeit nicht venezianisch war, sondern französisch. In keiner Weise entsprach sie der Beschreibung der Schatulle in den Tagebuchaufzeichnungen von Sanudo.

Ich verstand sofort. Der Herzog hat in seiner Verzweiflung aufgegeben, nach der Schatulle zu suchen. Es war viel einfacher gewesen, so zu tun, als hätte er sie gefunden. Jacqueline würde genauso bereitwillig daran glauben, dass dies die Schatulle ist, als wenn man ihr die richtige bringt. Selbst wenn sie irgendwelche Zweifel hätte, wie könnte, wie würde sie diese beweisen können? Er war ein cleverer Halunke, mein edler Herzog. Leider hatte er bei seiner List nicht an mein Dazwischentreten gedacht, oder vielleicht verachtete er mich so sehr, dass es ihm egal war.

Jacqueline schaute mich mit offenem Mund an, mit einem leichten Runzeln vor Angst auf ihrer Stirn. Ihre Augen schienen mich flehentlich zu bitten. Was wollte Sie, das ich sage? Sollte ich ihr sagen, dass der Herzog ein Lügner und Betrüger war? Oder wollte sie von mit hören, dass dies wirklich die Schatulle war? Wäre sie erfreut darüber, dies zu hören? Hatte er sie so sicher erobert?

»Sie ist sehr schön«, sagte ich teilnahmslos.

»Du bist überzeugt?«, fragte sie fast schüchtern?

»Sie ist es wert, in jedem Museum in Europa ausgestellt zu werden.«

»Du denkst, dass es wirklich die Schatulle ist?«, beharrte sie.

»Ich dachte, da wären Edelsteine in der da Sestos Schachtel«, sagte ich und lächelte sie an.

»Du beantwortest nicht meine Frage.«

»Kannst du mir sagen, wie der Herzog dieses – dieses schöne Spielzeug gefunden hat? Hat er dich wenigstens mit dieser Information beehrt?«

215

»Er hat sie mir erst heute Nachmittag gebracht. Ich war so – so überwältigt – oder sollte ich erstaunt sagen – dass ich kein Wort herausbrachte. Ich nehme an, er wird es mir sofort sagen.«

»Und nun was, da er sie gebracht hat, Jacqueline?«

»Wenn es die da Sestos Schatulle ist, muss ich mein Wort halten.«

»Dann kann ich dir versichern, dass sie es nicht ist. Hörst du mich, Jacqueline? Ich schwöre dir, das ist nicht die da Sestos Schatulle. Ich werde dir beweisen, dass der Herzog da Sestos ein Lügner und Betrüger ist, was ich schon lange von ihm vermutet habe.«

Sie schaute mich sprachlos an, aber ihr Gesicht hatte sich urplötzlich verändert. Mein Mut kam sprunghaft zu mir zurück. Ich fühlte instinktiv, dass der Tag noch nicht verloren war.

»Und wie will der geniale Mr. Hume diese herrliche Aufgabe bewältigen?«, fragte eine kalte Stimme.

Ich drehte mich um; der Herzog kam herein.

»Wie ich das machen werde, Herzog da Sestos?«, gab ich leidenschaftlich von mir. »Ich werde Miss Quintard die richtige da Sestos Schatulle bringen, bevor diese Woche zu Ende ist.«

»Sie versprechen viel, mein Freund«, spöttelte er.

Zum zweiten Mal, seit wir uns auf der Piazza getroffen haben, schauten wir uns fest an. Das sollte nun die letzte Auseinandersetzung sein.

»Wirst du noch diese Woche abwarten, Jacqueline, bevor du auf den Herzog da Sestos anhörst?«, bat ich sie.

Der Herzog machte eine beschwörende Geste. »Miss Quintard kann dies nicht tun, ohne zu zeigen, dass sie an meinem Wort zweifelt.«

Jacqueline schaute langsam von mir zum Herzog und dann wieder auf mich. Sie lächelte – sie gab mir ein Lächeln, dass mich in der letzten halben Stunde so verwirrt hat.

»Ich werde diese Woche abwarten«, sagte sie.

23. KAPITEL

In dieser Nacht konnte ich nicht schlafen, und in der Tat hatte ich über genügend Dinge nachzudenken, als ich sorgenvoll in meinem Bett lag.

Ich erinnerte mich aber mit Freuden an das seltsame Lächeln von Jacqueline, so vage und unergründlich, wie das unsterbliche Lächeln auf den Lippen der Gioconda [Mona Lisa], das so viel verbirgt. Meine liebe Jacqueline hatte gesagt, dass sie dem Herzog für eine Woche nicht ihr Versprechen geben wird. Diese Zusicherung war unendlich ermutigend. Ich hatte mein eigenes Versprechen aber im Beisein des Herzogs abgegeben, und so war es, nach allem, doch eine närrische Angeberei. Wenn er ein richtiger Bösewicht war, der versucht hatte, bei ihr einen solchen Eindruck zu machen, war er auch dazu fähig, mir Spione folgen zu lassen, die mir jeden Moment nachschnüffeln würden, in den nächsten, ereignisreichen Tagen. Das würde mein Versprechen ein schwieriger zu erfüllendes Unterfangen machen. Wie auch immer, die Worte waren ausgesprochen. Es gab nun nichts anderes mehr, als jegliche Mühe auf mich zu nehmen, die Schatulle zu finden. Ich musste um jeden Preis mein Wort halten.

Wenn die Schatulle wirklich existiert, und in Venedig ist, würde ich das erreichen, wie schwer es auch immer sein würde. Der Narrenmantel des Dilettanten rutschte von meinen entschlossenen Schultern. Ich war endlich aufgewacht. Jetzt würden wir sehen, wer der bessere Mann war – dieser katzenhafte Latino mit seinen stumpfen Krallen oder der Angelsachse mit dem Biss einer Bulldogge.

Als ich mir bewusst wurde, dass an Schlaf nicht zu denken war, zog ich mir meinen Morgenmantel an und ging ins

Wohnzimmer, um zu lesen. Es war mir aber unmöglich gewesen, mich auf das Buch zu konzentrieren. Ich warf die schweren Fensterläden auf und schaute hinaus.

Die Lichter des mysteriösen Venedig schimmerten schwach in der Entfernung. Der aufgegangene Mond schien auf den Campanile, den Dom und die Turmspitze. Hier und da sah man eine Gondel, ein schwarzer Fleck auf dem silbernen Wasser, der langsam vorbeiglitt. Ich hörte das Platschen der Ruder und Fetzen von einem Lied. Meine Aufmerksamkeit wurde plötzlich auf den Platz direkt unter meinem Fenster gelenkt, durch das durchdringende und andauernde Bellen eines Hundes.

Ein weißer Pudel sprang wie verrückt und voller Freude seinen Herrn an, der die größten Anstrengungen unternahm, das Tier ruhigzustellen. Er verfluchte wortreich den Hund mit den bösen Geistern seines Vaters und Großvaters und allen Verwandten und Vorfahren. Zuerst hatte mich diese kleine Vorführung nur amüsiert, aber meine untätige Belustigung wich einem eifrigen Interesse, als ich plötzlich hörte, wie mein Name erwähnt wurde. Als ich mich hinauslehnte, sah ich Pietro, meinen Diener, der sich mit dem Herrn des Hundes unterhielt. Ich versuchte vergeblich, zu erfahren, über was sie sich unterhielten, aber fast unmittelbar danach verschwanden der Hund und sein Herr wieder im Schatten der Wand entlang des Kais.

Ich hatte das Gesicht des Burschen nicht gesehen, aber irgendetwas an seinem Gang schien mir vertraut zu sein. Ich pfiff, um die Aufmerksamkeit von Pietro zu erregen, und winkte ihn herbei. Bevor er in mein Zimmer kam, hatte ich mich daran erinnert, wer dieser Herumtreiber war. Ich war davon überzeugt, dass es kein anderer sein konnte, als der Diener des Herzogs, den St. Hilary und ich draußen gesehen hatten, in der Nacht, als der Herzog seinen denkwürdigen Besuch in meinen Räumen gemacht hatte.

»Pietro«, sagte ich und schaute ihn fest an, »du bist in meinen Diensten, seit du die Strafanstalt ein paar Schritt den Kai hinunter verlassen hast. Es war wegen einer Messerstecherei, glaube ich.«

Pietro nickte.

»Ja, Monsignore, es war eine Messerstecherei. Ich war aber unschuldig wie ein dreijähriges Baby, das schwöre ich Ihnen bei allen Heiligen im Kalender, eingeschlossen die gesegnete Jungfrau selbst.«

»Pietro«, ich war ein halbwegs guter Herr. Du hast viele gute Lira verdient.« Ich hielt bedeutungsvoll inne.

Er bedankte sich überschwänglich. 'Der Himmel sei Zeuge, dass er treu und ehrlich war'.

»Dann wirst du mir auch sagen, mit wem du vor ein paar Minuten gesprochen hast. Wirst du mir genau sagen, was er zu dir gesagt hat?«

Natürlich würde er das, und mit einer über Jahre kultivierten Leichtigkeit, log er, fröhlich und genauso fließend, wie St. Hilary persönlich.

»Der Mann, Monsignore, ist ein Cousin des Mannes meiner Schwester. Er ist Concierge im Palazzina Baroni am Rio Santa Barbara. Vielleicht haben Sie den wundervollen Pudel gesehen, der der Principessa Fini gehört, die in diesem Palast wohnt. Ich kann Ihnen versichern, Monsignore, das die Prinzessin den Pudel mit dem Wollmäntelchen, das mit Bändern am Schwanz festgebunden ist, so sehr liebt, als wäre er ihr eigener Sohn.«

»Dieser Pudel, müssen Sie wissen, hat einen Verstand, der großartig ist und gleichzeitig mit einer Schlechtigkeit versehen, die beklagenswert ist. Er rennt fortwährend von seiner Herrin weg. Heute Nacht ist er auf eine Reise mit dem Dampfschiff gegangen – oh, er hat eine wirklich bemerkenswerte Intelligenz. Er kam hierher, um einen anderen Hund zu besuchen, aber das ist ein Hund von so gewöhnlicher Art, dass es schauderhaft ist. Deshalb ist der Concierge gekommen und hat dem boshaften Biest hinterhergeflucht, und ohne Zweifel hat der Monsignore das Bellen gehört.«

Es war sinnlos, zu versuchen, etwas aus Pietro herauszukriegen. Er log, weil er es liebte zu lügen, und dann war sicher auch noch das Geld, das in seine Hände gelegt wurde.

»Das reicht«, sagte ich ernst.

Am Morgen hatte ich St. Hilary nichts von meiner dummen Angeberei beim Herzog erzählt, noch sagte ich etwas davon, dass der Herzog meinen Diener bereits bestochen hatte, mir nachzuspionieren. Wenn er davon gehört hätte, würde er, da war ich mir sicher, unsere Suche nach der Schatulle verschieben, bis die Woche vorüber war. Das würde überhaupt nicht in meine Pläne passen. Ich erzählte ihm aber von der falschen Schatulle des Herzogs. Er war erfreut über diese Wendung in dieser Sache.

»Also hat unser Freund, dieser Komödiant, die Schatulle ganz allein gefunden«, rief er aus und rieb sich vor Freude die Hände. »Sein Ziel ist natürlich, dass er die Zustimmung von Miss Quintard bekommt, ihn zu heiraten. Nachdem er das jetzt erreicht hat, wird er aufhören, uns zu belästigen, falls er sich überhaupt mit uns befasst hat. Ich habe aber vergessen, dass du, mein lieber Hume, das nicht als gute Nachricht auffasst«, fügte er heuchlerisch hinzu und fasste mich dabei an den Händen.

»Wenn das wahr wäre, dann wäre Miss Quintard schon mit dem Herzog verlobt«, antwortete ich eher beiläufig. »Ich könnte dir jetzt sagen, dass du und die Schatulle zum Teufel gehen können. Aber ich weiß, dass sie eine mindestens eine Woche warten will, bevor sie sich an ihn oder einen anderen bindet.«

»Großartig, mein lieber Hume, großartig! In einer Viertelstunde bin ich angezogen. Eine Tasse Kaffe und eine Zigarette, und wir setzen unsere Suche fort.

Der Cesarini Palast [wieder der Palazzo Contarini degli Scrigni gemeint], wie jeder Tourist weiß, ist einer der schönsten und historischsten Paläste in ganz Venedig. Sein wesentliches Unterscheidungsmerkmal ist jedoch der viereckige Turm, der hinter ihm steht. Der Turm, so frei von Ornamenten und behäbig wie die Verteidigungstürme, die man in Regensburg sehen kann, ist nicht mehr als eine Hülle für die innen befindliche Treppe. So hässlich, wie er ist, dient er doch dazu, den Kontrast mit der Leichtigkeit und Feinheit der gotischen Meisterarbeit an der Fassade des Palastes hervorzuheben. Fünf Bögen, reichlich verziert mit eingemeißeltem Blattwerk, stützen die oberen Stockwerke. Die Loggia darunter ist vorzüglich proportioniert. Die breiten Marmorstufen, die zum Rand des Wassers führen, verlängern die gesamte Breite der Palastfront. Die spitzen Fenster, maurisch geprägt, in ihrer Überfülle der Steinmetzarbeiten, sind beachtenswert, wegen der Anzahl grotesker Biester, mit monströsen Schwänzen und herausstehenden Zungen, die in den Nischen zwischen den Fenstern eingehauen sind.

Unser Interesse an dem Palast war aber auf den Turm gerichtet. Von diesem Turm aus, so erwarteten wir, würden wir zum achten Orientierungspunkt geführt.

Wir dachten, dass die eisernen Tresore höchst wahrscheinlich keinerlei Bedeutung haben. Es gibt sicher keinen vorstellbaren Grund, warum der Uhrmacher einen so öffentlichen Platz für ein Versteck ausgewählt hätte. Eigentlich sollte die Schatulle nicht bereits hier im Caesarini Palast sein, und dennoch erwarteten wir, dass wir sie hier finden könnten. Bei erstem Nachdenken scheint das keinen Sinn zu machen. Aber warum sollte er die Juwelen in einem anderen Haus verstecken? Das Vorhandensein der eisernen Tresore suggerierte die Antwort.

St. Hilary hatte in den Annalen der Inquisition gelesen, dass die letzte Arbeit, die Giovanni gemacht hatte, die Herstellung dieser Tresore war. Als er sich dann entschlossen hatte, die Schatulle zu stehlen, musste er an ein Versteck gedacht haben. Er wusste, dass sein eigenes Haus unmöglich dafür geeignet war. Der Mechanismus dieser Tresore war kompliziert und empfindlich. Der Uhrmacher würde folglich dauernden Zugang zum Palast haben. Vorausgesetzt, es wäre ihm gelungen, die Schatulle dort zu verstecken, könnte er die Steine nach Belieben wegholen. Hier also, wenn diese Theorie richtig ist, hatte sein Sohn die Schatulle versteckt. Als der Assistent seines Vaters hatte er natürlich auch er Zugang zum Palast.

St. Hilary und ich läuteten die Glocke an der Seitentür des Palastes an der Calle Bianca Madonna. Das war ein weniger auffälliger Eingang als der am Canale Grande. Der Majordomus [Hausmeier], der von uns herbeigerufen wurde, missbilligte entschieden unsere bescheidene Bitte, die Erlaubnis zu bekommen, den seltsamen Turm und die Tresore zu besichtigen.

»Nein, Signori« protestierte er, und drückte seine Brust heraus, die mit goldener Litze glänzte. »Das ist nicht die Zeit für Touristen, den Palast zu besichtigen.«

»Touristen!«, rief St. Hilary empört. »Habe ich Ihnen nicht erklärt, dass wir namhafte Architekten sind?«

»Weil der ganze Palast in Unordnung ist«, fuhr der Majordomus fort, und schloss seine Augen, als hätte er den Einwand nicht gehört. »Morgen Nacht veranstaltet die Prinzessin Caesarini ihren berühmten Maskenball. Da können Sie sicher verstehen, dass das nicht die Zeit ist, den Palast zu besuchen.«

»Aber könnten wir wenigstens die Tresore sehen. Sie interessieren uns ganz besonders.«

»Die Tresore, Signori! Oh je, oh je, sie sind schon vor langer Zeit im Schmelzofen gelandet.«

»Aber der Turm – den könnten wir besuchen, ohne Sie zu stören. Wir schreiben ein Buch über seltsame Türme.«

Der Mann zuckte stur mit den Achseln. »Vielleicht nach der morgigen Nacht. Ich weiß nicht. Bestimmt aber nicht bis dahin. Und selbst dann könnte unsere Prinzessin kein Interesse daran haben, dass die Gentlemen kommen. Sie fährt am nächsten Tag nach Paris, und der Palast wird geschlossen.«

Das waren alarmierende Nachrichten.

»Geschlossen!«, beharrte St. Hilary, und dabei war es unmöglich den Ton seiner Stimme misszuverstehen. »Geschlossen! Und bleibt dann keiner da, um aufzupassen?«

»Aber natürlich«, antwortete der Diener argwöhnisch. »Ich bleibe, und auch all die Diener; und dann, Gentlemen, lassen Sie mich sagen, dass niemand, nicht einmal der König, hereinkommen könnte, ohne dass die Prinzessin es genehmigt.«

Ich empfand den Eifer von St. Hilary als ziemlich indiskret, aber er war keinesfalls verlegen, und er fuhr fort.

»Das wird sicher ein exklusiver Ball sein, nehme ich an?«

»Ja, es wird ein sehr exklusiver Ball sein, bei dem alle Engländer und Fremden ausgeschlossen sind«, schrie der Diener in garstigem Ton und schloss die Tür vor unserer Nase.

»Denkst du, dass dein Verdacht und die vulgäre Neugier angebracht waren, St. Hilary?«, fragte ich verärgert, als wir von der Türe weggingen.

»Oh, ein dicker Kopf mit einem langsamen Verstand«, gab er mit ausgelassenem Humor zurück. »Denkst du, ich habe meine Fragen ohne Grund gestellt? Ich wollte wissen, ob es besser für uns ist, unsere Nachforschungen bis nach diesem kostbaren Ball zu verschieben. Ich habe sehr deutlich in Erfahrung gebracht, dass dies ziemlich unnütz wäre. Wenn die Madame Prinzessin direkt danach nach Paris geht, ist es nicht wahrscheinlich, dass sie sich den Kopf darüber zerbricht, ob sie Touristen oder Architekten die Erlaubnis gibt, ihren Palast zu untersuchen. Und was das anbelangt, uns den Weg hinein zu erzwingen, hast du gehört, was der Mann gesagt hat. Für meinen Teil ziehe ich es vor, den Palast als Gast zu betreten. Wir werden uns des Brecheisens und der Abblendlaterne nur als letztes Mittel bedienen. Wir müssen natürlich auf diesem Ball gehen.«

»Ohne Einladung und ohne Kostüme?«

»Mit Sicherheit nicht. Und die Kostüme, die ich für dich und mich im Sinn habe, passen unseren Figuren wie angegossen. Du, das behäbige Schwein, wirst wie der Doge strahlen. Was mich anbelangt, werde ich mich mutig in einen Wams und Strumpfhosen kleiden, wie der Hauptmann der Garde.«

»Und stell dir vor, in diesem Raum dort hinten, hängen in diesem Moment wahrscheinlich unsere Kostüme.«

St. Hilary warf seinen Kopf in Richtung eines Fensters von prächtigen Räumlichkeiten im zweiten Stock.

»Werden wir uns Kostüme in einem Laden leihen?«

»Was!«, schrie er vor Schreck. »Du hast für drei Jahre in Venedig gelebt und verwechselst die Gemächer einer der aristokratischsten Familien in Venedig mit einem Kostümverleih? Fie, fie! [Pfui! Pfui!].«

»Du wirst doch nicht etwa die Kostüme und Eintrittskarten stehlen?«, rief ich verzweifelt. Die Methoden von St. Hilary waren immer so wunderbar direkt und skrupellos.

»Ich werde sie nicht stehlen. So wie es steht, werde ich sie von zwei galanten Kavalieren herauspressen, die ich flüchtig kenne, und die Karten aus den Taschen nehmen. Oh, sie werden mir gerne den Gefallen tun, diese jungen Gentlemen.«

»Aber warum?

»Warum mein Freund? Nun, weil ich zufällig ein kleines Stück Papier besitze, dass gemeinsam von den noblen jungen Leuten unterschrieben wurde.«

»Wenn ich nun die Notwendigkeit, dieses Papier einzulösen, für einen Monat oder zwei verschiebe, oder wenn ich die Notwendigkeit, dieses Papier einzulösen, ganz lösche, wären sie dann nicht äußerst dankbar?«

Wie ich schon sagte, die Methoden von St. Hilary waren immer so wunderbar direkt uns skrupellos.

24. KAPITEL

St. Hilary und ich lächelten uns vor dem Wandspiegel in meinem Schlafzimmer an. Es erschien mir ziemlich unmöglich, dass man uns so erkennen würde.

Als Hauptmann der Inquisitionsgarden war St. Hilary einzigartig. Seine schwarzen Augen, so hell und durchdringend wie von jedem Säbelrassler, glühten durch die Samtmaske, mit einer Wildheit, die erschreckend war. Seine Schlankheit und Beweglichkeit, die aufrechte Fortbewegung seines kompakten und sehnigen kleinen Körpers, der graue Kinn- und Schnauzbart, alles typisch für St. Hilary, waren auch unverkennbar für seine Rolle, die er angenommen hatte. Nichts könntc fremdländischer oder italienischer aussehen.

Er war auch mit mir zufrieden. Eine prachtvolle Robe aus altem, genuesischem Samtstoff, umrandet mit Hermelin, die Dogenmütze, mit einem großen Stein, der an der Vorderseite glänzte, machte aus mir eine höchst eindrucksvolle Person. Die Samtmaske vervollständigte meine Verkleidung. Wir würden, oder würden nicht, für zwei galante, junge Adlige gehalten, deren Kostüme St. Hilary von ihnen erpresst hatte, aber wenigstens waren wir nicht als wir selbst zu erkennen.

Und so, aufrecht sitzend, damit wir unsere prächtigen Kostüme nicht verknittern, fuhren wir in den Abend zum Ball im Caesarini Palast.

Von kräftigen Paddelschlägen vorangetrieben, fegten wir den Canale Grande hinunter. Es war nicht möglich, sich ohne Temperament und Hingabe in dieses Abenteuer zu stürzen, aber unser Besuch auf dem Ball war doch sehr verwegen. Der Ball selbst war aber nur eine Lappalie für uns. Wir waren dabei, einen Palast auszurauben. Es passiert nicht alle Tage, dass jemand solch einen Plan ausführt, der einem die Nerven bis zum Zerreißen spannt.

Wir glitten leise und geschwind den breiten Strom hinab. Die flackernden Laternen anderer Gondeln tanzten um uns herum. Jeden Moment überholten wir Gäste, oder wurden von ihnen überholt. Jeder Kanal spuckte seinen Beitrag zum Ball aus, ein Doge, ein Mönch, eine Königin, ein Ritter. Als wir uns dem Palast näherten, berührten sich die Gondeln fast, so dicht war das Gedränge. Wie eine kompakte Masse wurden wir in Richtung der glitzernden Lichter in der offenen Halle des Caesarini Palasts getrieben.

Langsam, eine nach der anderen, wurden die Gondeln geschickt an die Marmorstufen gebracht. St. Hilary fasste mich am Arm. Er flüsterte mir die letzten Instruktionen zu. Ich war nicht erfahren in solchen Dingen.

»Wir müssen so eng wie möglich zusammenbleiben. Aber erst müssen wir uns trennen. Die Hauptsache ist, dass wir den Weg zum Turm finden. Wenn du den Weg dorthin gefunden hast, gib mir ein Zeichen, indem du deinen Zeigefinger leicht auf deinen Oberschenkel legst. Umgekehrt würde ich dir zeigen, dass ich ihn gefunden habe, indem ich den gleichen Finger auf den Griff meines Dolches lege. Wenn wir einmal im Turm sind, können wir unseren nächsten Schritt überlegen. Es wird wahrscheinlich so sein, dass er für die Gäste vom Garten aus geöffnet ist. Ein dunkler Turm ist ein vortrefflicher Rückzugsort für Liebespaare.«

Als St. Hilary diese Worte in mein Ohr flüsterte, wurde meine Aufmerksamkeit durch die Gondel abgelenkt, die an unserer Seite schwamm. Seine Ruderer hatten vergeblich versucht, in unseren Weg hinein zu rudern. Unsere eigenen Gondolieri waren nicht bereit, Platz zu machen. Bevor ich eingreifen konnte, hatten wir in die andere Gondel gegen die bunten, roten und blauen Posten gedrängt, die sich vor jedem venezianischen Palast befinden.

Sofort wurden die Vorhänge unter dem Dach der Nachbargondel zur Seite gezogen. Der Kopf eines Kardinals kam heraus. Ich vergaß, dass ich in einem Kostüm steckte, und zog mich deshalb zurück, um nicht gesehen zu werden. Der Kardinal war der Herzog da Sestos. Er hatte seine Maske gelüftet, während er unsere Männer anschrie, Platz zu machen. Beeindruckt von der herzoglichen Krone an seiner Gondel, hielten sich unsere Gondolieri zurück. Die andere Gondel schoss nach vorne und machte an den Stufen halt. Der Herzog stieg dort aus und hielt seine Hand zwei Ladys entgegen. Ich erkannte sie als Mrs. Gordon und Jacqueline, trotz ihrer Masken und ihrer Verkleidung.

Als wir an der Reihe waren, hielten wir am Rand des Wassers an. Diener, bekleidet in den Kostümen der Gondolieri des 15. Jahrhunderts, standen in einer Reihe, um uns zu empfangen. Zwei von ihnen stabilisierten die Gondel, ein anderer brachte eine grün bespannte Planke, der vierte bot respektvoll seinen Arm an. Ich arrangierte meine Robe um mich herum, und wir traten von der Planke auf den purpurfarbenen Teppich.

Wir händigten unsere Karten an unseren 'alten Freund', den Majordomus, aus, der sich vor uns viel höflicher verbeugte, als er das am Tag zuvor gemacht hatte. Langsam gingen wir die Halle entlang, die von tausend Kerzen erleuchtet war. Ich bemerkte mit Befriedigung, dass die Glastüren, die zum Garten führten, weit offenstanden. Wir würden also keine Schwierigkeit haben, in den Turm zu gelangen, es sei denn, seine Türen wären verschlossen. Der volle Mond fiel mit einem weichen Licht auf das Spiel der Fontänen, die Statuen, und die nackten, weißen italienischen Bänke. Wir trauten uns aber nicht, in den Garten zu gehen.

Mit einem Mephisto, der sich dicht an meine Seiten drängte, und St. Hilary auf der anderen, dem Gefolge einer Lucretia Borgia, das vor mir her zog, und unter dem Druck einer Lanze von Don Quijote, die mir in den Rücken stach, ging ich die Treppe hoch, die eindrucksvoll und edel in ihren Ausmaßen war.

Auf ihrer gesamten Länge, und in bestimmten Abständen, befanden sich Büsten von großen Vorfahren des Hauses Caesarini. Sie standen in Nischen in der Wand und auf der Balustrade an jeder Wendung.

Die große Treppe endete an einem großen, quadratischen Saal. Von einem lebensgroßen Bild schaute Prinz Caesarini zu Pferde auf uns herunter. Eine Reihe von Dienern stand an den zwei

Falttüren, die in die Halle führten. An jedem Ende des Saals gab es die üblichen Empfangsräume und Kartenspiel-Zimmer.

Dieser Saal im Palast Caesarini, einer der imposantesten in ganz Venedig, sowohl in seiner Größe, als auch in seiner Ausführung, ist ein großer, viereckiger Raum, dessen eine Seite an den Canale Grande angrenzt und die andere an einen kleinen Seitenkanal. Fast zwei Drittel des Raums erheben sich über den Rest des Fußbodens, und dorthin gelangt man über drei Marmorstufen.

Der Eindruck, den man beim Eintreten hatte, war von unbeschreiblichem Glanz. Man hatte bereits mit dem Tanzen begonnen, auf diesem riesigen Podium. In jedem Moment kam ein Paar die Marmorstufen herunter, und ein anderes ging hoch. Die Luft war von Wohlgerüchen erfüllt. Die seltsamen Kostüme wurden von zahlreichen Spiegeln reflektiert, die in Abständen in die Wand zwischen den Wandteppichen eingelassen waren.

Durch die Samtmasken leuchteten dunkle und verträumte Augen, die verführerisch zwinkerten und herausforderten. Bereits zu diesem Zeitpunkt flohen die Nymphen mit leichtem Lachen, und ein Satyr folgte ihnen mit gierigen Augen. Man hatte das Gefühl, das hier die Freiheiten sehr weit gehen werden, bevor man die Masken beim Abendessen abnimmt.

»Ich vermisste St. Hilary. Jacqueline und der Herzog tanzten, und ich sah ihnen gespannt zu. Auf was für eine verrückte Sache hatten sich St. Hilary und ich heute Nacht eingelassen? Wir hatten uns den Einlass erzwungen, indem wir zwei schwache, junge Narren tyrannisiert hatten, die sicher ohne Zweifel bereit waren, uns auffliegen zu lassen. Wenn man uns entlarvt! Und das vor Jacqueline! Wir waren sicher keinen Deut besser, als zwei Diebe, deren Augen fest auf die silbernen Löffel gerichtet sind.

Plötzlich wurde an meinem Arm gerüttelt. St. Hilary stand neben mir. Seine Augen tanzten. Sein Zeigefinger ruhte leicht am Griff seines Dolchs. Er ging voraus, direkt zu einem der kleinen Zimmer. Er hielt vor einem Gemälde von Tizian an [berühmter venezianischen Maler]. Ich starrte auf einen Giorgione [berühmter italienischer Maler der Renaissance, geboren im Veneto, verstorben in Venedig]. Er flanierte weiter. Wir gingen durch ein halbes Dutzend von kleinen, quadratischen Zimmern. Wir betraten das letzte von ihnen, in dem sich mehrere Männer um eine Bowleschüssel herum versammelt hatten. St. Hilary ließ sich in einen Stuhl in der Ecke fallen. Ich nahm den Stuhl neben ihm. Plötzlich, als uns ein lautes Lachen von den Männern an der Bowleschüssel erreichte, lehnte er sich vor und tat mit der Hand so, als würde er mir etwas aufzeigen.

»Ich weiß, wo die Schatulle ist.«

Ich fuhr aufgeschreckt hoch.

»Ich habe sie vom Turm aus verfolgt.«

»Du hast sie vom Turm aus verfolgt!«, wiederholte ich ungläubig.

»Bis zu diesem Zimmer«, flüsterte er. Erinnerst du dich an die Szene der siebten Stunde?«

»Und am siebenundzwanzigsten Tag des Monats war die Erde ganz trocken«, murmelte ich.

»Genau. Die siebenundzwanzig Stufen von der Spitze des Turms bringen einen zu einer Tür, die zu einem Gang führt. Und die Tür auf der Gegenseite ist diejenige, rechts neben deinem Stuhl.

»Und woher weißt du das?«, fragte ich und starrte auf sie hin.

»Vor ein paar Minuten ist eine Lady ohnmächtig geworden. Man hatte sie durch diese Tür weggebracht, um frische Luft zu schnappen. Während die Tür offen war, habe ich die Gelegenheit gut genutzt und vorsorglich den Schlüssel der zu der Tür führt, die sich zum Turm hin öffnet, in meine Tasche gesteckt.

Ich schaute mich eifrig nach dem achten Orientierungspunkt um. Die vier Wände gaben mir keinen Hinweis.

»Die bemalte Decke«, regte St. Hilary an.

Ich schaute nach oben. Die Bemalung der Decke stellte einen König dar, der von seinem Thron aufstieg, um eine Frau zu begrüßen, die ihm ihre Ehrerbietung erwies. Ich erkannte die Gestalten als diejenigen von König Salomon und der Königin von Saba. Der Thron hatte sechs Stufen. Am Fuß des Throns lagen zwei Löwen.

»Und nun, wo wir jetzt den achten Orientierungspunkt gefunden haben?

»Die Zahlen sind sechs und zwei«, flüsterte er. Dann sagte er laut, »sollen wir in den Ballsaal gehen?«

Ich ergriff den Arm von St. Hilary. Wir gingen durch eine Reihe von Empfangsräumen, und immer wenn wir die einzelnen Räume betraten, fühlte ich den mir bekannten und außerordentlichen Druck. Nachdem wir sechs dieser Räume durchquert hatten, waren wir wieder im Saal.

Das sittsame Tanzen war zu einem ungeordneten Spektakel geworden, zu einer Darstellung von kindischer Hemmungslosigkeit und Verrücktheit. Von den Jüngeren in der venezianischen Aristokratie hatte jeder einen klassischen

Charakter gewählt. Arm in Arm tobte ein wilder Zug von Schäfern, gekrönt von einem Rosenkranz, Bacchanten [Teilnehmer einer Kultfeier des Dionysos] und Göttinnen auf dem Podium herum. Da gab es Jason mit seinem goldenen Vlies, Thetis mit ihren Seenymphen, Orpheus mit ein paar Turteltauben an seiner Hand.

Rund und rund in dem großen Ballsaal herum, rauf und runter auf den Marmorstufen, fegte der Zug der feiernden Menschen. Plötzlich kam alles zu einem abrupten Halt. Mit einem wilden Schrei stürzten sie sich auf die lachenden Zuschauer. Jeder Jack wählte eine unpassende Jill, jede Jill ihren Jack [Jack und Jill wurden schon im 16. Jahrhundert in England als Synonym für Junge und Mädchen benutzt]. Apollo fing die Catherine di Medici; Pamona den Falstaff; Hebe den Mephisto.

Es war zu spät für St. Hilary und mich, um zu fliehen. Eine Kette von Blumen, geschickt von weißen Händen geworfen, machte uns zu Gefangenen. St. Hilary durch Diana, mich durch eine Meerjungfrau. Die groteske Horde formierte sich wieder zu einem Korso. Bei den Fanfarenklängen und dem Schlagen der Trommeln, nach einer weiteren Runde im Ballsaal, gingen sie zum Essen. Da würde sich natürlich jeder demaskieren.

Es war unmöglich, sich zurückzuziehen. Jeder Schritt brachte uns näher zu Entlarvung und Schande. Diese Erkenntnis, für sich schon unangenehm genug, wurde doppelt peinlich, als meine angeheiterte Gefängniswärterin schüchtern in mein Ohr flüsterte, dass keine Verkleidung der Welt sie hinters Licht führen würde. Es war augenscheinlich, dass sie mich für den Mann hielt, dessen Kostüm ich trug, und dass es schon zärtliche Momente zwischen diesen beiden gegeben haben musste. Ich stotterte eine unzusammenhängende Antwort.

Mit einem elendigen Gefühl im Magen folgte ich St. Hilary und seiner Verliebten.

Aber genau zur elften Stunde kam eine Gnadenfrist. St. Hilary hatte seine heitere Unbekannte am Esszimmer vorbeigeführt und dann die Treppe hinunter. Ich folgte seinem Beispiel. Am Fuß der Treppe gingen wir nach rechts und kamen so in das Mondlicht des Gartens. Die Schatten des Elysium [das selige Feld, die Insel der Seligen in der griechischen Mythologie] hätten für unsere beunruhigten Geister nicht erfreulicher sein können, als die dunkle Laube vor uns, die mit gelbem Jasmin und der Heckenkirsche überwachsen war.

Das Mädchen an meiner Seite war aber bereits misstrauisch geworden. Sie hatte kein Wort gesprochen. Sie zog sich erschreckt zurück. In diesem Moment hatte auch St. Hilarys Diana ihren Fehler bemerkt. Beide Mädchen stießen einen hysterischen Schrei aus und rannten gemeinsam auf dem Weg zum Palast zurück, während St. Hilary ihnen mit spöttischem Lachen folgte.

Wir stürzten uns in die Gartenlaube. Wir waren gerettet.

25. KAPITEL

Wir lauschten für einen Moment. St. Hilary steckte sich eine Zigarette an.

»Du Idiot!«, kicherte er, »wie kann man ein vernarrtes Paar stören. Es hätte Küsse geben können, wer weiß?«

»Aber warum hat sie dich nicht früher erkannt?«

»Weil ich eine Figur habe, die der ihres Liebhabers nicht unähnlich ist, nehme ich an. Und was die Stimme anbelangt, habe ich nicht sehr oft das Quieken der noblen Grafen gehört? Und bin ich nicht gelegentlich ein guter Imitator?«

»Aber ich habe doch sicherlich nicht dem anderen noblen Grafen ähnlich gesehen?«

In dieser wulstigen Kleidung, mit dem Bart und der Maske, könntest du sowohl ein Engel des Lichts oder der wahre Teufel zugleich sein. Ich bin froh, dass du schlau genug warst, nicht zu sprechen.«

»Und nun?«, fragte ich ungeduldig.

»Nachdem wir den Riegel dieser kleinen Gartentür in der Mauer da drüben geöffnet haben, gehen wir den Turm hoch und verstecken uns, bis die Gäste gegangen sind. Nach unserer Eskapade sollten wir uns nicht mehr in den Palast trauen. Das Tor öffnet sich zur Straße hin. Wir werden uns glücklich schätzen, darauf später zurückzugreifen.«

Wir wollten gerade unsere Laube verlassen, als ein Punchinello [Kasperfigur] auf dem Weg im Garten entlanglief, mit einem Pudel an seinen Fersen. Er summte ein französisches Lied, seine Hände waren tief in seinen Taschen vergraben. Er ging an einer

Pergola mit Weinreben vorbei, ohne sich in unsere Richtung umzudrehen. Als ich den Hund wiedererkannte, konnte ich mir die Identität des Clowns denken. Es war der Mann, der mit Pietros Ehrlichkeit spielte und ihn manipulierte, eine Nacht oder zwei zuvor. Seine Anwesenheit im Palast war alarmierend, aber ich sagte nichts zu St. Hilary über meine Befürchtungen. Spione oder keine Spione, ich war gewillt, die Schatulle heute Nacht zu finden!

Als der Garten wieder verlassen war, entriegelte ich das Tor und folgte St. Hilary die Stufen hinauf im Turm. Alle Gäste waren beim Abendessen, und wir trafen jetzt auf niemanden.

Auf der Spitze des Turms waren die Seiten zum Himmel hin frei. Ein niedriges Geländer ging rund herum. Das Dach erhob sich zu einer Spitze, etwa zehn bis zwölf Fuß hoch. Zwei große Querbalken, gerade so außer Reichweite, gingen von einer Seite des Dachs zur anderen. Rostige Ringe war noch immer daran angebracht.

Ich zeigte St. Hilary die Balken.

»Das ist unser Versteck, wenn jemand kommt. Kannst du diese Balken erreichen, wenn ich dir hoch helfe?«

Er antwortete mir nicht. Er schaute die dunkle Treppe hinunter. Er erhob sich und sprang auf das Geländer.

»Es ist Zeit, das zu versuchen. Es kommen Leute die Treppe hoch.«

Nach fünf Sekunden lagen wir oben, Seite an Seite.

»Was auch immer passiert, darfst du dich nicht selbst betrügen. Wenn du es tust, denk daran, betrügst du auch mich, und du hast versprochen, bei mir zu bleiben, was auch immer passiert.«

Ich nickte. Dann schaute ich hinunter. Ich sah meine Maske, die auf der Bank lag, wo ich sie hingeworfen hatte. Ich machte St. Hilary darauf aufmerksam.

»Soll ich es riskieren, für sie herunterzuspringen?«

»Nein, nein, es gibt keinen logischen Zusammenhang zwischen einer Maske auf einer Bank und zwei Gentlemen, die ein paar Fuß darüber lauschen.«

Es gab ein Geraschel von Seide, einen schwachen Seufzer einer Frau, die nach Luft schnappte, dann ein bisschen Gelächter.

»Wir sind nicht die Ersten, Herzog, die diesen wundervollen Ausblick genossen haben«, rief eine klare Stimme.

Ich lehnte mich leichtsinnig nach vorne. Jacqueline hielt dem Herzog da Sestos meine Maske hin. Und sie waren allein.

Ich hatte St. Hilary gerade mein Versprechen gegeben, aber das hatte ich nicht erwartet.

Wenn ich jetzt herunterspringe, bedeutet es, dass ich ihn betrüge, wenn ich bleibe, musste ich zuhören. Ich hatte die Qual der Unschlüssigkeit. Wieder zögerte ich, und wieder musste ich einen bitteren Preis dafür bezahlen.

»Oh, das ist den Aufstieg wert«, rief Jacqueline enthusiastisch. »Dieses Lichtermeer kommt natürlich vom Markusplatz. Und die lange Linie nach Norden?«

»Das sind die Lichter des Riva, der Kai, der vom Markusplatz zu den Giardini Pubblici [öffentliche Gärten] führt«, antwortete der Herzog mit mürrischer Stimme.

Sein Ton machte mir Angst. Ich fühlte, dass er sie mit brennendem Blick anstarrte. Jacqueline hätte das bemerkt, wenn

Sie nicht so entzückt gewesen wäre, von dem märchenhaften Anblick vor ihr.

»Die kleinen Lichtpunkte überall sind natürlich die Campi« [Campo = Feld. Ein Platz, der ursprünglich bei Namensgebung, oder auch später, unbefestigt war. Eine Piazza ist schon bei Entstehung gepflastert].

»Aber der Canale Grande! Ich habe niemals von so etwas Wunderbaren geträumt. Schauen Sie, es geht nur ein Band von Mondlicht über seiner Düsterheit. Wie beängstigend und tragisch muss er an einer wolkigen Nacht aussehen! Aber nun ist es wundervoll. Und die kleinen, winzigen Flimmer des tanzenden Lichts von den Laternen der Gondeln, sorgen für einen magischen Eindruck. Ist es dann, nach alledem, verwunderlich, dass man zu einem Sklaven der Schönheit von Venedig wird? Vielleicht«, fügte sie verträumt hinzu, »gibt es welche, die unedlere Träume und Ziele haben, als inmitten dieser Schönheit zu leben. Ich denke, dass es nichts auf dieser Welt gibt, das so wunderschön ist, wie dieser Anblick.«

»Es gibt doch Sie«, unterbrach eine heisere Stimme ihre Träumereien. »Es gibt Sie, und heute Nacht sind Sie schöner und erlesener als selbst die Zitadellen des Paradieses.«

Ich zitterte. Nun würde sie kommen, die Liebeserklärung, und ich musste dabei zuhören. Es war jetzt schon zu spät, noch herunterzukommen. Ich konnte nur beten, dass sie bald gehen würden. Zu meiner Freude erkannte Jacqueline jetzt die Gefahr die aufziehen würde, wenn sie länger bliebe.

»Und da unten, was für eine Ansammlung an Gondeln! Wie wenig konnte ich erahnen, dass ich jemals zu einem Ball in einer Gondel fahren würde. Ich kann Ihnen nicht genügend danken, dass Sie mich hierher gebracht haben, aber meine Tante wartet an der nächsten Anlegestelle. Sie wird sich schon Gedanken machen.«

»Nein«, unterbrach die heissere Stimme des Herzogs, »das wird nicht der Fall sein.«

»Und warum nicht, bitte?«, fragte Jacqueline.

»Ich habe Mrs. Gordon gesagt, dass ich Sie alleine sehen muss. Sie haben mich den ganzen Abend über gemieden, eigentlich immer, seit Mr. Hume mich beleidigt hat, indem er verneint hat, dass ich die Schatulle gefunden habe. Und nun, wo ich die Gelegenheit habe, werden Sie mir nicht entgleiten.«

»Wenn meine Tante Ihnen die Erlaubnis gegeben hat, mich hier gegen meinen Willen festzuhalten, dann ist sie über ihr Recht hinausgegangen. Dass sie nicht auf mich wartet, macht es noch notwendiger, hinunterzugehen.«

»Sie müssen nicht gehen. Sie werden nicht so grausam sein. Sie sollen nicht gehen. Sie sollen nicht gehen, beim Himmel, bis Sie mir gesagt haben, warum Sie sich weigern, mich anzuhören!«

»Glauben Sie, dass meine Wertschätzung für Sie steigen wird, wenn Sie mich hier gegen meinen Willen festhalten?«, fragte Jacqueline empört.

»Meine Glorreiche, Sie sind wunderschön, wenn Sie ärgerlich sind«, rief er leidenschaftlich. Vergessen Sie nicht, dass Sie zur Stunde nur eine Nonne sind. Unter diesem Trauerkleid schlägt aber ein Herz der Leidenschaft und des Feuers, wie meines. Wie meines, hören Sie? Es wird Zeit, dass Sie umworben und gewonnen werden.«

»Es fällt mir schwer, Sie zu verstehen, Herzog da Sestos.«

240

Sogar jetzt gab es keine Anzeichen von Furcht in ihrer Stimme.

»Oh, Sie verstehen schon die Nachricht meiner weißen Taube«, fuhr er fort, in einem Ton, der mein Blut zum Kochen brachte. Sie verstehen ganz genau. Selbst in Amerika, wie ich annehme, klettern kleine Mädchen nicht alleine auf Türme, ohne sich über die Folgen im Klaren zu sein.«

Ich hatte genug gehört. St. Hilary und seine Schatulle konnten zum Teufel gehen. Ich richtete mein umständliches Kostüm. St. Hilary, dessen schwarze Augen aus ein paar Fuß Entfernung in die meinen blickten, machte eine wilde, aber vorsichtige Geste, damit ich still liegen bleiben sollte. Wenn ich das nun tat, machte ich das nicht wegen St. Hilary, sondern für meine eigene Würde. Jacqueline würde mir nie vergeben, wenn ich jetzt auftauchte. Doch, mit seinen nächsten Worten, schien der Herzog schließlich wieder zu Sinnen gekommen zu sein.

»Um des Himmels Willen«, rief er verzweifelt aus, »ich bin verrückt! Ich habe Sie verärgert. Vergeben Sie mir. Sagen Sie, dass Sie mir vergeben. Sie können gehen, wenn Sie das gesagt haben.«

»Ich vergebe Ihnen«, antwortete Jacqueline kühl, »es war, weil ich Sie nicht verstanden habe.«

»Aber sagen Sie mir, bevor Sie gehen, warum haben Sie das jetzt versprochen, nur um sich zu verweigern? Ich war geduldig. Ich habe alles ertragen. Aber nun, heute Nacht, unter diesem sanften Mondlicht, unter diesen brennenden Sternen, mit Venedig, der Königin der Liebe, die zuhört, sage ich Ihnen, dass ich Sie liebe. Geben Sie mir ihre Liebe – hier – heute Nacht.«

»Ich bestehe darauf, dass Sie mich gehen lassen.«

»In einem Moment. Sagen Sie mir, warum Sie sich weigern, ihr Wort zu halten? Ist es, weil Mr. Hume mich vor Ihnen lächerlich gemacht hat? Wenn er nicht dazwischen gekommen wäre, hätten Sie mich geliebt. Ich hätte Sie dazu gebracht, mich zu lieben.«

»In Wirklichkeit, Herzog da Sestos, um genau zu sein, hätten Sie sagen sollen, wenn *Sie* nicht dazwischengekommen wären.«

»Aber wenn Sie wissen, was ich weiß, wenn ich Ihnen gesagt habe, dass er ein Dieb ist – «

»Dieb!«, rief meine liebe Jacqueline spöttisch aus.

»Ist einer kein Dieb, der in deine Räume einbricht, der dich an Händen und Füßen fesselt, der dich bestiehlt – «

»Sie wagen zu sagen, dass er das getan hat?«, rief Jacqueline.

»Ich wage es, ihm das direkt ins Gesicht zu sagen, dass er genau das getan hat«, antwortete der Herzog hitzig. »Er hat mehr als das getan. Er hat ihr Herz von mir gestohlen, und dafür werde ich ihm niemals vergeben. Niemals. Aber ich werde Sie für mich gewinnen. Sie gehören mir. Geben Sie mir meine Belohnung. Ich beschwöre Sie. Ich befehle es Ihnen. Sie sind in meiner Gewalt. Einen Kuss und Sie können gehen. Ich schwöre es. Nein, nein, Sie werden mir nicht entkommen.«

Sie schrie. Ich erhob mich auf meinen Ellbogen, um herunterzuspringen. Es war unmöglich, noch länger zu bleiben, doch mein Kostüm blieb an einem Nagel hängen. Als ich damit kämpfte, mich zu befreien, sah mich der Herzog, und als ich mich erhob, schlug er mich mit einem heftigen Schlag nieder.

Er warf sich auf mich und hielt meine Hände fest. Ich kämpfte wie wild, aber ich war im Nachteil. Ich lag am Boden. Das Mondlicht fiel auf mein Gesicht. Er erkannte mich.

»Bah, es ist ihr amerikanischer Freund, es ist Mr. Hume«, rief er aus, mit einer Missachtung, die zu achtlos war für eine Entrüstung. Da gab es fast den Anschein der Gutmütigkeit in seiner Geringschätzung, als wäre ich eine abscheuliche, aber amüsante Spezies eines Reptils.

Ich erhob mich keuchend auf die Füße. Die Hölle selbst könnte keine größere Marter bereithalten, als die, die ich jetzt zu spüren bekam.

»Spion«, rief der Herzog und betrachtete mich zynisch.

Jacqueline schaute mich entsetzt an. »Du hast zugehört? Und du hast nichts unternommen, mir zu helfen?«

Die Worte wurden nicht als Vorwurf ausgesprochen. Es war so, als hätte sie eine einfache Wahrheit von sich gegeben, die überzeugend war, hoffnungslos überzeugend.

Ich blieb still. Ich konnte nichts sagen, ohne St. Hilary zu gefährden.

»Ist denn jeder so schwach und verabscheuungswürdig? Gibt es denn keine Ehre in einem von euch? Du – meine Tante – «, sie tastete sich auf dem Weg zu den Stufen voran.

Zum dritten Mal schauten wir uns, der Herzog und ich, in die Augen. Er lächelte immer noch in seiner amüsierten, zynischen Art, aber auch nachdenklich.

»So«, sagte er schließlich, »Sie haben wirklich spioniert? Oder hatten Sie andere Gründe?«

»Nein«, sagte ich ziemlich wahrheitsgemäß, »Sie wissen genau, dass ich nicht spioniert habe.«

»Das dachte ich mir. Es tut mir so leid, dass ich Sie bei etwas gestört habe, Mr. Hume. Und nun, heute Nacht, ist es sinnlos, länger ein Auge auf Sie zu haben. Es wird keine weiteren Abenteuer heute Nacht geben, befürchte ich.«

Es gab da einen Anschein von Bedauern in seiner Stimme. Hatte er wirklich gewusst, dass ich hier war, vielleicht sogar hier oben, oder hatte er wieder, wie üblich, gelogen? Wie auch immer, wenn ich ihn davon überzeugen konnte, dass ich zumindest für diese Nacht keinen weiteren Versuch unternehme, die Schatulle zu finden, würde er St. Hilary in Ruhe lassen.

»Sie haben mich heute Nacht geschlagen, das ist wahr, aber es gibt noch andere Nächte. Denken Sie daran, dass noch fünf Tage übrig sind.«

Wir gingen den Turm hinunter. Ich lief absichtlich durch den Palast. Der Herzog gab vor, mich nicht zu beobachten, aber ich wusste, dass man mir folgen würde. Es dauerte noch einige Minuten, bevor meine Gondel kam, denn die letzten der Gäste verließen gerade den Ball.

Ich ging sofort in meine Räumlichkeiten, zündete das Gaslicht an und wechselte von der Verkleidung zu etwas aus Tweed.

Dann, mit einem Übermantel und einer Golfmütze für St. Hilary versehen, drehte ich das Gas ab, und machte mich auf den Weg zu dem hinteren Garten des Palasts, und zehn Minuten später stieß ich das kleine Tor in der Gartenmauer auf.

26. KAPITEL

Der Garten lag im Dunkeln. Nur die Blüten eines Kirschbaums und eine Reihe von Lilien, die längst der Pergola gepflanzt waren, zeigten ihr Weiß im Dämmerlicht. Der abnehmende Mond berührte kaum noch die Gartenmauer, fiel aber auf die Fenster des Palasts und auf den Turm.

Man konnte kein Licht sehen. Der allerletzte Gast war gegangen. Die Prinzessin Caesarini war eine große Dame, die ihre eigenen Wege ging, trotz der der allgemeinen Regeln, und einer von ihnen war, um zwei Uhr morgens im Bett zu sein.

Die Frage war nur, wo konnte ich St. Hillary finden? Natürlich sollte ich erst im Turm nach ihm suchen. Es war kaum möglich, dass er auf mich gewartet hatte, obwohl es nur eine halbe Stunde her war, seit ich den Palast verlassen hatte.

Dennoch saß er auf der Brüstung im Turm und rauchte still vor sich hin. Er begrüßte mich grimmig.

»Nun, du hast ein ziemliches Durcheinander in dieser Sache angerichtet. Ich hätte wissen sollen, dass Versagen immer auch ein Ergebnis ist, wenn einer Geschäft und Gefühle vermischt. Heute Nacht können wir nicht mehr nach der Schatulle suchen. Komm, lass uns gehen.«

»Unsinn, St. Hilary«, sagte ich in aller Deutlichkeit zu ihm. »Du weißt ganz genau, dass wir unsere Suche heute Nacht beenden müssen. Es ist ganz natürlich, dass du einigen Unmut verspürst – nicht wegen mir, sondern wegen der Umstände. Ich hatte dir versprochen, mich nicht selbst zu betrügen, aber hättest du an meiner Stelle ruhig daliegen können?

»Natürlich hätte ich das gekonnt«, murmelte er.

»Und was das anbelangt, dass es keine weitere Suche geben wird«, sagte ich, »warum hast du dann hier gewartet, wenn du beabsichtigt hast, sie aufzugeben. Du hast gewartet, in der Hoffnung, dass ich zurückkommen würde.«

»Du hast aber doch dem Herzog bewusst gesagt, dass du dich versteckt hattest, um auf eine Gelegenheit zu warten, die Schatulle zu finden«, sagte er. »Zumindest hast du das angedeutet. Er hat das wenigstens so verstanden, dass du das gemeint hast. Soviel wir wissen, lässt er den Palast überwachen.«

»Ja«, antwortete ich verärgert. »Ich habe ihm das gesagt – mit Absicht. Was hätte ich sonst tun können? Er muss es sich das ohnehin gedacht haben. Aber nachdem er mich entdeckt hat, würde er es für möglich halten, das ich zurückkommen und die Suche fortsetzen könnte? Nein. Er hat mich gesehen, wie ich den Palast verlassen habe. Er ist mir zu meinen Räumen gefolgt oder hat mich verfolgen lassen. Er denkt, dass ich im Bett liege. Ich bin mir sicher, dass mich niemand hierher verfolgt hat. Er hat mich aus dem Palast herausgehen sehen. Er hat mich nicht zurückkommen sehen. Das ist es, kurz gesagt.«

»Aber hat er mich herauskommen sehen?«, fragte St. Hilary.

»Bist du sicher, dass er weiß, dass du auf dem Ball warst?«

»Ja, das ist die Frage. Ich denke, wir sollten unsere Suche für heute Nacht vergessen.«

»Das tue ich nicht«, sagte ich. »Das Auffinden der Schatulle ist meine einzige Chance zum Glück. Wo ist der Schlüssel?«

»Er ist ziemlich nutzlos. Er öffnet die äußere Tür zum Gang, aber die innere Tür trotzt diesem Schlüssel und einigen Dietrichen, die ich bei mir habe. Diese verflixten alten italienischen Schlösser! Dieses runde Fenster über deinem Kopf ist die einzige Möglichkeit. Wenn du mir hoch hilfst, denke ich, dass ich es aufhebeln und mich durchzwängen kann.«

Das ist also der Grund, warum er gewartet hat! Folglich hatte er schon versucht, die Suche ohne mich fortzuführen. Er hatte auf mich gewartet, weil er mich unbedingt gebraucht hat. Plötzlich misstraute ich St. Hilary wieder. Es scheint schwierig für seinen Verstand zu sein, in normalen Bahnen zu arbeiten. Täuschung und Lüge waren so normal für ihn, wie zu atmen. Und doch, mit einer Ausnahme, war er fair und großzügig mit mir umgegangen. Aber tat er das nur, um mich später loszuwerden, wenn ich ihm nicht mehr nützte?

»Aber wohin führt dieses Fenster?«, fragte ich.

»Wir müssen da eben unser Glück versuchen. Ich bin der Schlankere. Lass mich zuerst gehen.«

Ich bückte mich und drückte meine Arme gegen die Wand. Leichtfüßig sprang er auf meine Schultern. Ich fühlte, wie er am Fensterflügel zerrte und zog. Dann hörte ich ein Knacken. Nachdem er noch eine Weile gewartet hatte, um sicherzugehen, dass dieses kleine Geräusch niemanden aufgeschreckt hat, verließ er meine Schultern und sprang nach oben. Für einen Moment schwebte sein Körper ziemlich possierlich in der Luft. Dann verschwand er.

Ich stand bewegungslos an der Wand, und hörte angestrengt hin. Fünf Minuten vergingen, und ich begann mir schon Gedanken darüber zu machen, dass er mich zurückgelassen hatte, als doch er wieder am Fenster erschien.

»Ich stehe jetzt auf einer Bank. Spring und fasse meine Hände. Wie ich sehe, ist das der einzige Weg, in den Palast zu gelangen.«

Ich betrachtete das Fenster. Ich löste mit meinem Fuß ein wenig Mörtel zwischen zwei Steinen in der Wand unter mir, stellte ihn hinein und sprang hoch. Zweimal verfehlte ich seine ausgestreckten Arme, aber beim dritten Mal hatte ich Erfolg. Dann noch eine schweißtreibende Minute, und ich stand schnaufend neben ihm.

Wir kamen in einen zugigen Gang. St. Hilary ging selbstsicher zu der Tür am Ende, drückte sie auf und steckte ein Streichholz an. Wir waren in der Empfangshalle. Riesige Regale reichten an drei Seiten bis zur Decke. Die vierte Wand war vertäfelt, und trotz meiner Aufregung, oder gerade deswegen, sah ich, dass dort Namen in die Eichenpaneele eingeritzt waren. In früheren Tagen war dies sicherlich der Raum für die Pagen. Und nun bekam ich einen anderen Beweis für die scharfe Beobachtungsgabe von St. Hilary. Er öffnete die Tür, die für mich aussah, als wäre sie Teil der Vertäfelung, und wir waren im Saal. Die Luft war immer noch voll von dem Duft des Parfüms und den zerdrückten Blumen.

»Soll ich eine der Kerzen anzünden?«, flüsterte ich. »Ist es sicher?«

Er nickte, und ich nahm eine Kerze von ihrer Wandhalterung. St. Hilary stand an der großen Feuerstelle, wo zwei steinerne Löwen kauerten.

»Das müssen die zwei Löwen vom achten Orientierungspunkt sein«, sagte ich.

Ich hielt die Kerze hoch über meinen Kopf. Als das Licht flackerte, schienen schwache und geisterhafte Formen aus der Dunkelheit hervorzuspringen und wieder zu verschwinden.

Unsere Schatten, gigantisch und monströs, tanzten in grotesker Weise auf dem polierten Fußboden, und ein Dutzend Spiegel reflektierten düster unsere Gestalten.

»Die neunte Stunde?«, fragte St. Hilary heißer.

»Und Josua sagte: 'Ich hatte einen Traum geträumt und die Sonne und den Mond und die elf Sterne gesehen, und sie haben sich alle vor mir verbeugt'«, antwortete ich.

Er ergriff meinen Arm. Er zeigte auf etwas, weit oberhalb vom Kaminsims.

Zuerst verstand ich es nicht. Vor uns war die große Feuerstelle. Zwei gebeugte und erschöpfte Giganten hielten die Marmorabdeckung, und ihre Füße waren in seltsamer Weise mit den kauernde Löwen verbunden. Die polierten Oberkörper und Hüften der Figuren glänzten in dem schwachen Kerzenlicht. Oberhalb der Feuerstelle, bis ganz zur Decke, war der Platz durch eine Vertäfelung ausgefüllt. Sie war dunkel und düster vom Alter und dem Rauch, und alles reichlich mit Schnitzereien verziert, eine Ausführung, die definitiv mit den verschlungenen und verschachtelten Figuren im Widerspruch stand. Ein Durcheinander von Wagen und Pferden, bewaffneten Kriegern und Bannern, alle in unmöglicher Weise zusammengedrängt, wie ein Fresko in einem griechischen Tempel – so war jedenfalls meine verschwommene Wahrnehmung von den Schnitzereien.

»Die Sonne und der Mond und die elf Sterne«, murmelte St. Hilary, der immer noch hin zeigte.

Plötzlich verstand ich. Es war die Szene, wo Josua in die Schlacht ging, und der Sonne und dem Mond befahl, still zu stehen. Zur Rechten schien die Sonne, deren Stahlen in einfacher Weise abgebildet waren; zur Linken schien der Mond.

Josua hielt sein Banner hoch, und auf dem Banner waren elf Sterne.

»Da muss es eine verdeckte Sprungfeder in der Decke geben. Wenn wir einen dieser elf Sterne berühren – «

St. Hilary beendete nicht seinen Satz. Er brachte einen Konsolentisch zu der Feuerstelle. Ausnahmsweise war ich einmal der Schnellere. Ich hielt mich an der Feuerstelle fest, drückte mich an einen der Giganten, und stellte mich auf ihn.

Nacheinander schlug ich mit meiner Handfläche auf jeden dieser Sterne.

»Hier – nimm den Dolch«, rief St. Hilary. Er nahm ihn von seinem Gürtel ab und warf ihn mir zu. Wieder schlug ich auf jeden der Sterne mit dem Griff des Dolchs. In einem Moment starrte ich auf die Vertäfelung, im nächsten war ein Teil von ihr geräuschvoll hochgefahren, und ich schaute in ein Loch, groß genug, um einen Körper hindurchzulassen.

Irgendwo im Palast schlug eine Uhr zur vierten Stunde.

»Die Stunde ist gekommen«, flüsterte ich und starrte hinab auf St. Hilary, »endlich werden wir das Vermächtnis der Zeit beerben.«

St. Hilary antwortete nicht. Er kletterte den Tisch hinauf.

Gebieterisch hatte ich ihn zurückgewunken. Sein Verlust an Selbstbeherrschung hatte die meine zurückgebracht. Wo ich nun einmal hier war, hatte ich keine Absicht, ihm den Vortritt zu lassen.

»Geh runter«, rief ich. »Bist du verrückt? Einer von uns muss Wache halten. Bevor ich in weiter in den Schacht hineinklettere, werde ich zuerst wieder die Paneelentür herunterlassen. Schieb den Tisch von hier weg. Wenn jemand kommen sollte – «

Der Satz verstarb mir auf den Lippen. Sein farbloses Gesicht, beleuchtet durch das schwache Flackern der Kerze, war von immenser Aufregung gezeichnet. Man denkt dabei an die dünne Wachskerze, die vor dem Heiligen Altar steht und auf die sanftmütigen Augen der Madonna und den Heiligen scheint. Aber die Kerze, die er vor sich hielt, offenbarte etwas von der hinterlistigen Gier des Geizkragens in seinen glitzernden Augen, etwa wie das brennende Verlangen eines Irren. Er stand vollkommen bewegungslos da und starrte hoch auf die Decke. Man hätte denken können, dass er in einem Trancezustand war.

»St. Hilary! St. Hilary«, rief ich, geschockt von seiner Zurschaustellung seiner Gefühle. »Was gibt es, Mann?«

Seine Lippen versuchten zu sprechen, aber es kamen keine Worte heraus. Dann zeigte er nach oben zu den massiven Querbalken, die sich von Wand zu Wand erstreckten. Ich folgte seinem Starren; dann verstand ich seine seltsame Erregung.

»Wie in allen venezianischen Palästen, war auch die Decke dieses großen Saals aus massiven Balken gemacht, die sich von Wand zu Wand erstreckten. Der Raum zwischen den eingelassenen Balken war mit Brettern bedeckt, die man auf sie aufgenagelt hat.

In einem dieser Vertiefungen hatte da Sestos die Schatulle versteckt. Ich konnte sie bereits von meinem Platz auf der Abdeckung der Feuerstelle sehen, gerade etwas außerhalb meiner Reichweite.

Die Sprungfeder, welche einen Teil der Vertäfelung hochgezogen hatte, musste auch gleichzeitig die winzige Tür an der Seite des Balkens geöffnet haben. Als ich meine Kerze hinbewegte, sah ich einen Schein von glänzendem Metall. Wir hatten die Schatulle gefunden – die letzten Szenen in den Stunden der Automatenuhr hatten keine Bedeutung mehr – wohl auch eine der Täuschungen von da Sestos.

Ich krabbelte in den Schacht. Ich stand aufrecht. Mein Kopf war auf einer Höhe mit einer Lücke, die kaum einen Fuß höher war als die Decke des Saals und dem Fußboden der Gemächer oberhalb. Ich zog mich unter Schmerzen in diesen Hohlraum hinein, den Dolch von St. Hilary in der einen, und die Kerze in der anderen Hand.

Als ich die Stelle erreicht hatte, von der ich dachte, dass sie über der Schatulle war, wischte ich den Staub zur Seite und sah mehrere Bronzenägel, die in die Bretten eingeschlagen waren und einen Kreis bildeten. Ich arbeitete mich mit dem scharfen Dolch durch diesen Kreis hindurch, bis ich meinen Arm durch die Öffnung stecken konnte, die ich herausgearbeitet hatte. Ich tastete mich an dem Balken direkt darunter vor, bis ich das kalte Metall berührte.

Meine Finger wanderten über die glatte Oberfläche entlang. Langsam und vorsichtig zog ich die Schatulle aus ihrem Versteck. Sie war schwer – unglaublich schwer. Sehr schwach konnte ich St. Hilary hören, der einen Freudenschrei ausstieß. Ich verschloss die kleine Tür unter dem Balken und schob mich wieder zurück in den Schacht, mit der kostbaren Schatulle fest in meinen Händen.

Der Schacht war zu eng, dass ich ihn wieder verlassen konnte, wenn ich die Schatulle in der Hand behalten hätte. Ich musste sie zuerst an St. Hilary übergeben.

Ich bückte mich hinunter und hielt sie hinaus. Ich hörte ihn, wie er vom Tisch auf die Kaminabdeckung stieg.

»Hier ist sie, St. Hilary«, sagte ich heißer.

Sie wurde mir brutal aus den Händen gerissen. Ein scharfer Schlag traf meine Hand. Die Tür in der Vertäfelung schloss sich. Dann hörte ich das Klicken der Sprungfeder, wie sie fest einrastete. St. Hilary hatte ein falsches Spiel mit mir gespielt? Es ist nun zu spät, dachte ich, für mein Misstrauen ihm gegenüber.

Ich ging wieder in den Schacht zurück, um den Dolch zu holen, den ich zurückgelassen hatte. Ich bearbeitete die Vertäfelung an den oberen Ecken, bis ich die Sprungfeder lokalisiert hatte. Denn hackte ich auf dem harten Brett herum, bis ich fühlte, wie es nachgab. Ich hob es vorsichtig an und trat hinaus auf die Kaminabdeckung. Es hatte eine halbe Stunde gedauert, bis ich mich befreit hatte.

27. KAPITEL

Ich schloss wieder die Tür in der Wandvertäfelung und sprang leichtfüßig auf den Fußboden. Ich traute mich nicht, aus dem Palast über Turm hinaus zu fliehen, und schlich mich deshalb auf dem polierten Fußboden entlang, bis zum Treppenabsatz. Ich lauschte am Kopf der Stufen. In der Halle darunter konnte ich das Geklapper von Holzschuhen auf den Marmorplatten hören und das Geräusch von einem Besen. Eine Tür wurde zugeschlagen, dann war es still. Schnell ging ich die Treppe hinunter.

Zu meiner großen Freude waren die Glastüren, die zum Garten führen, offen. Man könnte mich vielleicht durch die Fenster des Palasts sehen, wenn ich den Garten durchquerte, aber ich musste das Risiko eingehen. Ich stahl mich hinaus in den Garten und erreichte den Schutz der Pergola. Ich kam ans Tor, huschte hinaus auf die Straße und verschloss es hinter mir. Innerhalb von zwei Minuten war ich in der Menge auf dem Campo San Bartolomeo verschwunden.

Und nun, was sollte ich tun? Es war unmöglich, mich an die üblichen Kanäle des Gesetzes zu wenden. Ich hatte keinen größeren rechtlichen Anspruch auf die Schatulle, als St. Hilary. Ich musste mich auf meine eigene Scharfsinnigkeit verlassen.

Könnte er Venedig schon verlassen haben? Vielleicht. In diesem Fall würde es zu einer schwierigen, fast hoffnungslosen Jagd werden. Aber wenn er das nicht gemacht hat, wie würde er versuchen, mir zu entkommen?

Ich schaute auf meine Uhr. Es war noch nicht fünf am Morgen. Ich wusste, dass der nächste Zug, der Venedig verlässt, um acht Uhr dreissig abfuhr. Es gab auch ein Boot, das drei Mal in der Woche nach Triest segelt. Eines würde Venedig heute Abend um sieben verlassen. Um zwölf segelte ein P&O* Linienschiff nach Brindisi.

[* P. & O. – Peninsular & Oriental Steam Navigation Co. Ltd., London, eine britische Reederei, in allen Bereichen der Schifffahrt tätig].

Das waren die regulären Reisemöglichkeiten. Aber nichts hätte einfacher für ihn sein können, ein Boot zu mieten. Wenn jemand genug bezahlt, kann man überall hinkommen. Die Suche erschien fast hoffnungslos.

Natürlich musste ich zuerst zu St. Hilarys Hotel gehen. Es war nicht so, dass ich erwartete, ihn dort anzutreffen, aber ich könnte herausfinden, ob er vorab schon Pläne gemacht hatte, Venedig zu verlassen.

Sein Hotel war am Riva, nicht weit vom Danielli's [venezianisches Luxushotel]. Der Concierge kannte mich gut, und aufgrund meiner unverfänglichen Nachfrage, ob St. Hilary seit letzter Nacht im Hotel war, ging er nach oben, um nachzusehen. Es gab keine Antwort auf sein Klopfen. Ich bat ihn, die Tür zu öffnen, und sagte ihm, dass ich auf meinen Freund warten würde. Das tat er, und so kam ich hinein.

Meine schlimmsten Befürchtungen trafen zu. Zwei große Koffer waren verschnürt und mit einem Etikett versehen. Die Adresse war nur die von einem Spediteur in London.

Rasierzeug und Haarbürsten waren jedoch noch auf dem Ankleidetisch, ein offener Beutel auf dem Stuhl. Wenn er geplant hatte, in seine Räume zurückzukehren, würde er sich nicht der Gefahr aussetzen, die Schatulle zu verlieren, nur wegen ein paar unbedeutenden Toilettenartikeln. Das war mein erster Gedanke.

Ich schloss die Tür hinter mir und hielt einen Moment inne. Würde er das wirklich nicht machen? Er steckte immer noch in dem ausgefallenen Kostüm von dem Ball. Es ist wahr, er hatte meinen Übermantel und die Golfmütze, aber der Tag versprach warm zu werden. Könnte er so reisen, ohne Aufmerksamkeit zu erregen? Wenn er Venedig nicht mit einem privaten Boot verlässt, müsste er mit Sicherheit seine Kleidung wechseln.

Ich gab meine Absicht auf, zum Bahnhof zu gehen. Ich würde hier in seinen Räumen bleiben. Und trotzdem müsste ich jemanden hinschicken. Wem konnte ich trauen? Natürlich war da Pietro, er kannte St. Hilary. Aber Pietro hat ein falsches Spiel mit mir gespielt, und er würde das wieder tun, es sei denn, ich würde es so arrangieren, dass er das nicht tun würde. Ich musste es so hinbekommen, dass es sich für ihn lohnt. Ich schickte einen der Hoteldiener, um meinen Mann zu holen. Nach zwanzig Minuten kam er lächelnd an.

Am Abend zuvor hatte ich vorsichtshalber eine große Summe Geld in meinen Taschen versteckt. Ich wusste nicht, mit welchem Notfall wir vor Tagesanbruch konfrontiert werden würden, oder wie lange wir noch bleiben mussten, bevor wir aus Venedig verschwinden konnten.

Ich schwenke einen Hundertlireschein vielsagend vor Pietros Nase hin und her. Ich versicherte ihm, dass ich wusste, er wäre ein hochnäsiger Gauner. Ich sympathisierte aber mit seiner Entschiedenheit (oder gab das zumindest vor), seine schurkischen Dienste an den Höchstbietenden zu verkaufen.

Ich deutete an, dass diese einhundert Lire nicht die letzten wären, wenn er sich dazu entschließen könnte, mir jetzt für ein paar Stunden oder auch Tage bedingungslos zu gehorchen.

Pietro schluchzte vor Rührung. Er schwor bei all seinen Hoffnungen für den Himmel, und unter Tränen, dass er mich aufrichtig liebte. Er könnte mein Geld nicht nehmen. Er würde mit Freuden einen Feind von mir ermorden, rein aus Dankbarkeit für meine Güte ihm gegenüber. Das Geld könnte er wirklich nicht nehmen. Nein, nein, nicht für ihn selbst – aber für Auslagen, ja. Er steckte die Banknote mit einem öligen Lächeln ein.

Meine Anweisungen für ihn waren sehr einfach. Er sollte sich zum Bahnhof begeben. Als Erstes sollte er sich versichern, dass St. Hilary nicht auf dem acht Uhr dreissig Morgenzug war. Wenn er nicht auf diesem Zug war, sollte Pietro auf dem Bahnsteig Ausschau halten, bis um sechs Uhr an diesem Abend. Wenn der Antiquitätenhändler auf dem acht Uhr dreissig Zug war, oder später auftauchen würde, sollte er ihm folgen, und wenn es zum Ende der Welt ging. Auf alle Fälle aber, sollte er nicht gesehen werden.

Ich selbst musste noch das P. & O. Linienschiff und das Boot nach Triest im Auge behalten. Was das Linienschiff anbelangte, konnte ich das von St. Hilarys Fenster aus beobachten, oder noch besser, von einer Sitzgelegenheit am Riva unter der Markise des Hotels. Sie lag keine hundert Meter weiter vor Anker, und ich konnte bestens jeden Passagier erkennen, der an Bord ging. Was das Boot nach Triest angeht, würde es nicht vor sieben Uhr am Abend abfahren. Ich konnte Pietro um sechs Uhr von seinem Posten zurückrufen, wenn das notwendig wäre, denn es ging kein Zug zwischen sechs und neun.

Ich konnte im Augenblick nichts mehr tun, außer mit einem wachsamen Auge nach St. Hilary Ausschau zu halten, und das, wie ich sagte, konnte ich genauso gut, oder sogar besser, unten am Riva tun. Und nun, da ich momentan zum Nichtstun verdammt war, wurde ich mir bewusst, dass ich seit dem Abend zuvor nichts gegessen hatte.

Ich schloss die Tür von St. Hilarys Zimmer hinter mir, ging hinunter, und setzte mich an einen kleinen Tisch unter der rot-weiß gestreiften Markise, wo ich, in ziemlich guter Deckung, jeden sehen konnte, der in das Hotel rein- oder rausging.

Die Sonne kam höher und höher über die Insel San Giorgio. Der goldene Engel auf dem Campanile wurde immer heller, bis das er fast wie zum Leben erweckt aussah, zitternd in seinem Verlangen, in diese tiefe, blaue See zu springen. Das schillernde Weiß in Richtung der Mole belebte sich Stück für Stück mit sich bewegenden Punkten in den verschiedensten Farben. Das wimmelnde Leben amüsierte mich für eine Weile. Aber nun, da die Aufregung vorbei war, nun, wo ich fast der Verzweiflung nahe war, obwohl ich das nicht wahrhaben wollte, empfand ich es als schwierig, wachsam zu bleiben. Es erschien sinnlos, sich vorzumachen, dass ich überhaupt wachsam war. Ich fühlte mich sehr schläfrig.

Die Hitze des frühen Nachmittags wurde fast unerträglich. Ich quälte mich und kämpfte gegen eine fast übermächtige Schläfrigkeit an.

Doch plötzlich war ich hellwach. Der Herzog da Sestos war gerade aus dem Danielli's herausgekommen. Er kam mir entgegen. Er sah mich. Er hob seinen Hut und lächelte.

28. KAPITEL

»Ah, da ist mein Freund Hume«, säuselte er. »Ich hatte angenommen, dass Mr. Hume Venedig verlassen hätte.

Ich ignorierte die linke Hand, die er mir entgegenstreckte. Er hatte so viele Arten des Verhaltens parat, wie ein russischer Diplomat. Dann lachte ich. Seine kühle Dreistigkeit war regelrecht amüsierend.

»Und warum sollte ich Venedig verlassen haben?«, fragte ich entspannt. »Haben Sie gedacht, dass ich mich gestern Abend verschreckt haben?«

»Ach, ach«, sagt er und zwirbelte mit der größten Gelassenheit seinen Schnurrbart. »Ich kenne meinen Freund Hume nur zu gut und weiß, dass er sich nicht so leicht fürchtet. Es ist aber schade, dass sein Verstand nicht so groß ist, wie sein Mut.«

»Und wie genau äußert sich meine augenblickliche Dummheit?«, sagte ich.

Er warf seinen Kopf nach hinten und lachte leise – zumindest so, wie eine Katze lachen würde. Er setzt sich in einen Stuhl neben mir nieder und tippte mir leicht auf die Schulter.

»Ich bin ein Hellseher. Zum Beispiel warten Sie auf einen Freund, n'est ce pas? [nicht wahr?]. Oh, ich meine nicht mich damit. Sollen wir den Freund Mr. St. Hilary nennen?«

»Und dann – «

»Und dann«, fuhr er scherzhaft fort, »wenn dieser Mr. St. Hilary nicht kommen wird – wenn er nicht weiß, dass er kommen soll?«

»Wäre ich ein Dummkopf hier herumzusitzen – ist das die Schlussfolgerung?

Er zuckte mit der Schulter, als würde er das amüsant finden. Wie könnte er überhaupt etwas von St. Hilarys Schritten wissen, oder auch nur erahnen, dass ich davon sehr in Mitleidenschaft gezogen bin?

»Kann ich das so verstehen«, fragte ich und setzte mich aufrecht hin, »dass Sie Informationen über den Aufenthaltsort von St. Hilary haben?«

»Sehr präzise Informationen, mein Freund, das kann ich Ihnen versichern«, rief er aus. »Wenn man eine Gondel sieht, die zum Bahnhof rast, mit zwei Ruderern, die es so eilig haben, kann man ziemlich gut daraus schließen, dass der Gentleman, der unter dem Dach sitzt und eine Zigarette raucht, auf seinem Weg ist, um einen Zug zu erwischen, nicht wahr?«

»Sie haben also Mr. St. Hilary auf seinem Weg zum Bahnhof gesehen?«, sagte ich langsam, »und zu welcher Zeit?«

»Es war noch nicht so spät als sieben Uhr, aber auch nicht früher als halb sieben.

Meine schlimmsten Befürchtungen hatten sich bewahrheitet. Pietro hatte ihn durch seine Finger schlüpfen lassen, bei dem acht Uhr dreissig Zug.

Wenigstens wollte ich jetzt diesem Italiener nicht die Befriedigung lassen, zu bemerken, wie sehr mich diese Neuigkeiten bestürzten. Ich antwortete gleichmütig:

»Ein kurzer Trip nach Mailand, nehme ich an. Wenn er weit weggehen würde, hätte ich ihn bestimmt vor seiner Abreise getroffen.«

»Aber Mr. Hume, wenn sich in seiner Gondel die Koffer hoch stapeln, ist es dann richtig, wenn man annimmt, dass ihr Freund nur kurz nach Mailand geht? Nein, Neapel vielleicht, oder Paris, oder London.«

»Was? Sie haben seine Gepäckstücke gesehen?«, rief ich.

Der Herzog hielt fünf Finger hoch: »So viele.«

Ich drehte mich entspannt in meinem Stuhl herum und schaute ihn kühl an. Ich hatte jeden Grund zu glauben, dass St. Hilary nur zwei Gepäckstücke besaß, und diese waren oben in seinem Zimmer.

»Ja, es ist sonderbar, dass er mit nicht Auf Wiedersehn gesagt hat«, sagte ich grübelnd.

»Ist das so sonderbar?«, fragte der Herzog, und wieder tippte er mir auf die Schulter. »Kommen Sie, kommen Sie, Mr. Hume, hatte ich nicht gesagt, dass ich ein Hellseher bin?«

»Ihre Beweise sind nicht überzeugend. Ich nehme an, Sie können mir ein besseres Beispiel von ihren bemerkenswerten Fähigkeiten geben.«

»Nun, dann hätte ich Ihnen schon gestern sagen können, dass ihr Freund nicht gerne beobachtet wird.«

»Sie scheinen viel über den Charakter von Mr. St. Hilary zu wissen«, sagte ich und erhob mich mit einem Gähnen von meinem Sitz.

Auch der Herzog erhob sich und nahm mich am Arm. Er war wohl noch nicht fertig mit mir, wie ich annahm.

»Gehen Sie in Richtung der Piazza [Markusplatz]? Erlauben Sie mir, mit ihnen zu gehen?«

»Ja, ja, ich weiß viel über den Charakter ihres Freunds. Wir hatten zuvor viele interessante Unterhaltungen miteinander geführt, und, lassen Sie mich das sagen, Mr. St. Hilary hat mir die Ehre erwiesen, sich von mir zu verabschieden.«

»Und ist das der Grund, warum Sie so glücklich sind?«, fragte ich und schaute ihn an. Meine Frage war ernst gemeint. Zum ersten Mal an diesem Nachmittag war ich an seiner Antwort interessiert.

»So glücklich?«, gab er zurück und zuckte mit den Schultern. Dann aber, mit offensichtlicher Aufrichtigkeit: »Aber ich werde Mr. St. Hilary wiedersehen. Ja, ich werde ihn vielleicht bald in Neapel, oder Paris oder London wiedersehen. Übrigens, Sie haben noch drei Tage, um zu beweisen, dass ich ein Lügner bin«, fügte er gut gelaunt hinzu.

»Und drei Tage sind manchmal eine lange Zeit«, sagte ich, kurz angebunden. »Ich wünsche noch einen Guten Nachmittag; ich werde von hier eine Gondel zu meinen Räumlichkeiten nehmen.«

»Adieu«, schnurrte er, hielt aber immer noch meinen Arm fest. »Erinnern Sie sich noch an den reizvollen Nachmittag den wir verbracht haben, alle vier von uns, in meinem bescheidenen Palast? Ich habe jeder von den Ladys ein kleines Souvenir überreicht. Mrs. Gordon habe ich die nutzlose Uhr gegeben. Mrs. Quintard bekam den Kasten, den ich fand, und in dem einst die Schatulle war. Aber Ihnen habe ich nichts gegeben. Unser Händler, wie ich annehmen darf, hat sich anderweitig getröstet. Sie alleine sind es, mein Freund, dem gegenüber ich nachlässig war.

»Ihr Bedauern berührt mich«, murmelte ich.

»Aber da gibt es ein kleines Buch, über das ich eines Tages stolperte, als ich meine Sachen packte. Es hat nur vierzehn Seiten, aber diese vierzehn Seiten sind interessant. Ich kenne Reisende, die den ganzen Weg nach St. Petersburg gemacht haben, um es sich zu betrachten. Würde es Ihnen eine Freude bereiten – dieses kleine Souvenir? Oder muss ich annehmen, dass Sie, seit der Abreise ihres Arbeitskollegen in Sachen antiquarische Studien, nicht mehr länger an Kuriositäten interessiert sind?«

Wenn ich ihn in das trübe Wasser des Kanals hätte werfen können, wäre mir weniger miserabel zumute gewesen, aber ich spiele ihm das größte Vergnügen vor. Zunächst einmal, war ich wirklich daran interessiert, diese Seiten zu sehen. Dann wiederum hoffte ich, die Richtung dieses Nachmittagsgespräch ein wenig klarer zu erkennen. Der Bezug auf St. Hilary kam mir geheimnisvoll vor.

»Ich wäre entzückt, es zu bekommen«, rief ich aus.

Der Herzog hatte meine momentane Unentschlossenheit mit offensichtlicher Sorge bemerkt. Nun ergriff er meinen Arm und drückte ihn mit der Wärme seiner eigenen Zufriedenheit. Sein Gesicht strahlte.

»Gut! Gut! Meine Räumlichkeiten sind nur ein paar Fuß vom Capello Nero* entfernt [ein im 16. Jahrhundert erbautes Hotel, damals 'Locanda Capello Nero' genannt, danach mehrere Namensänderungen im 20. Jahrhundert].

»Darüber hatte mich St. Hilary informiert«, sagte ich betont.

»Ah, er ist ein wunderbarer Mann, ihr Freund. So eine interessante Quelle, solch eine Vorstellungskraft! Und immer auf seinen Vorteil bedacht, nicht wahr?«

In den Gemächern des Herzogs standen fast keine Möbel mehr. Es gab keine Teppiche auf dem Boden, nirgendwo irgendwelche persönlichen Gegenstände. Die Bilder waren abgedeckt, die Stühle ordentlich an den Wänden abgestellt. Die Uhr auf dem Kaminsims stand still. Einige alte Zeitungen und Magazine, die sich auf dem Tisch in der Bücherei stapelten, waren die einzigen Anzeichen dafür, dass jemand in dem Raum wohnte. Ansonsten war der Raum kahl.

»Sie müssen das Erscheinungsbild meiner armen Kammern entschuldigen; ich werde Venedig heute Abend verlassen.«

»Die ganze Welt scheint heute Abend Venedig zu verlassen«, bemerkte ich locker.

»Ganz genau. Erst ihr Freund, Mr. St. Hilary, und nun Mrs. Gordon und ihre Nichte, und dann ich. Mein armer Freund, Sie werden einsam sein, befürchte ich.«

»Ihre Sorge berührt mich«, sagte ich, und ging zum Fenster. »Wenn ich mein Souvenir erhalten habe, gehe ich zu meinen Räumen, um die Vorbereitungen, für meine eigene Abreise aus Venedig zu treffen.«

»Der Herzog wälzte in den Magazinen und Papieren auf dem Tisch herum.

»Alles in Unordnung, ich kann mein kleines Buch nicht finden. Der alte Luigi ist senil. Vielleicht hat er diese wertvollen vierzehn Seiten zerstört. Könnten Sie die Glocke neben dem Fenster läuten? Wir werden Luigi fragen.«

Ich muss zugeben, dass ich verwirrt war. Warum hat er mich in diese Gemächer gebracht? Nur um sich vor mir zu brüsten? Oder hatte er eine nützlichere Absicht als das?

Es klopfte an der Tür. Anstatt den Diener hereinzubitten, ging der Herzog selbst zu ihm hin. Er trat hinaus in die Eingangshalle und zog die Tür sorgfältig hinter sich zu.

Ich ging hinüber zum Tisch und drehte sorglos die Papiere und Magazine um. Das Glitzern von Stahl traf auf meine Augen. Er hatte einen Revolver unter dem Haufen versteckt, als er vorgab, nach diesen vierzehn Seiten zu suchen. Innerhalb von zwei Sekunden war er in meiner Tasche verschwunden und ich hatte meinen Stand am Fenster wieder eingenommen, eine Hand war in der Manteltasche, die andere zog an meinem Schnurrbart.

»Dieser senile Luigi hat die Seiten zur Aufbewahrung in meine Aktentasche getan«, sagte er, als er zurückkam. »Er wird die Aktentasche in einem Moment bringen.«

Er setzte sich lässig auf den Tisch, schaukelte mit einem Bein und hob eine illustrierte Wochenzeitschrift hoch.

»Sind Sie an Pferden interessiert? Hier sind einige großartige Reiter-Schnappschüsse von den Manövern in Asti.«

Ich ging durch den Raum und schaute über seine Schulter. Als er mit den Magazinen durch war, dachte er an die Bilder, die an der Wand hingen. Er lüftete die Musselin-Abdeckungen von ihnen und zeigte sie mir, eins nach dem anderen, und ließ sich dabei über deren Schönheit aus. Offensichtlich wollte er Zeit gewinnen. Ich schaute unbewusst auf die Uhr, eine moderne Ausführung, ungefähr drei Fuß hoch, die auf dem Kaminsims stand. Ich hatte vergessen, dass sie stillstand. Die Hände, wie ich sah, standen auf halb sieben.

Der Herzog nahm nun seine Position am Fenster ein, während ich mit dem Rücken zum Kaminsims stand. Er ging mir gerade bis zur Schulter. Zum ersten Mal erschien es mir so, dass er mich vom Fenster weghaben wollte. Er wollte den Beobachtungsposten für sich haben. Ich dachte darüber nach, ob es angebracht wäre, dass ich mich zu ihm geselle.

Für ungefähr dreißig Sekunden war Stille zwischen uns. Ich sage dreißig Sekunden, denn ich hatte diesen Zeitabschnitt durch dreißigmaliges Ticken gemessen. Zuerst hörte ich es eher teilnahmslos. Es war schwach, dumpf und seltsam langsam. Es war unmöglich, dass es von der Uhr in meiner Tasche kam. Es klang nahe an meinen Ohren, und meine Ohren waren keine fünf Zentimeter von der Uhr entfernt, die eigentlich stillstand.

Für einen Moment verwirrte mich dieses seltsame Phänomen. Dann verstand ich. Die Schatulle war in der Uhr versteckt, und der Mechanismus, der den Deckel innerhalb von zwölf Stunden öffnete, war in Gang gesetzt worden.

Als wenn der Herzog der Hellseher wäre, den er vorgab zu sein, drehte er sich scharf auf seinen Absätzen herum. Ich starrte an die Decke.

»Luigi braucht aber lange«, murmelte er. »Es ist möglich, dass die Diebe, die vor einigen Monaten in meine Gemächer eingebrochen sind, es nach alledem doch gestohlen haben.«

»Diebe!«, sagte ich.

»Ja, mein Freund, Diebe. Aber ich habe Vorsorge für meine Sicherheit in der Zukunft getroffen.« Er lachte kurz und schaute wieder aus dem Fenster.

Dieser Hinweis war so dumm wie meine Angeberei vor einigen Tagen. Er hatte Luigi also nach der Polizei geschickt. Er hielt mich hier fest. Nun, ich wollte zum jetzigen Zeitpunkt die Polizisten nicht sehen. Es war Zeit für mich, zu handeln.

Ich griff schnell über mich. Ich hob die Uhr vom Kaminsims und stellte sie auf den Fußboden. Die Erschütterung, als sie den Boden berührte, ließ das Räderwerk herumtanzen, wie ein mechanisches Spielzeug. Über die Uhr hinweg, richtete ich die Mündung seiner jetzt sehr nützlichen Waffe auf ihn.

»Setzen Sie sich«, sagte ich ruhig.

Er umklammerte die Seiten des Stuhls und seine Mundwinkel fielen herunter.

»Und schnell das Ganze!«, rief ich scharf.

Er sank in den Stuhl hinter ihm, seine Hände zitterten heftig.

Aber – aber – das ist ein Akt der Gewalt!«, keuchte er.

»Mein lieber Herzog, Sie sind nicht der einzige Hellseher. In meiner bescheidenen Art kann ich durch eine hölzerne Schachtel sehen. Aber ihre Neigung, die Katze bei der armen, kleinen Maus zu spielen, ist gefährlich. Manchmal erweist sich die harmlose Maus als Ratte. Und Ratten beißen manchmal.«

29. KAPITEL

Zum zweiten Mal hielt ich die Schatulle in der Hand, aber selbst jetzt war es unmöglich für mich, sie mir anzusehen. Ich musste den Herzog im Auge behalten. Ich nahm sie hoch und ging zu dem Tisch in der Nähe, wo er saß.

»Sagen Sie mir«, sagte ich mit einem Lachen, «warum haben Sie mich in dieses Zimmer gebracht? War es nur wegen des reinen Vergnügens und der Schadenfreude, mich in der Nähe des Objekts stehen zu sehen, für dessen Besitz ich in den vergangenen Monaten gekämpft habe, und von dem Sie gleichzeitig wussten, wie unerreichbar weit es von mit entfernt war?«

»Hat es Ihnen so viel Freude bereitet, mit mir zu spielen, mich zu reizen, dass Sie ihr Spiel so gefährlich weit getrieben haben. Wenn dem so ist, sind Sie ein Künstler, mein lieber Herzog.«

»Mr. Hume, Sie sind sehr großzügig mit ihren Komplimenten.«

»Oder«, fuhr ich fort, und kam mit meinem Gesicht näher an des seine, »liege ich falsch in der Annahme, dass die meisten ihrer Worte und Taten, die Sie ausgesprochen oder ausgeführt haben, mit einer besonderen Absicht geschahen?

»Zum Beispiel?«, fragte er locker.

»Zum Beispiel«, antwortete ich, »war es wohl kaum aus Liebe zu mir, dass Sie an diesem Nachmittag zu mir gesprochen haben.«

»Wohl kaum«, spöttelte er, bleich vor Wut und Enttäuschung. »Es war wohl eher, weil ich Sie so sehr hasse und mich auf ihre Kosten amüsieren wollte.«

»Gibt es da noch eine dritte Möglichkeit?«, fuhr ich spöttisch fort, »dass Sie sich rächen wollten? Während Sie mich mit der Niedertracht von St. Hilary, oder seiner angenommenen Niedertracht, verhöhnten, kam Ihnen die Idee, dass Sie mich verleiten könnten, in ihre Gemächer zu kommen. Wenn Sie mich dort hinhalten konnten, während Sie Luigi fortschickten, um die Polizei zu holen, hätten Sie mich vielleicht für einen angeblich tätlichen Angriff ins Gefängnis bringen können oder die Komplizenschaft, in ihre Räume einzubrechen. Insgesamt denke ich, dass diese Annahme die wahrscheinlichste ist.«

»Wie Sie meinen, Mr. Hume«, antwortete er, mit weißen und zitternden Lippen.

»Nun hören Sie mir zu, Herzog da Sestos. Nehmen wir mal an, ich läge richtig, dann wäre die Polizei bald hier. Luigi ist schon eine Weile weg. Bevor sie kommen, möchte ich ihnen die Sache klar darlegen. Die Schatulle und die Juwelen gehören weder mir noch Ihnen. Sie sind Eigentum des Staates. Wenn ihre Gendarmen kommen, werde ich ihnen das klarmachen.«

»Oh! Ich hatte schon immer gedacht, dass Sie ein Narr sind«, rief er verächtlich aus.

»Ach, ich dachte, Sie würden logischen Argumenten zuhören«, sagte ich schnell.

»Nun, sagen Sie mir gerade heraus: Warum waren Sie so erpicht auf diese Jagd nach der Schatulle? Wollten Sie damit Miss Quintard gefallen, oder sich selbst?«

»Warum nicht beides? Wenn ich mich zufriedenstelle, könnte ich vielleicht auch Miss Quintard zufriedenstellen.«

»Oder vielleicht nicht«, antwortete ich trocken.

»Eine ehrliche Antwort, Herzog, wenn es Ihnen möglich ist. Wir haben keine Zeit zu verlieren – wenn Ihnen irgendetwas an dem Flitterzeug in dieser Schatulle liegt.«

»Nun, dann, meinetwegen«, sagte er und schaute mich neugierig an.

»Wenn Sie jetzt nicht von mir überrascht worden wären, hätten Sie dann ihre volle Schatulle nach London oder Paris gebracht, um sie dort bei passender Gelegenheit zu verkaufen?«

»Vielleicht«, stimmte er unverfroren zu.

»Oder hätten Sie diese Schatulle zu Miss Quintard gebracht und sich für den kleinen Fehler entschuldigt, den Sie gemacht haben?«

»Warum könnte ich nicht beides haben?«, rief er. »Ja, Mr. Hume, selbst wenn Sie die Juwelen der Polizei übergeben, die Schatulle gehört mir. Der Staat wird meine Ansprüche anerkennen, und dann – «

»Das ist der Punkt, zu dem ich kommen wollte. Nehmen wir einmal an, man würde Ihnen einen Anteil an diesen Klunkern zugestehen – ich sage jetzt nicht, wie groß dieser Anteil wäre – wäre es dann möglich, dass man Sie dazu bringen könnte, die Schatulle aufzugeben?«

»Ich habe einen englischen Ausspruch gehört, der sagt, dass es besser ist, einen Vogel in der Hand zu haben, als zwei in den Büschen«, antwortete er.

»Aber erlauben Sie mir, zu sagen, dass der Vogel in diesem Moment in meinen Händen ist«, warf ich ein.

»Im Augenblick«, unterbrach er mit einem vielsagenden Blick.

»Kommen Sie, kommen Sie«, rief ich scharf, »wir haben genug von diesen Wortklaubereien. Ich mache Ihnen einen sportlichen Vorschlag. Ich werde Ihnen einen Anteil an den Juwelen geben, im Gegenzug für die Schatulle.«

»Ich befürchte«, sagte er argwöhnisch, »dass mein Anteil recht klein sein wird.«

»Ein Drittel«, sagte ich ruhig. »Ich bin kein Dieb. Ich begehre kein gestohlenes Eigentum, und diese Steine wurden gestohlen. Der Preis von Blut klebt an ihnen. Ob sie heute gestohlen wurden oder vor fünfhundert Jahren, der moralische Aspekt ist der gleiche. Ich möchte aber diese Schatulle, ich muss sie haben.«

»Wer bekommt die anderen zwei Drittel?«, fragte der Herzog, wie ein gieriger Vielfraß. »Ich nehme an St. Hilary.«

»Ja, wenn Sie mir nachweisen können, dass er sich fair verhalten hat.«

Der Herzog überlegte kurz und sagte dann: «Sehr gut, ich bin einverstanden.«

Ich leerte die Trommel des Revolvers von den Patronen und steckte sie in die Tasche. Dann schob ich die Waffe wieder sorgfältig unter die Zeitungen.

»Und nun, da der Stress der vergangenen fünf Minuten vorüber ist, denke ich, dass ich einen Blick auf die Schatulle werfen kann.«

»Mit Vergnügen«. Der Herzog verbeugte sich zynisch.

Von der Form und Größe her, war sie der falschen Schatulle nicht unähnlich, mit welcher der Herzog versucht hatte, Jacqueline zu täuschen.

271

Sie war aus Bronze, überzogen mit einem Belag aus Gold, veredelt mit Claosonné-Emailarbeiten und wertvollen Steinen, die meisten davon im Cabochonschliff. Der Deckel war gewölbt. Oben drauf war ein Griff aus getriebenem Gold, in der Form eines Monsterkopfs, mit Augen, die aus winzigen Rubinen bestanden. An den vier Ecken des Deckels gab es Halbedelsteine, je einen Chalzedon, Bergkristall, Karfunkel und Türkis. Von diesen vier Steinen rannen Ketten von Perlen zu dem Griff.

Die Seiten der Schatulle bestanden aus rechteckigen Platten, abwechselnd bedeckt von symmetrischen Anordnungen in buntem Cloisonné-Email, teils opak, teils durchsichtig. Diese Platten waren voll von Perlen, umgeben vor einem raffinierten Muster von Spiralen und Filigranarbeiten.

»Die würde immer tausend Pfund bei Christie's bringen«, grübelte ich.

»Können Sie mir sagen, wie lange dieses Spielzeug ticken muss, bevor sich der Deckel öffnet?«, unterbrach der Herzog.

»Wann haben Sie den Mechanismus in Gang gesetzt?«

»Um genau sechs Uhr fünfunddreißig.

»Dann wird sich die Schatulle in einer halben Stunde öffnen.«

Es gab ein lautes Klopfen an der Tür.

»Ah, ihre Gendarmen«, sagte ich kühl.

»Und, als der Gastgeber, darf ich meine Gäste empfangen?«, fragte er.

»Tun Sie das«, drängte ich ihn und setzte mich in seinen Stuhl, mit der Schatulle auf meinen Knien.

Er öffnete die Tür. Zwei unerträglich förmliche Gendarme traten ein, genau gleichaussehend, wie zwei Aktenordner. Sie kamen im Gleichschritt, jeder mit jedem, und mit ihren Händen an den Griffen ihres Säbels. Sie gingen zur Mitte des Raums und salutierten. Der alte Luigi stand diskret draußen. Ich es ist keine Schande, zuzugeben, dass ich die Anweisungen des Herzogs mit einiger Beklemmung erwartete.

»Man hat uns zugetragen«, sagte der Herzog ruhig, und schwenkte seine Hand in meine Richtung, »dass ein amerikanischer Gentleman, der, früh am heutigen Morgen, vom Maskenball im Ceasarini Palast zurückgekommen war, von zwei brutalen Burschen in der Nähe der Calle Bianca Madonna überfallen und bewusstlos geschlagen worden ist. Man hat ihn dann in ein leeres Haus im jüdischen Viertel gebracht. Es ist das dritte Haus auf der rechten Seite, wenn Sie dort am Kai vom Mestre Kanal eintreten. Befreien Sie diesen Gentleman. Sagen Sie ihm, das sein Freund, Signore Hume ihn sprechen will. Sehen Sie zu, dass er hierher kommt. Das ist alles.«

Die Gendarmen salutierten wie aus einem Guss, wirbelten auf ihren Hacken herum und marschierten aus dem Raum, während ihre rot-weißen Federn nickten.

»Der Gentleman, den man im jüdischen Viertel finden wird, ist natürlich St. Hilary«, sagte ich. »Man braucht nicht viel Fantasie, sich vorzustellen, dass Sie ihn da gefangen halten. Es würde mich nur interessieren, wie Sie das letzte Nacht angestellt haben.«

»Oh, glauben Sie mir, nichts hätte einfacher sein können«, antwortete der Herzog. »Ich wusste, dass Sie Miss Quintard und mir im Turm nicht nachspioniert haben. Tatsächlich war ich bitter enttäuscht, als Sie sich gezeigt haben. Offen gesagt, wurden Mr. St. Hilary und Sie beim Hinaufsteigen auf den Turm gesehen. Man wusste auch, dass Sie sich irgendwo versteckt hattet. Wir hatten aber nicht an die Balken dort oben gedacht. Als Sie entdeckt wurden, war mein Verstand hell genug, nicht auch noch ihren Freund hervorzuholen. Alles was wir tun mussten, war, ihn zu überwachen.«

Später dann, sind wir Ihnen in den Saal gefolgt. Wir hatten uns bis zu dem dramatischen Augenblick versteckt. Mein Punchinello hat sich um ihren Freund gekümmert, und ihn auch weggeschafft, während ich mich um ihre Schatulle gekümmert habe, nachdem wir Sie eingesperrt hatten.«

»Aber wie wussten Sie, dass wir die Schatulle an diesem Abend mitnehmen würden?«

»Ihr wurdet schon seit einer Woche überwacht. Es ist so viel einfacher und sinnvoller zu ernten, wo andere gesät haben, als sich selbst die Finger am Pflug schmutzig zu machen.«

»Dann«, sagte ich mit einem Seufzer der Erleichterung, »hat St. Hilary nach alledem doch fair gespielt?«

»So weit, wie ich weiß«, antwortete der Herzog. »Ich höre aber, dass er die Treppenstufen heraufkommt. Sie können ihn das selbst fragen.«

Die Tür wurde aufgeworfen und St. Hilary stürmte herein. Eine blutverschmierte und dreckige Bandage war um seinen Kopf gewickelt. Er war immer noch in meinem Übermantel und der Golfmütze. Er sah aus, als hätte er ein paar schlimme Viertelstunden verbracht.

»Du kommst gerade rechtzeitig, St. Hilary, um zu sehen, wie sich die Schatulle öffnet«, rief ich.

»Was, du hast ihn nach alledem doch geschlagen?

Er starrte auf den Herzog.

»In bester Manier«, sagte der Herzog als Kompliment.

St. Hilary gab keine Antwort. Er stand da und schaute auf die Schatulle herunter und hielt seine Uhr in der Hand. Die Uhr auf der Piazza schlug zur halben Stunde.

»Haben Sie den Mechanismus ganz genau um sechs Uhr fünfunddreissig in Gang gesetzt?«, fragte ich aufgeregt.

»Ganz genau um sechs Uhr fünfunddreißig«, antwortete der Herzog, dessen Stirn sich auch vor Aufregung in Falten legte.

»Na, na, erwartet Ihr die Genauigkeit einer Uhr des 20. Jahrhunderts von diesem Werk?, sagte St. Hilary irritiert. »Es kann noch eine Weile dauern, bis sich die Schatulle öffnet.

»In diesem Falle fürchte ich, dass Sie die Erfüllung ihres Versprechens gegenüber Miss Quintard verschieben müssen.

»Warum?«, fragte ich.

»Haben Sie vergessen, dass sie Venedig heute Abend mit dem Zug um sieben Uhr dreißig verlässt?«

»Was!«, rief ich erschrocken, »da gib es doch gar keinen Zug?«

»Nun, da haben Sie wohl den Fahrplan nicht richtig im Kopf.«

»Nervös sagte ich zu St. Hilary: »Der Herzog hatte mich daran erinnert, dass die Schatulle rechtlich ihm gehört, und dass er, wenn nötig, seine Ansprüche gegenüber dem Staat durchsetzt.«

»Aber wir sind nicht so dumm, uns auch nur einen Deut um diesen Anspruch zu scheren«, grummelte der Antiquitätenhändler. Wir haben ihn in diesem Spiel geschlagen. Es ist zu spät für ihn, herumzujammern.«

275

»Im Gegenteil«, sagte ich kühl, »der Herzog hat mich bewogen, seinen Anspruch anzuerkennen.«

»Ja, ich habe meine Schatulle gegen einen Anteil an ihrem Inhalt eingetauscht«, fügte der Herzog charmant hinzu.

Für einen Moment vergaß St. Hilary, auf die Schatulle zu sehen. Er starrte mich mit blutunterlaufen Augen an.

»Auf seinen Anspruch verzichtet! Dir gegenüber? Beim Himmel, Hume, denkst du, dass du mich ignorieren kannst?«

»Ich habe dich nicht ignoriert, St. Hilary. Wenn du die Schatulle verlierst, hast du aber zwei Drittel des Inhalts. Es ist besser, danke ich, dass du zwei Drittel hast, als Ärger mit dem Staat.«

»Ganz genau«, sagte der Herzog.

»Nun gut«, stimmte der Händler widerwillig zu.

Es war nun schon Viertel vor sieben. Immer noch konnten wir das gedämpfte Ticken hören.

»Es sieht wirklich so aus, als würde Mr. Hume seinen Zug verpassen«, spöttelte der Herzog.

In diesem Moment gab es einen lauten Klick. Der Herzog erschrak spürbar. St. Hilary, bleich vor Aufregung, warf seine Hände in die Luft. Ich öffnete den Deckel.

Der Raum schien augenblicklich wie von einem bunten Blitz erleuchtet zu werden. Fünf große Edelsteine strahlten in ihren purpurnen Samtfächern in der obersten Schale. St. Hilary und der Herzog gaben Freudenschreie von sich. Ich muss zugeben, dass diese Steine mich mehr berührten, als irgend ein Schaufenster in der Bond Street oder der Fifth Avenue.

»Die Minuten sind kostbarer für mich, als diese Edelsteine«, rief ich aus. »Nehmt die Schalen heraus, oder ich werde den Inhalt auf am Tisch ausleeren.«

»Wenn wir die Fensterläden geschlossen haben«, sagte St. Hilary.

Er wollte zum Fenster gehen, aber als er sah, dass sich der Herzog nicht bewegte, hielt er misstrauisch an. Sie waren wie zwei Bestien mit der Beute zwischen ihnen.

»Ich werde die Fensterläden vor für Euch schließen«, sagte ich und lachte grimmig über ihre Gier und verzerrten Gesichter.

Ich verließ den Raum mit der Schatulle in einem Beutel, den mir der Herzog gab. Mit einem letzten, flüchtiger Blick, sah ich die beiden Männer, wie sie sich am Tisch gegenübersaßen. Eine erleuchtete Kerze stand an jedem ihre Ellbogen, und die Steine lagen zwischen ihnen.

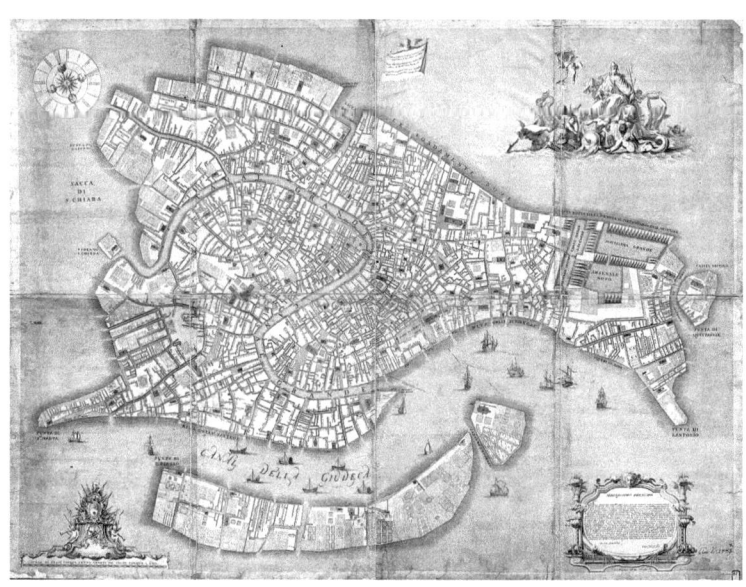

30. KAPITEL

Es war zwanzig Minuten nach sieben, als ich meinem Gondoliere am Bahnhof seinen Fahrpreis bezahlte. Ich kaufte eilig ein Ticket in der ersten Klasse nach Mailand und rannte den langen Bahnsteig entlang. Die Aufseher hatten den Passagieren bereits zugerufen, ihre Plätze einzunehmen, und waren dabei, die Türen der Wagen zu schließen.

Ich konnte Jacqueline selbst nicht sehen, aber ihre Dienerin saß am offenen Fenster eines für Frauen reservierten Abteils. Glücklicherweise gab es eine Verbindung zwischen den Wagen.

Bevor ich die Schatulle zu Jacqueline bringen wollte, warf ich noch einen langen Blick zurück auf Venedig. Niemals zuvor sah die märchenhafte Architektur der Stadt entzückender und himmlischer aus. In ihrem goldenen Licht war sie mystischer als König Arthurs Avalon.

Aber diese Zauberin in der See, hat sich nach alledem als Sirene erwiesen. Für mich war ihre Schönheit zu Asche zerfallen. Wie in meinen Träumen hatte sie sich als herbe Enttäuschung erwiesen, denn diese Träume waren so ungreifbar und schwer zu erreichen, wie ihr Zauber.

Ich drehte mein Gesicht weg von der Stadt der toten Hoffnungen und der vergangenen Träume, und glaubte wieder an eine alltägliche Welt. Und wenn ich Jacquelines Stotz zum Schmelzen bringen würde und ihre Vergebung gewänne, könnte ich Liebe und Glück entgegensehen.

Ich ging langsam auf dem Korridor zu ihrem Abteil entlang. Für einen Moment stand ich still an der Tür. Sie drehte sich von dem offenen Fenster weg, an dem sie stand. Da waren Tränen in ihren Augen.

»Glaubst du nicht, dass du mir nicht schon genug Schmerzen und Blamagen zugefügt hast, als dass du mich nun weiterhin belästigst?«

»Jacqueline, du hast mich gebeten, dir die Schatulle zu bringen. Du hast versprochen, mir zuzuhören, wenn ich sie gebracht habe. Hier ist sie.«

»Sie hat mich einiges gekostet, die Schatulle – deine Liebe und deinen Respekt. Ich tue genau das, worum du mich gebeten hast. Ich habe alles verloren, was mir am liebsten war in dieser Welt. Aber hier ist sie, die *wahre* Schatulle von da Sestos.«

Ich stelle sie neben sie auf dem Sitz.

»Das ist alles so schmerzvoll theatralisch, Mr. Hume«, sagte sie verächtlich. »Ich habe dafür keine wirkliche Verwendung. Würdest du sie bitte wieder an dich nehmen. Ich wünschte beim Himmel, dass ich nie etwas von ihr gehört hätte.«

»Ist das wirklich dein Ernst, Jacqueline«, fragte ich traurig. »Hast du dich entschieden, ungerecht zu sein? Du bist ziemlich entschlossen, mich nicht anzuhören.«

»Ich bin ziemlich entschlossen«, antwortete sie verächtlich, »gerecht *mir* gegenüber zu sein.«

»Wenn du darauf bestehst, muss ich gehen«, sagte ich ernst. Ich bückte mich, um die Schatulle hochzuheben.

Dann bemerkte ich, dass ich in der Tat der Narr war, den mich St. Hilary immer genannt hat, denn ihre Augen widerlegten ihre grausamen Worte. Sie waren voller Zweifel und Trostlosigkeit. Sie flehten mich an, stark zu sein, rücksichtslos zu sein, ihren aufgebrachten Stolz zu brechen.

Sie sehnte sich danach zu verstehen, zu vergeben, aber ich musste sie dazu bringen, zu verstehen.

Ich setzte mich neben sie und hielt ihre beiden Händen fest in der meinen.

»Jacqueline, es ist mir unmöglich so fortzugehen. Mein Glück, ja, und auch dein Glück, stehen auf dem Spiel. Du musst mir zuhören. Das ist mein Recht.«

»Ich weigere mich, zu gehen, bis ich dir die Geschichte von der Schatulle erzählt habe. Ich möchte aber, dass du dieser Geschichte zuhörst, ohne voreingenommen zu sein.«

»Wenn ich dir alles erzählt habe, hoffe ich, dass du sehen wirst, dass ich versucht habe, das zu tun, um das du mich gebeten hast. Obwohl ich dir vielleicht wehtue, wenn ich jetzt bleibe, werde ich trotzdem bleiben, denn du hast mir gesagt, dass der Mann, den du liebst, etwas von einer Rücksichtslosigkeit um sich haben soll. Ich werde rücksichtslos sein, bis ich mein und dein Glück bekommen habe.«

»Wenn es möglich wäre, die Beweise widerlegen zu können, die ich mit eigenen Augen gesehen haben, wie gerne würde ich dir zuhören und dich freisprechen.«

»Dann hör zu, Jacqueline.«

Ich erzählte ihr von meiner Suche nach der Schatulle. Ich ließ die Geschichte für sich selbst sprechen. Als ich geendet hatte, saß sie sehr still da. Auf ihr Gesicht fielen Schatten von der schwachen Lampe im Zentrum des Wagens, da wo sich die Sitze teilten.

»Es war dumm von mir, zu fragen, sagte sie mit glänzenden Augen, »aber, oh Dick, ich bin froh, dass ich gefragt habe.«

280

»Ich weiß jetzt, dass du wirklich stark und geduldig bist.«

»Du würdest viel für die Frau riskieren, die du liebst. Vergib mir, dass ich dir nicht vertraut habe. Ich wollte es, aber letzte Nacht schien es so – «

Sie lehnte sich zu mir hin, und ich fing sie mit meinen Armen auf.

Draußen fiel das Mondlicht auf die Maulbeerbäume, Reihen um Reihen von ihnen, und ihre Äste schmückten sie, von Baum zu Baum, wie in einem Märchen. Sie sahen aus wie Figuren, die steif ein altes Menuett tanzen.

– ENDE –

282